XIANGCUN
LABI HUA

乡村蜡笔画

李文里◎著

时代出版传媒股份有限公司
安徽文艺出版社

图书在版编目（ＣＩＰ）数据

乡村蜡笔画/李文里著. 一合肥：安徽文艺出版社,2018.1
（2023.4 重印）
ISBN 978-7-5396-6279-4

Ⅰ. ①乡… Ⅱ. ①李… Ⅲ. ①长篇小说－中国－当代
Ⅳ. ①I247.5

中国版本图书馆 CIP 数据核字(2017)第 286061 号

出 版 人：姚　巍
责任编辑：汪爱武　　　　　　　　　装帧设计：张诚鑫

出版发行：安徽文艺出版社　　www.awpub.com
地　　址：合肥市翡翠路 1118 号　　邮政编码：230071
营 销 部：(0551)63533889
印　　制：山东百润本色印刷有限公司　(0635)3962683

开本：880×1230　1/32　印张：8.75　字数：200 千字
版次：2018 年 1 月第 1 版
印次：2023 年 4 月第 2 次印刷
定价：59.80 元

乡村的歌谣

——《乡村蜡笔画》序

夜幕降临时分,大街两边的路灯次第亮了起来,身旁是急于归家、涌动如潮的车流、人流。在这热闹喧嚣、寒气逼人的冬日夜晚,我迎着寒风向办公室走去。在这里,我急于告诉人们的,是文里出书的好消息,同时还想告诉大家这是怎样的一部小说,还有他所走过的道路,布满的是荆棘还是鲜花,洒下的是甜蜜还是痛苦?

一九九一年夏天,我与文里相识,屈指算来已是二十五个春秋。他跟我一见面,便滔滔不绝地谈论起这个作家、那部小说。望着他那绘声绘色、喜形于色的神情,好像他对文学十分痴迷。尤其提起作家,他是一千个崇拜、一万个赞赏。"这辈子一定要当作家,而且要做响当当的作家。"这是当年不知天高地厚的文里的口头禅,也是他毕生追求的目标,当然也是他命运坎坷、曲折的重要原因之一。

文里生于 1968 年,平时喜欢听人讲故事,尤其喜欢刘兰芳的评书《岳飞传》《杨家将》等。在田间劳作期间,他心里常常情不自禁地冒出这样一个念头:自己写本书,让人读、被人说、编成戏、拍成电影,那该多好啊!有了这种天真的想法,文里开始付诸行动了。没有钱买书,他就背着家人,从自家粮囤里挖些粮食到街上卖钱,买些笔、墨水和信纸。没有电,他就经常点着煤油灯写作。写好后,觉得自己写得很棒,就到处炫耀。结果遭到村里一些人的冷嘲热讽,误以为他神经不正常。在周围十里八乡,哪听说写作可以当饭吃、算什么职业的呢？文里写作最初两年，每次投稿均石沉大海。后来，听说离村十多里外有位叫潘永德的农民作家靠写作出了名，文里十分高兴，仿佛坠入深渊的自己突然遇到了救星。于是，他前去拜师。去了几趟之后才发现，写作并不是一件简单容易的事，不仅需要渊博的知识、丰富的阅历，更需要长期坚韧不拔的精神。从潘老师那里，文里借阅了不少文学书，并且自费订阅了《小说选刊》《小说月报》《中篇小说选刊》《当代》《北京文学》《安徽文学》等期刊，从中汲取营养。这在当时的农村实属鲜见。可以说，文里有志于文学创作是做了充分准备的。

　　那年我师范毕业在乡村学校当老师。文里从报纸上看到我发表文章后面的通讯地址，便登门造访。一番交流之后，得知他坚持业余文学创作已有十一年了。二十世纪九十年代，农村青年搞文学创作，条件十分艰苦，没想到他不仅能够坚持下来，还能在我省《大时代文学》发表他的短篇小说《雪琴姑娘》。那一期共刊发三个短篇小说，文里的名字紧排在鲁彦周之后。他兴高采烈地告诉我："那是自己投稿发表的，靠的是实力，凭的是工夫。"

　　随着交往次数的增多，我对文里由先前的佩服转入对他的担忧。因为他是一根筋，不肯接受我善意劝说他外出打工，而是留在家乡体验生活，感知农民的喜怒哀乐和酸甜苦辣。我告诉他："在家种田不行，一年挣不了几个钱，不如出去闯闯，先改变一下自己的生活处境再说。"可他就是不听。十多年后，在亲友的极力劝说下，他在镇上开了一家农资经营店。由于为人太忠厚，轻信奸商，弄得债台高筑。后来，他到城里开了一个餐馆，凡是朋友来吃饭均分文不取，结果又血本无还。再后来他创办编织厂，由于经营不善，把生活小说化，把经商理想化，不到半年厂子便关闭歇业，文里负债累累。作为旁观者，我看得真切，一次次进行提醒。

他把头摇得像个拨浪鼓似的,依然一意孤行。文里接二连三地惨遭失败,一个重要的原因,就是他的心思根本不在经商、办厂上,无论见什么人,开口便是文学创作,闭口还是文学创作。哪怕见了一个乞讨者,他都要聊上大半天。他白天做事,夜晚读书写作,常常忘了正事,岂有不失败之理?

文里写作非常勤奋,可以三天不吃不喝,待在书房照写不误。写一部长篇小说,需要酝酿、构思、写作、修改等,而每一个字都要赋予其思想和灵魂,还要安排故事情节、塑造人物形象,更要主题鲜明,引人入胜。这谈何容易?所以,文里长期一直坚持不懈地勤于文学创作。到一九九一年,他已经在乡下坚持业余文学创作十一个年头,通过练笔,他大有长进,文学功底深厚了。他通过十余年的努力,能在省级刊物上发表短篇小说,证明他的写作水平有了很大的提高。至于创作了多少个长短篇、多少篇散文,连他自己也记不清了。反正是广种薄收,但收获的每一枚果实,总是沉甸甸的。不像某些人发了几百篇文章,却没有一篇含金量。文里写出的每篇文章都源于生活、高于生活,既有声有色、血肉丰满,又耐人寻味,透露出一种淮北乡情和生活诗意。

多年来,作为一位当代作家,文里远离喧嚣和纷乱,一直默默地生活在社会底层,用自己的眼光观察世界,用敏捷而又勤于思考的头脑剖析、思索着生活。中国农村改革开放从一九八〇年正式掀起,三十六年来,农村所发生的深刻而剧烈的变化,文里是伴随者,又是亲历者。他长期生活在农村,行走在农民中间,与他们朝夕相处,倾听他们的心声,与他们共欢乐,同忧伤。拿起锄头,他是农民;放下锄头,拿起笔杆,他便是作家。他虽是业余作者,却长期坚持着专业创作。

如今受市场经济大潮冲击,金钱至上的观念改变着人们的人生态度和生活方式,好多人为挣钱而到处忙碌奔波,急功近利者比比皆是，为金钱所左右，欲罢不能。文里从一九八〇年立志于长篇小说创作，直到三十六年之后，才决定正式出版第一部长篇小说，简直让人难以置信。他的作品质量如何暂且不论。单说但凡搞文学创作的人，如果坚持十年、八年还没有走出来，常常会自动放弃！而文里搞创作苦苦坚持三十六年写着小说，且乐此不疲、沉醉其中，怎不让人油然而生敬意。

《乡村蜡笔画》这部作品，主要记述了淮北乡村在改革开放的大潮中所发生的巨大变化，以及人们在滚滚时代洪流中，思想所受到的强烈冲击。乡下一些传统观念被新的时尚所打破，人们的灵魂被金钱所诱惑或驱使，一些男人想坚守田园，却不得不挥泪而别。一些留守妇女，在种种诱惑下不断地拷问心灵：怎样才能做个好女人？小说紧紧围绕柱子和玉秀的爱情纠葛展开情节，高中毕业的柱子心怀理想，想在农村干出一番事业，却遭到种种挫折。好多乡土小说写的都是乡下人的走出去，他写的却是一个乡下人的苦苦在乡间田园的坚守，在乡间故土上突出自己的人生追求和价值。整部作品都充满了乡音，洒满了乡愁及对乡村究竟走向何方的深深忧虑。这部作品自有他独特的思想容量和艺术内涵及文学价值。文里用自己朴实无华的乡土语言，真情地告诉人们：爱是不能阻拦的，生活的路永远向远方延伸。它就像淮北乡间一幅蜡笔画，又像一首歌谣、难得的天籁，虽没有阳春白雪的珠光宝气，却是不可或缺的精神营养。

我相信拥有大量生活又文学功底积累扎实的文里，一定能写出更多有思想容量、艺术深度的优秀作品。既然有了第一部长篇小说的面世，接下来他应该有更上乘之作问世。我有理由对他有所期待！

随着文里这部长篇小说的正式出版，我愿他早成文坛一棵参天大树！

作为一名乡村歌者，文里一直在用那支普通的笔耕耘着、跋涉着，进行心灵的歌唱。而他本身的奋斗历程，岂不正是一首动听悦耳的乡村歌谣？在此，我衷心祝愿文里，在广袤的淮北平原纵情高歌，唱出自己最年轻的风流！

是为序。

王　瑞

2016 年 12 月 26 日

（作者为中国散文协会会员，安徽省作家协会会员，安徽省散文家协会理事，界首市作协主席。）

一

在淮土乡下,这里的年景,越来越像年景,起因跟淮土这些年兴起的民工潮密不可分。

刚踩腊月边,淮土在外打工的乡民们,就开始从四面八方朝回返。街上赶集的本是稀稀拉拉的,现在也开始逐渐增加,到了腊月十几,返回的乡民们便成倍增加。向外走的客车上,乘客寥寥无几,而回返的客车上,却挤得满满的。要不是这些年春运超员管得格外严,乘车的人们,恨不能把整个客车挤炸。往返班车,车次比平时增加了好几趟,可还是缓解不了拥挤。人就像井口喷涌的泉水,一股劲儿地往上冒,男男女女,成群结队,背着大包小裹,朝车站、码头,匆匆奔赶,周围晃动的都是人。

越接近过年,打外边返乡的乡民越达到高潮,尤其到了腊月二十几,再到乡下街面看看吧,可以说清一色都是赶集办年货的乡民。整街筒子埠,人挨人、人挤人,再用熙熙攘攘、人头攒动的词来形容,就不那么贴切了,就像向日葵果盘里的葵花子儿,把整个大街填得满满当当,水泄不通;人声喧哗的,就像河水奔腾,远远地就能听到那种得如万马奔腾般的嘈杂声!

进入腊月,淮土乡间还有另一个充满喜色的繁忙冬景,那就是青年男女扎着堆地操办结婚喜事。

现今的淮土乡民,外出打工有钱了,腰包鼓了,结婚的水平档次也跟着水涨船高了。为了把结婚喜事办得更排场、更热闹一些,无论哪家办喜事都请鼓乐班,现在改叫吹唱团,这已经成为司空见惯、约定俗成的事了。

可淮土乡民大都集中在年前腊月二十几办婚事,僧多粥少的现象就出来了，那就是结婚的人家多，而吹唱团显得稀少了。有的吹唱团，一天能吹两家婚庆，如果两家选择同一个日子操办婚事的，就把时间错开。怎么个错法？那就是一家朝前提，一家朝后推，中间隔开两小时，吹唱团把这一家吹唱结束，再匆匆忙忙赶往另一家，这样两头兼顾，也是不得已而为之。即便如此，能请到吹唱团，主家脸上就增添光彩，比起那些请不到吹唱团的人家，也算是幸运的。

有个别人家办喜事，不管出多高的价码，就是请不到吹唱团。让喜事场面办得不气派、不壮观，让到场的宾朋有些扫兴，主家脸面无光，还觉得欠了宾朋啥，只得硬挤出一丝笑，向宾朋耐心解释，说好话。

吹唱团难请，唯一的办法，就是在结婚喜日未操办之前，把这件事情早作安排。就说淮土的宝生操办婚事，宝生爹就把请吹唱团的事，提前交给了村里的柱子。

因为青壮男人外出打工的多，常年留在乡下的青壮男人就很少。柱子是常年留在乡下以耕田为业，从未动过外出打工心思的田园守护者。不管买化肥，还是买种子，或是其他农家当用的东西，少不了经常到集上去，跟街面上人打交道，社会关系也就广了。柱子为人热情，平时村里人遇到困难，比如房屋漏雨、烟囱不冒烟、母牛下小牛犊子等，都请柱子帮忙，柱子都是有求必应。村里罗二奶割了一筐青草挎着吃力，柱子遇上，就主动帮罗二奶挎了，直接把她送回家。柱子无论与谁相处，都很实诚。别人托他帮办的事，他都当成自己的事情，有时比他自己的事还看得重。不把答应人家的事情尽心尽力办好，他就觉得对不起人家，失信于人家。有时遇到难办缠手的事，他往往把自家活丢扔一边，想尽一切办法先把人家的事情办妥才是。只有把别人托给他的事情办得圆满周全，他才把一颗心放下，才开心、快活。

可以说，柱子在淮土是个响当当的人物！

一个人要想在村里混出来，有相当的地位，有相当的评价，不是在村子里立起来，而是在人们心里边能立起来，成为一个受赞誉的人物，那可是相当不容易的。

柱子有他自己的活法，也就有了他鲜明的个性。准土像他这样年轻力壮，本来能外出打工，而偏留守家里的，并不多见。

柱子说，干啥事都一窝蜂吗？只有打工能挣钱，在家里就不挣钱了吗？

柱子不想出去，他觉得自己在近十几年的劳作中，购置了手扶拖拉机、收割机、喷灌机、播种机等，这些农用机械一应俱全。耕种土地，他有这方面的优势，十几亩地种好了，也是一笔不小的收入。外出打工，他的这些机械就变成一堆废铁，他舍不得。

村里青壮劳力，都外出打工。遇到干旱年份，柱子抢先把自己的土地浇一遍，接下来，他还给村里那些没有浇灌机械的人家浇灌庄稼。当然不是白浇，浇一亩地收十元钱，一季庄稼浇下来，也能挣下两千多元。到了芒种季节给村民们犁地、收麦时，他用手扶拖拉机带着收割机，收割小麦，两样放一块，也能挣到手四千多元，剔除成本，一年也能挣三千多元。

柱子挣了村民的钱是一个方面，在挣村民钱的同时，他也跟村民建立起了乡情。村里那些留守女人找他的机械浇水，得手抱水管，长时间地浇，自家男人又打工不在家，没有人能够替换，还是很吃力的，有的累得直不起腰，有的累得脸发白。柱子这个机主属本乡本土，乡里乡亲，一村子居住，他狠不下心肠，眼看着不管。他就上前帮着拉拉水管，要不，就接替浇一会儿，让人家女人歇歇身子、喘喘气。碰上个别身体弱的，他干脆扶起水管给人家把地浇了。柱子这些人力帮忙，都是无偿的，因此，人家就记住了他的好，对他充满了感激！

柱子这人无论是给村里人浇水、收割还是耕种，价位都比人家低。活儿干完以后,有现钱就当场付清;没有现钱,就记笔账,等到过年男人打工挣钱回来,再去柱子家跟他结账。柱子在钱上从来都是自己吃亏,从不斤斤计较。谁看见柱子开着手扶,后边带着拖斗,上街买东西也好,买饲料也罢,都放在柱子车上,能把拖斗堆成小山,柱子都乐呵呵地给人家拉回,耗油多少,都是他自己的。

正因为村里人经常不断用着柱子,求着柱子,柱子便在他们生活中变得不可缺少,在村民中自然就有了人缘和威信。

柱子总觉得他的根在土里,他是土里的一棵庄稼,不唱高调,他觉得他的血肉都跟土地密不可分,他多半的生活在土地上。只有在土地上,他才能发挥他的优势,才有他施展的空间。他热爱的就是种庄稼,他穿行在绿色田间里,脚踏实地,就像鱼入水中,他的生命就旺盛起来,充满着蓬勃生机。他热爱的就是淮土这片土地,他从来就没动过打工的心思,谁出门挣钱多少,他都不眼热,他说每个人有每个人的活法,地总需要人种。

就说宝生老子托他请吹唱团,这件事他已经上街面连跑三趟了,还没有跑出眉目来。宝生爹的招呼跟他打得早,又并非吹唱团不好请,主要是柱子想要给宝生爹联系一家适合的,啥样的家庭境况,就请规格对称的吹唱团。演技好,吹功好,要价也不是很高的那种。花小钱、办好事,让主家心里满意,亲戚邻里皆大欢喜,这就是柱子的心愿。

柱子为了给宝生请吹唱团,跑一趟又跑一趟,连自家喂猪的饲料都快断了,立等着上街买饲料,却也腾不开空,顾不上。幸好他老婆兰子妈打工不在家,没人在后边约束他。要是兰子妈在家,就他这样家中正事挂龙角,把外人的事情放心上,指不定兰子妈瞎唠叨他啥哩。

柱子又跑了两天,才联系到一家规格适合宝生家的,谈价码时,柱子说:"我已经问过有两家了,就看你们要价如何了。如果你们要价偏高，我觉着不合适，我打另外两家挑选一家订下来。"吹唱团团长也知道，现在干哪一行，竞争都激烈，柱子又是熟人，自己又不图分文，不能把送上门的生意推掉。于是就说："不为二为一，就凭你为人仗义，看在你的面子上，只能少要，哪有多要的道理。"说罢，他伸出五个指头，柱子看价码跟行情相比不但合理还偏低，心里很满意，这才把这件事跟吹唱团正式敲定下来。柱子一打街面赶回来，就去回宝生爹的话，宝生爹一听，脸上露出了笑容，他表示很满意，柱子看见也就跟着长长松了一口气。

　　宝生爹，为人老实，又是个细心的人，他知道柱子家里家外百事连身，属于大忙人。他紧跟着又把请柱子给他儿子这桩婚事当支客的事情说出来了。

　　不但宝生爹，淮土人操办喜事，大多都请柱子当支客，而且以能请到柱子这个支客为荣。柱子不是村干部，不属官场上的人，他只是一般种田地的男人。可老少爷们，就是觉得能跟柱子心贴心，淮土人办喜事，这家请柱子当支客，那家请柱子当支客，似乎面子给柱子足足的。柱子也觉得有人把他抬到桌面上，也以能给人家当支客为荣。足见淮土老少爷们，把柱子这个人看得有多重。他们每见到柱子的第一句话就是："我们常年外出不在家，家里庄稼遇旱浇水，多亏你多多照应，你浇的是我们的及时雨，就凭个这，我们家办喜事也要请你到场。"柱子听了很动感情，说："一村子居住，遇到困难，帮点忙，都是应该的。"淮土人厚道重情，盛邀之下，柱子不能推辞，只有答应。宝生爹知道进入腊月，村里操办婚事的有好几家，他生怕请不到柱子怕到跟前，再提请柱子当支客，柱子被别人请了去，让他落空。于是刚给宝生与女方合过生辰，把结婚日子确定下来，他就匆匆忙忙上柱子家，头两次都扑了空，柱子家院门紧锁，没有见到人。到了第三次上门才算挡住柱子的人，只见柱子院当中铺块塑料布，正忙活着给猪拌饲料。他就主动走上前蹲下身帮忙，乘机就把自己来意说了，柱子也没说啥，就满口答应下了。可他还是不大放心，不厌其烦地重复说："我知道肯定不止我一家请你，到了那一天，不管有多少家请你去主事，你也不能有更改。咱爷俩的关系，我啥都依靠你，托付你，你咋说也给老叔这个面子，不能让老叔落空。"

到了离儿子结婚还有一个星期，宝生的爹，就郑重其事地给柱子下了大红的请帖。

二

正因为乡下这些年来，时兴起了打工热，乡下有不少事，就办得有些仓促。拿宝生与玉秀的婚事来说，就订得有些急切，有些草率。

宝生在城里干的是蹬三轮车拉客的活儿，越到过年，坐车的越多。为了多挣钱，直到腊月二十六宝生才回来。从年龄上说，他二十四了，按照乡俗，早到订婚的年龄。有些小伙子，有心眼的，品貌出众的，根本不靠父母操心在家里定亲，自己在外边碰到对眼、中意的，自己就谈下了，直接带回乡下，就结婚了。虽说宝生也外出打工有几年了，可他人老实，嘴又笨，尤其面皮薄，有陌生姑娘走近，他脸皮就羞得通红，碰到有陌生姑娘站在他跟前问路，他就有一种压迫感，心就怦怦乱跳，话也说得结结巴巴。平时，他拉到年轻姑娘，人家不跟他说话，他就只管闷着头蹬他的车，连一句话也没有。他挣的只是钱。不管人家姑娘模样长得再俏俏、再水灵，他都视而不见，距离相当远。像他这号的主儿，没有办法，只有走传统模式，回村经媒人牵线搭桥，给他张罗着介绍对象。

既然在外边，靠嘴对嘴，没有这个本事，那你就早点返回呀，可他只顾蹬三轮挣钱，别的事就不想那么多了。

在乡下提亲要按传统来，见面挺讲究，要挑日子的，按说腊月二十六,还算是一个见面的好日子。可你提前两天,哪怕一天也好啊,赶到家,洗洗澡,把自己收拾收拾,到了第二天赶去相亲。可他偏赶到二十六,回到家天就擦黑了,还跟鬼见面呀!腊月二十七是单头日子,腊月二十八,日子也不好,那一年没有年三十,二十九就是年三十。年三十是除夕,哪个姑娘再着急,也不会赶到年三十去相亲见面呀!

没有办法,只能等到过了年,再把宝生的婚事正式提上议事日程。按照乡俗,大年初二要到舅家去拜年,初四走姑、姨家,直到正月初六,宝生才由媒人领着去女方家见面。头一桩婚事,没提成,女方那头嫌宝生脸长得太黑,有些老相,还显得瘦,不出眼。是的,宝生进城打工,又不是去当官,是靠出苦力挣钱。他蹬三轮,天天风吹日晒,又吃得早一顿晚一顿不定时。他这个人,又省钱,不舍得吃,人当然也就显得黑、老相。男方述说这些,都是实实在在的理由,可女方才不管你这些客观原因,根本不体谅,没看上就是没看上。

正月初六过去,到了正月初十。从里到外,家人帮着宝生好好收拾、打扮一番,又去相亲。这次女方没有挑剔宝生长相,却嫌宝生人太老实,嘴上没话。媒人就打圆场说:"嘴上没话,那话都在心里,不爱说又不是傻,能说会道的人,容易心眼花,出门在外说不定拈花惹草,还是少言的人,靠得住,只要走出去,能挣钱,就是过日子人。"

媒人的话,女方父母认为在理,可就是姑娘本人听不心里去,就是不调头,媒人说也等于白说。

宝生从正月初六开始提亲,提到正月十六,期间提了好几桩媒,女方不是挑剔宝生这,就是挑剔宝生那。宝生男子的自尊心,受到了很大伤害,他没了自信。这样见面,把他见烦了,媒人再提亲,宝生就有了情绪,不想再赶去女方家见面了。

父母苦口婆心,百般劝说,好歹总算把话说到宝生心里去了。

宝生想,村里跟他年龄差不多的都有了媳妇,有个别赶早的,已经办过婚事,成过家了。单自己这样赌气、犯倔,又顶个什么事?要是不把婚事定下来,自己就得像个葫芦在半空吊着,没着没落的。只有把婚事订下来,把葫芦切成瓢,才能派上用场,才能落到实处,才能有个好结果。

宝生与玉秀见面,已经到了正月二十。宝生在心里盘算着,提成提不成,就见最后这一回,提成了订,提不成就打工走人。

宝生来到玉秀家,玉秀把宝生从头到脚看了一遍,感觉这人脸黑黑的,土头巴脑的,缺乏年轻人的那种帅和蓬勃向上的朝气。怎么说呢?宝生初次给玉秀留下的印象,跟玉秀心目中的向往,还是有很大差距的。

而宝生呢,由于多次见面,都让女方不入眼,他的心理负担也相当重了,所以对女方已经不抱多大希望了,同意不同意,他只是来走个过场,因此都没咋抬头看玉秀。

两个人交谈,玉秀问得多,宝生只是被动回答;姑娘不问,他就没话,让他说,他真想不起来应该说什么。他可是鼓着劲把见面给硬撑完的。

末了,临走的时候,他才慌慌地用眼角瞟了玉秀一眼。留在他心中的印象,是一个很漂亮的姑娘,就像画上的人儿。他马上产生一种很强烈的自卑感,心跟着凉了半截儿。他跟着想起一句话:水中捞月亮,还不是落场空!这样的姑娘打死也不会跟我,这门婚事根本也说不成。

玉秀的确没看上宝生,不过,在宝生之前她已经见过不少年轻后生,其中不乏各方面条件均不错的,玉秀一个也没看上。过去,父母还是让她当家的,可父母发现她仍是这样一个不冷不热的态度,就有些急,把她的权利收了回来。宝生这次来相亲,玉秀的大姐为了妹妹的事,也特地赶回来了娘家。玉秀大姐对父母说:"她心里咋样想,你们又不是不知道,指望她吐口,到驴年马月吧!要想把婚事尽快订下来,只有你们给她拿主见。"

玉秀的父母见过宝生之后,却表示认可。母亲说:"还是厚道的小伙好,他在外蹬三轮,人正干,不怕吃苦,又能挣钱,将来能养活你,你过了门,不愁吃穿,有日子过,这就行。"

尤其玉秀大姐,自己本身文化低,只是高小毕业,目光短浅得很,于是就从中推波助澜,她吵嚷着对玉秀说:"人长得胖一点、瘦一点,黑一点或白一点,有个啥,都是乡下人,能长多好?我看这个后生就中,像爹娘说的,踏实、肯干,能挣到钱,不苦害你。不像你高中看下的那个白面书生,仪表堂堂,样子好,可人家考上大学,咋就把你甩了?再恼再恨,也不能去抠人家眼。要不是你眼眶子高,每说一个对象,你都拿你那个白面书生作对比,到了,说一个看不上,说两个看不上。我看就是你想不开,把心思还放在那白眼狼身上,否则你的婚事,也不会拖到今天还订不成!"

玉秀让大姐这不留情面的话,给说羞恼了,站起身躲到她闺房中,忍不住泪水流淌。在她心里,她一直装着她那高中同学,他不但长得五官端正,有模有样,更重要的是他知识广泛,幽默、风趣,很有才华。后来他考上大学,鲤鱼跳了龙门,由一个农家子弟走进了高等学府,地位变了,两人之间的关系也没法继续发展了。他考上了大学之后,起初也书信往来过,他在信中说:"尽管我跟你之间,距离越来越疏远了,可你在我心目中,永远是一个好姑娘。"在严酷的现实面前,他们只能选择分手。那是她的初恋,在她心中,那一切都是美好的,她怎么能忘了他?

宝生这样的小伙,土头巴脑那样,怎么也不能跟玉秀那才华横溢的高中同学比。她的心气儿高,心中又横亘着一个恋人,像宝生一类的小伙,根本就达不到她的要求条件,她当然表示不满意啦!就因为她的摇头,到了宝生这一个,连她都记不清见过多少个年轻后生了。媒人一提她,都有些头疼了,都快不想给她提媒了,她俨然已经成了剩女了。父母怎能不替她着急？只好当机立断，快刀斩乱麻，订下一个算了。

如今沦落到这种地步的玉秀，不满意也成白搭，她只能任由摆布，听天由命罢了。

宝生跟玉秀正式定亲的时候，已经到了正月二十六，往年这时候，宝生出门打工已走半个月了，今年为了定亲，把时间拖到快正月底。宝生的心里早就火烧火燎了，等亲事订好的第二天，他就拔腿走人了。

玉秀跟宝生就这样仓促订下了亲事，她心里边对宝生没啥感情，这门婚事又订得让她心里边疙疙瘩瘩的，她没有跟宝生交往的愿望，而宝生又常年打工不在家，尽管两人定亲已经两年，宝生却只是玉秀的一个摆设，更谈不上感情有啥发展。可不管玉秀与宝生有没有感情，按照乡俗，定亲两年，男方就可以向女方提出迎娶。把彩礼过罢，接下来，就把二人结婚的事情正式摆上了议事日程，不管玉秀与宝生有没有感情，两人都要结婚了。

三

柱子算是淮土的一个人物，他常年留守在家，应当见过宝生的对象玉秀。柱子也不止一次到过玉秀所在的柳土坡，有两次还打玉秀家门口经过，可他就是没见过玉秀到底长什么样。正因为如此，在玉秀未正式嫁到淮土之前，在他心里有一种神秘色彩。

那天吃过晌午饭，柱子正守在猪圈门口喂猪。一个不大的猪圈里饲喂六七头臕猪，身子差不多把猪圈的空间都占满了。柱子说："就不能活动，让它们多吃多睡，才长得快，这叫科学养猪。"

那天上午，兰子放学回来上奶奶那边玩去了，晌午饭也在奶奶家吃的。吃过晌午饭，兰子还要去上学，奶奶便扯着她的手，把她送回来。走到猪圈跟前的时候，兰子顺口叫了柱子一声："爸!"然后松开奶奶手，跑着上学去了。柱子看着他娘，也亲切地叫了她一声："娘!"

柱子娘就顺便站在了柱子跟前，也顺眼看了下猪圈里的猪，这才开口对儿子说："宝生见面回来了，这回见面总算见成了，据说长得可好了，像朵鲜花儿，还是高中生。"停一下又情不自禁地说，"宝生娘命中该使好媳妇，宝生真走时运，有福气!"

柱子听了却高兴不起来，他马上想到兰子妈，那个高胖、黑乎轮墩的女人。兰子妈的长相他相不中，要不是过去他家贫穷，加上父母从中劝他，他才不会同意这桩婚事，娶兰子妈当老婆呢。因此，柱子便不能听见村里谁家娶个长得好的媳妇，听见这个他就联想起自己的老婆，他心里就委屈，感到不平衡，不由地产生一种对人家的嫉妒之情。

柱子打娘嘴里听宝生找个媳妇像鲜花般好，尤其还是个高中生，他心里就把那个姑娘贬低了。一个高中生，怎么会看上宝生，那眼光也真太低了吧?

宝生不但相貌长得不出眼，还是个笨头笨脑的男人。他上学留级，一年级留两年，二年级留三年，老师讲课，他怎么都听不懂，作业都打红叉，三年级考了个大鸭蛋，他是哭着回来的，打那以后，他死活也不愿上学了。

他回村当农民，可干活也不是有两膀子力气就成的。他爹传授他每种农活的动作要点，可他老干不成他爹那样，只会拙干，干得吃力受累。他爹实在拿他没办法，就骂他，像头笨猪!

这话真没说错，宝生干一天农活回来，累得筋疲力尽，倒头便睡。只要他一睡着，很快就睡死，让她娘把嗓子喊破，也是喊不起来。每次都是他爹掀开被子朝屁股打，把他屁股打疼了，宝生才一翻身起来,就这还要呓怔半天,睁不开眼睛。

这样笨的男人,出门打工也只能蹬个三轮,掏把笨力气。只不过,不知他哪根筋醒了,进了城,蹬三轮还挺像那回事儿。遇紧急情况,他能急刹车,该掉头时,也掉得很灵活。他的睡不醒也变成了准时醒。

整个淮土疯传宝生说了个漂亮妹儿,于是宝生正式相亲那一天,村里为了看玉秀的人很多。

柱子偏不去,他是个大忙人,百事缠身,还有干不退的活。柱子说,顾不上,没有那个闲工夫,他打心里还对那些看热闹的人不屑一顾,说他们没见过世面,凑那个热闹,太俗不可耐了。柱子心里边很沉得住气,他有一个雷打不动的理由——只要是门亲,迟早要送到自己面前。新娘娶进门,就成了同一个村子的人,出来进去,岂有见不到的道理?

其实,柱子不愿去饱眼福,有他说不出的因由。一是他怕自己对宝生产生嫉妒之情,二是他替玉秀感到委屈。"天鹅嫁给癞蛤蟆,不怕自己可惜了。"

好在宝生与玉秀定亲之后,便常年在外打工。玉秀平常到淮土走动,按照乡俗,也只有一年三节,男家厚礼上门,她才赶来回礼一趟,来了也待不久,都是来去匆匆。

玉秀在柱子心里边,一直只是个影子是个影子。

宝生的爹,懂得儿子说个媳妇不容易,而且这样走运,说了一个长相美貌的媳妇,觉得给他们很长脸面,更是难得。他省吃俭用,把他在家里所挣的钱和宝生打工寄回来的钱,都积攒下来,倾其所有,尽其所能地都用在了宝生的这桩婚事上。有的钱当作给女方的彩礼,有的钱借给女方顾急。说是借,宝生爹根本就没想着让偿还。宝生爹说:"我儿是个啥样的孩子,我心里有数,哪怕我们两口子不吃不喝,也要多给女方拿钱,尽量满足女方心愿,不让女方感到委屈。"

老汉朝女方用钱,从来都出手大方,舍得得狠。他认为,他这样做,是好钢用在了刀刃上。

因此,宝生爹给儿子操办婚事,场面铺排得很大、很隆重,气派而又喜庆,想着在老少爷们面前张扬张扬,露一把脸。

喜日当天,该请的宾客,宝生爹全部请到场。大红的喜字,门上、窗上、屋里院外,张贴得到处都是;待客的布棚高高搭起,待客临用的锅灶,也在院墙一角垒起。只见炉火熊熊,老汤锅子里烧得沸腾,里边大块的猪肉,已经烧熟,散发出一股股扑鼻的香气。请来的是一个剃着光头,像个胖和尚一样的厨师,是本村刘福饭店的刘福,只见他胸前系个白围裙,站在锅炉后边,用个铁叉子扎翻着锅里的肉,脸上带着喜气的笑容。

屋里院外,走出走进的都是忙忙活活的人,更多的是淮土看热闹的老少爷们。不管大人、孩子,脸上都带着欢笑,就连狗也不甘寂寞,前来凑热闹,在桌子底下、人腿间,钻来钻去,仿佛也想目睹一下新媳妇灿烂的光彩。

柱子作为宝生这场婚事的支客,就成了一个大忙人,有很多事需要他操心打理,他要全力以赴将这场婚事办得周全、圆满,皆大欢喜。不过,他毕竟常当支客,操办婚事也不是一家两家,已经在这方面积累了丰富的经验。显得很从容、镇定,胸有成竹,好多事一经他调理就层次分明、条理清晰。他的热情很高,办事很有效率,显得干净利索,深得主家信任,把他当成主心骨,寸步都离不开的一个人。

宝生爹表面看是喜庆的,可内心还是有让他忧虑的地方。因为他知道女方那姑娘一直对这门婚事不太满意,他最担心事到临头出闪失。像这一类事,在乡下屡见不鲜,眼看要成的婚姻,因为这样那样的原因,没达到女方的要求,或是没满足女方的愿望,女方乘机抓住一点不放,说变卦就变卦,最终落个鸡飞蛋打,空欢喜一场。

宝生爹在儿子喜日未来到之前,女方所提出的条件,他都按照女方要求完全做到了。他已经满足了女方的心愿,还再三问媒人,女方那头还有其他的想法没有?媒人顺手拿个猪蹄啃着,眯着眼笑着,连声说:"不用问了,没有了、没有了,你这样尽心尽力,女方已经很满意,无话可说了,难道你还想出意外吗?"

宝生爹尽管清楚事情已经办得万无一失了,可迎亲队伍正式去迎娶时,他还是自作主张,给媒人另外拿了两千元,以防万一遇到啥意想不到的事。

迎亲队伍是按时去的,却没有按时返回。宝生爹心中放心不下,就不停地到村口去察看。他没有盼来迎亲的人马,却盼来了独自一人、匆匆忙忙赶回来的媒人。

宝生爹见到媒人,就迫不及待地询问出了啥事。媒人就皱紧眉头,说他也弄不清楚,女方那姑娘就是一个劲儿哭,死活不上婚车。

宝生爹又问,那你多带那两千元钱,给女方没有?媒人说:"能不给吗?可给了还是哭,还是死活不上车,我看不是钱的事,好像还有其他事。"

宝生爹却一口咬定就是钱的事,他着急地说:"事情还不明摆着吗?还是哭,不肯出嫁,这是嫌钱给得少。"

媒人实在也不知道女方内情,宝生爹说只为钱,那就另外再拿吧!

可宝生爹已经倾其所有,眼下手中又没有这笔急用的钱。

宝生爹无路可走,就找柱子借钱,并顺便告诉柱子说,为钱,女方不上婚车,没有其他办法,只有给她想办法筹钱。

柱子就对那个从未见过面的美貌姑娘有了不好的想法:怎么到了这个节骨眼,大要彩礼?这样只图钱财的姑娘,把自己去当东西卖,还有什么价值可言?他这些都是心里的想法,并没有说出口,宝生爹遇到了困难,求助到他,他也只能相助相帮,解宝生爹燃眉之急。他如数借了两千元给宝生爹，在他心中，那个还有神秘感的美貌姑娘，已经大打折扣。他同时想到了兰子妈，他娶她就没花多少钱。他结婚那时候，别说两千元，就是两百元他也拿不出来。兰子妈只图他的人，不图他的钱，让他才有了今天的家。兰子妈嫁给他，让他如虎添翼，靠艰辛的劳动，打穷困线上走了过来，活得像个有头有脸有奔头的男人。想到兰子妈，他心里边产生欣慰感，让他心头充满温暖，同时也让他感到很自豪。

媒人说女方不是因为钱，宝生爹却执意认为就是因为钱，果然这两千元拿过去，凑了效，让原本山穷水尽的事情，变得峰回路转、柳暗花明了。玉秀在她父母，还有她大姐的劝说下，终于止住哭声，站起身，缓缓朝外走去。

钱啊钱，真是必不可少的东西，多少棘手难办的事，都靠钱迎刃而解。钱能摆平一切！

新娘顺利给娶上门了，让人搀扶着、簇拥着走下婚车，走向了结婚典礼台。一刹那，鞭炮声、鼓乐声，还有围观众人的尽情欢笑声，把喜庆场面推向高潮。

这时，柱子也挤了进去，他强烈地想看一眼新媳妇这个已经在他心里神秘了两年的女子，他要见识一下庐山真面目。

不看则已，他这一看，不由一声惊叹，连魂儿都丢了。玉秀长得太美丽动人了，让他马上联想到"貌若天仙"这个词。他早就从不少人的口中听到夸赞玉秀长得好，可他怎么也没想到长得这般好！那真是，画上的人儿，还有那种清纯的美。他心悦诚服，而又流连忘返。这一看，他觉得不用说多要两千元，就是再多要两万元也值。换句话说，那根本就不是钱的事，她的美不能用金钱来体现。他顿时产生一种酸溜溜的难受味道，对站在她身边的宝生不由产生一种羡慕感。这样美貌的姑娘，嫁给宝生这样的小子，真是太可惜了。

柱子站在那里发了怔，不由再次想到了自己的老婆——已经给他生了一男一女两个孩子的兰子妈。个头与身子一般粗，就像个水桶一般，黑红的大脸盘子，眼睛却小，就像镶嵌上去的两粒绿豆。短鼻子，大嘴巴，五官搭配一点也不协调，真是一个没模没样的乡下村妇。要是拿自己老婆跟眼前的玉秀比，真是地下天上，一个下里巴人，一个阳春白雪。柱子想，要不是自己过去家庭经济跟不上，打死他也不娶兰子妈，兰子妈根本配不上他。

就在这当口，村里胖和尚般的厨子刘福，竟打外边挤到新郎新娘跟前，把嘴咧得像瓢大，眼睛眯成一条缝，巴掌沾满油污，扬举着手就要朝新娘子嫩白的脸上抹。他想用这种粗鲁方法，跟新娘子闹喜。

按照淮土习俗，这样闹喜的举动也不算出格，虽说粗鲁一点，却能引来欢笑，可以营造更热闹的喜庆气氛，也没什么大不了的。

偏偏柱子不知动了哪根筋，他却忍受不了。那样冰清玉洁的一张美丽面容上，怎么能涂抹那么脏的油污呢？他不由心疼起新娘子来。他就迅疾朝刘福直冲过去，还没等刘福把手伸过去，他就一下揪住了他的一只耳朵，像提溜一头肥猪，扒开众人，朝外走去。边走边笑容满面地对他说："你凑啥热闹？该做饭也不做你的饭，那么多客人都等你开饭呢。"

那个胖厨子刘福，让柱子揪拽着耳朵，疼得龇牙咧嘴，抬眼看是柱子，被他阻拦得有些困惑，很是扫兴，换了二人，他真跟他恼。

四

说起来柱子也有初恋的，那就是他小学时的同班女同学叶春兰。柱子学习成绩好，叶春兰成绩差，作业做不好，她就只好抄柱子的作业。柱子看见就不高兴，不让她抄，可他也不把叶春兰这种抄袭行为告老师,柱子不喜欢告人的状。他的做法就是把作业哗哗做好,马上交上去。

柱子学习好、脑子灵、反应快,可他就是调皮捣蛋,不遵守课堂纪律。老师上课,他就在下边用本书挡住脸,跟前边座位上的一个男同学交头接耳。有时老师发现了,就严格制止。柱子不长记性,警告一次,只老实十分钟八分钟,就又开始跟前边那个男同学说悄悄话。第二次让老师逮住,就让柱子和那个男同学罚站。

下了课,那个男同学就对柱子不满,对他产生了气愤。柱子不承认自己有过错,两个人就吵起来,然后就互相动了拳脚。

到了再上课时,柱子忍不住,就又开始用手朝前座的背上捅一下,要不就把脚从下边伸过去踢一下,可前座就像个木头人,没反应,不理睬,再也不把身子调转过来。柱子一个人急了,就开始上课偷看小人书。同桌的叶春兰为了抄写柱子的作业,就乘机讨好他,主动当他的瞭望哨。一看见老师正讲着课,忽然停下来朝柱子这里张望,叶春兰就马上轻轻拉拉他的衣襟,提醒他,柱子便赶忙合起小人书,抬起了头。

柱子听课总不断垂着头,老师的疑问消除不了,就搞突然袭击。叶春兰看见老师直接朝柱子急急地走过来,可柱子还浑然不觉。眼看就要被老师抓住,眼疾手快的柱子,情急生智,打课桌下把小人书转移给了同桌的叶春兰,让老师扑了空,白跑一趟。

柱子作为交换,只好把自己做好的作业给叶春兰抄。

打那之后,柱子就对叶春兰有了好感。叶春兰也不只是抄写柱子的作业,她对绝顶聪明的柱子很喜欢。她上课认真听讲,可老师上课她听不懂,每到做作业,她就犯难。而柱子带听不听,作业却是刷刷地做。叶春兰喜欢柱子的实际举动,就是打家中拿煮鸡蛋、油条、饼干这些好吃的,悄悄给柱子吃。

柱子打小学升入初中之后,仍然频频违反课堂纪律,同时他个子长高了，身体长壮了，跟同学之间的摩擦也多了。有一次放学路上，他就跟班里的一个男同学打起了架。这时候打架，也不像小学，只动下拳脚，还用上了砖头、瓦块。柱子打地上捡半块砖，一下拍在那男同学的头上，立刻鲜血就从那男同学头上流淌下来，那个男同学强忍剧痛，猛扑过来，跟柱子扭打在一起。当他把柱子骑在身子下边，挥起拳头朝柱子头上猛击的时候，叶春兰猛扑上来，打后边用劲一推，把那个没有防备的男同学，推下了柱子的身，还栽了一个狗啃泥。柱子得着机会爬起来，就再次冲向那个男同学，加上有叶春兰在旁边助战，二打一，那个男同学无法招架，边打边退，转过身就逃跑了。

柱子只上到初中毕业，由于家庭贫穷，经济供不上，高中没有上，就回了农村。叶春兰家庭条件好，可她学习不好，没有考取高中，也回村当了农民。

柱子回村跟着父辈干农活，劳动之余也上街上转悠一下，他也遇到过叶春兰。不过，完全长成大姑娘的叶春兰，看见柱子却有些躲，不敢近前。只有一次，叶春兰没有躲，她羞涨红了脸，真挚地对柱子说，你要是让我看着不躲，想跟我天天在一起，就回家让你父母托人跟我提这门亲。

柱子听叶春兰主动跟他这般说，高兴得不得了，回家就让父母给他找媒人，提叶春兰这桩媒。柱子的父母依从柱子的办了，可柱子那时家境太贫穷了，遭到了叶春兰父母的断然拒绝。

叶春兰还在她临出嫁前的一天晚上，主动找到柱子，向柱子倾诉衷肠。她说为了柱子，有好多上她家提媒的，她都没答应，她心里边只装着柱子，她没有想到自己的父母会反对她们这门婚事。现在她要出嫁的这个男家，那个男孩她不喜欢，只是她父母看上了他的家庭，强行给她做主订了婚。片刻，叶春兰又说："知道吗？男孩的父亲是大队书记，男孩舅舅在一家银行里上班。"

后来,两人就不说话,默默在一起坐了好久,最后叶春兰是流着泪水跑走的。

乡下婚姻,就是这样传统。乡下人跟城里人的最大区别就是:城里是开放的,乡下是封闭的。男人心中有自己看上的姑娘,姑娘心中有自己相中的男人,最终却很少能走到一起。追求婚姻自由,那中间遇到的阻力,纵横交错,是相当大的,根本没有哪个力量能够突破。只能把这种美好感情藏在心底深处,当成自己一个梦,去追忆、去回想。

柱子当时没有想到他的婚姻那么难办,经媒人领着见了十几个姑娘,女方父母看过柱子本人,没说什么,主要症结就是柱子家庭。女方父母看到柱子一贫如洗,甚至一提到他那破落不堪的家庭就摇头退缩,再不敢越雷池一步。没办法,柱子见过一家又一家,最终结果都是女方拒绝这门婚事。

到了兰子妈,连柱子也记不清是他见的第多少个姑娘。兰子妈红涨着面庞,没说什么。没有想到女方父母也没说什么,这让柱子茫茫黑夜之中看到了光明。女方父亲话说得很脆崩,家境不好,有两只手没有?只要勤劳苦干,将来什么都会由手带来。还说,我们给闺女定亲,主要看重的是人,又不是钱财。

当然兰子妈的模样,柱子没有相中。可他经过这么多次的失败,哪里还敢挑肥拣瘦?主动权主要掌握在女方手中,既然女方不嫌弃他家庭贫穷,能同意这门婚姻,他就求之不得,谢天谢地啦!哪有说个不字的道理。

不知道柱子跟兰子妈性格投不投,两人感情上是否合得来,有没有共同的语言?而婚姻就把两人捏合在一起,组成了一个家。两人从此一起日出而作,日落而息,天长地久地躺在一张床上,共同生活在一起。

柱子把兰子妈娶过门,才发现这个女人非常能干,由于她长得高胖又粗壮,在田间干活确实是把好手。她在娘家排行老大,打小就经受劳动锻炼,是家里的主要劳动力。她的耐力出奇地好,干起活来不抬头,即便干得汗流浃背,热气腾腾,也不觉得累。她干起活来喜欢一鼓作气,干得又快又好。可能她在娘家主要干的是地里活,粗手大脚的她,家务活却干得勉强。绣花针好像太细太轻,让她捏不住,针线活做得就很毛糙。喂猪、养羊,食草一添就完事了,管它吃饱吃不饱,她就是那么简单。

兰子妈这人平常不太爱说话,干完农活,人疲累了,倒头就呼呼大睡,不到天明她不醒。

柱子夜里睡不着,想躺在床上说说话,也是人之常情,可是兰子妈呼呼大睡,让想说话的柱子,也找不着对象。柱子越发心烦,翻过来,调过去,把个床弄得"吱呀""吱呀"响,就是无法入睡。就连柱子想跟她做那档子事,兰子妈也是困倦中让他上身,这让柱子感到很乏味,一点激情也没有。他感觉自己不像一个人,而像一条狗,只是生理上的满足。

兰子妈遇事从来不心平气和,她看见不顺眼的事,都是用行动去制止。她看见猪拱猪圈,拿个棍就打;她看见鸡上了锅台,捡个砖就扔过去。柱子就跟她说道理,对她说:"你这种做法不对,猪受了惊吓,就得几天不长肉;鸡受了惊吓,就得几天不下蛋。"兰子妈就听不惯柱子卖这个经,她气不过,将手中饭碗,全摔砸在柱子面前。"你猪金贵,鸡金贵,就是人不金贵。你为啥拿我当老婆,你咋不拿猪、鸡当老婆?去跟猪、鸡过日子?"一句顶撞话,让柱子目瞪口呆。

兰子妈对畜、禽是这种简单、粗暴,在孩子的管教上,也采取这种方式。她看见兰子有让她不顺眼的地方,二话不说,拉过来一巴掌,朝屁股就打。兰子哭,她还不让兰子哭,强迫兰子憋住,兰子做不到,她接着又打,气恼时,她下手更狠。

柱子看见忍不住,就走上前说她:"孩子做错了,你要把道理跟他讲清楚,给孩子指出来她做错在哪,让孩子记住,下次改正过来。对孩子教育不能只用打,要用语言循循善诱地引导。"

兰子妈不但不听,反而顶撞柱子。"我知道我只上到二年级,根本不识几个字,你嫌弃我没文化。什么教育孩子的方法?我的方法就是打,家里地里,都等着我去做,我哪有那个工夫,那个闲心?打她一顿,她下次就长记性了!"

柱子在生活中,越来越发现他和老婆合不来。柱子买了台收割机,给村里老少爷们割麦子,算账付钱时,赶到一块两块零头上,他就舍弃不要了。遇到老婆在跟前,她就不认可:"凭啥不要?人要吃饭,机子要烧油。大忙天的自家活干不上,给别人收麦,又不是凭空要,一分都不能少。"

对方的面子没有了,柱子也下不来台。让老婆从中插一杠子,他很尴尬,他看着人家悻悻远去的背影,就对老婆说:"给本村割麦,又不是上外村,老少爷们,不能这样不留情面。"

老婆就没好气地说:"你讲情面,你零头不要,你咋不一分也不要?做生意就不用讲情面,谁打粮谁吃,谁挣钱谁花,你买东西,少一分钱也买不走。"

柱子道:"听你这话说得一点生意理也不懂。"

老婆道:"咋叫生意理?"

柱子道:"和气生财就叫生意理。就你这样做,下年谁还用你的机子割?只能把生意做成一潭死水。"

老婆不以为然,也不搭柱子的话,扭搭扭搭就走人了。柱子日后就想了个办法,逢到村人给他收麦钱、耕地钱,或是浇水钱,若碰到老婆在场,他都如数照收,收过之后,私下把零头再进行返还。

让柱子心里疙瘩,尤其忍受不了的,是老婆不能看见他给村里女人帮忙。遇到女人朝家拉麦秆,车子因绳子没有刹紧,朝一边歪,柱子看见,便不顾自己手中活,赶忙上前,帮着那位女人推拉着,送到她家场地去。

等到柱子返回来，老婆满脸罩霜，很不高兴地说："她车子歪不歪，跟你有个啥关系？你心肠对那女人那么好干啥？"柱子就跟老婆解释："她男人不是出门不在家吗？她遇到困难，我碰上能不帮一把吗？"

老婆就说："她是遇到困难，你看见你就去帮她，那她丈夫打工回来，挣钱可给你花？"

柱子说："你这说的哪跟哪，牛头不对马嘴！我只不过上前帮扶一把，怎么她男人挣钱可给我花？我凭啥花人家男人挣的钱，这也扯不上呀！"

老婆说："这就结了。她一个女人家，多吃苦受累，为的是让他男人在外边多挣钱，她有困难，她自己想办法。你跟她八竿子打不着，咋显着你去帮忙啦？"

柱子就争辩说："咱家平时遇到困难，村里也有不少女人，不也赶来帮咱家的忙吗？老少爷们不就应该鱼帮水、水帮鱼吗？"

老婆不以为然："那是真心的吗？我能不知道那是咋回事吗？那是因为你有收割机、犁地机、打料机、喷灌机，还有你这个壮劳力！他们平时用着你，求着你的时候多，他们才上前。你还像过去穷光蛋，饿死路边，看有人搭理你？"

柱子越听越皱眉头，他越来越觉得，老婆跟他认理不一样。她可是跟他共患难的夫妻呀，他感觉他们越来越疏远，产生了一种陌生感。他真想说老婆一声，"十足的村妇之见！"又怕引起争吵，他就忍住没有往外说。

五

玉秀跟宝生结婚之后，宝生父母总算是了结了一个心愿，心里很高兴，就把玉秀捧在手心里，什么活也不让她干，让她闲待着，对她很疼爱。

玉秀却显得忧戚，闷闷不乐的，脸上一点笑色也没有！

宝生知道玉秀是对这门婚事不如意，是讨嫌他，脸色才这样阴沉的。宝生不敢招惹她，他唯一能做的，就是守在她身边陪着她。他本身就不爱说话，像个木头人，这样一来，屋里气氛就更单调更烦闷了！

到了夜晚，躺在床上，玉秀就面朝上睡着，两眼望着屋顶，一动也不动！

宝生看见玉秀不动，他躺在旁边也不敢动，可玉秀毕竟是宝生娶的媳妇，一个花朵般的女人躺在他身边，他无论如何也管不住自己，对她产生一种向往。玉秀懒得动，老是这样躺着不动，时间长了，他就受不了。他将身子不知不觉朝玉秀身边移一下再移一下。玉秀发觉了，就不悦地阻止他："不要离我这样近，离我远点！"

宝生只好赶忙把身子朝外又移了回去，中间拉开一定的距离来。

玉秀用手顺便拉了一下被子，继续睡她的。

没过多久，宝生又不老实起来，他重新将身子移了过来，并且试探地用手朝玉秀身上摸了一下。

玉秀一声惊叫，坐了起来，她见宝生好一会儿没有动，才重新躺下来。

过了片刻，宝生终于憋不住，这才开口道："你这是干什么？咱俩可是互相见面后才订的婚！"

玉秀仍不说话。

停了一会，宝生鼓足勇气说："要是没看上我，早说！现在婚都结了，场面铺排那么大，我们家这些年积攒的钱，还有我两年打工的钱，都花在你身上了，你还像个冰冷人，这是干啥嘛？"

玉秀仍然丢只耳朵给宝生，不说一句话。宝生话说过了，接着又大着胆子朝玉秀身边靠，他刚刚移过去，就让玉秀给阻挡回来。

两个人又停下好久不动了。

宝生忽然打床上坐了起来，声音提高了，激愤地说："你要是这样，明天我就上你娘家找你父母说去！"

玉秀这才开了口："谁不让你招了，人不是躺在你身边吗？"

宝生见自己这句话产生了效果，听玉秀和缓了口气，受到鼓励的他，重新又把手伸过来，说："你的衣裳也不脱。"

玉秀淡淡地说："想让我脱衣裳？你休想！"停了一下又说，"你自己又不是没长手。"

宝生把玉秀的话听懂了，他就笨拙地上手脱玉秀的衣服，然后急不可耐地脱自己的衣服，然后就爬到玉秀身上去。

玉秀就那样平躺着，任宝生在她身上发泄。她一动不动，似乎一点感觉也没有。

性爱本应是两个人的事，玉秀却这样麻木，丝毫也不跟他配合，宝生感觉索然无味，手忙脚乱发泄完了，性欲就草草结束，一撅屁股，就打玉秀身上滚了下来。

玉秀仍然躺在那儿，她很难过、很委屈，也很无奈，泪水顺着她的面颊无声地流淌了下来！

这时候，宝生把他的手伸了过来，他想搂抱她，而玉秀根本不领他的情，伸出手臂把他的手给挡了回去。

宝生就很不高兴地说："你再别扭，也成了我家的人！"

玉秀听宝生这样说，她很生气，便一翻身朝里，给宝生一个脊背，明显向宝生表达她的不满和对宝生的反感。

宝生算是达到了他的目的，不管玉秀怎么折腾，也就不再言语。

玉秀仍然将身子朝里躺着，她的心里很空。她不由想起了她的初恋，眼前浮现出她的那个英俊、挺拔的高中男同学。她心里感到很苦涩,有一种酸酸的感觉涌上来,很不是滋味。过了好久,那个男同学才渐渐打她心里边褪去。茫茫然的她,就感觉自己像树上的落叶,不知道自己会飘向何方……

黑暗中,当玉秀把面朝里的身子再转过来的时候,宝生已经把呼噜打得很响,早已进入了梦乡。

到了第二天,吃过早饭,玉秀就向公公、婆婆提出回娘家。公公、婆婆内心当然不舍得,可刚过门的媳妇,对这里人和环境还不习惯,想回娘家也属于人之常情。公公、婆婆也就吐了口。玉秀朝娘家走时,公公、婆婆就亲自去送玉秀。宝生一直垂着头,闷声不响地跟在父母后边,他知道玉秀是打内心里还不肯接纳他,才提出来回娘家。他对玉秀不满意,才执意离玉秀远一点,不是走在玉秀身后边,而是走在父母的身后边。公公、婆婆一直把玉秀送到村口,才停住脚步,让宝生再送送她,宝生心里不大情愿,可也不敢违背要求,硬着头皮打父母身后走过来,朝玉秀跟前走。玉秀抬头看了宝生一眼,连忙对父母说:"谁都不用送了,回娘家是熟路了,我自己一个人就行了。"宝生才向前走两步,玉秀这一说,他就停住了脚步,如一支蜡般立在了那里。这时,公公、婆婆才依依不舍跟玉秀分手,目送玉秀远去。

玉秀这回打婆家回到娘家,竟来个大变样。她把父母,还有弟妹穿脏的衣服,包括鞋、袜,全部清理出来,泡到洗衣盆里,然后将袖管高高挽起,洗起了衣裳。又拆被褥,洗被褥,还抢着刷锅洗碗,打扫家院。总之,她就是一直找活干,一刻不停地忙碌着,不让自己闲下来。好像自己不能闲着,人劳累着,心里就不胡思乱想那么多,不指望这样能有多大改变,至少能让她心里不那么苦涩和失落!

玉秀本已是出过嫁的人,她现在的家应该在婆家,可从她身上一丁点儿也体现不出来,她仍然把娘家当成她的家。在感情上,她还割舍不掉这块生养她的土地。家里活干完了,她扛上劳动用具,像过去一样下地去干活。

地里碰到不少娘家村人，就和她打招呼道："外村的人，到我们这掺和啥，难道我们地里埋有金银财宝，你想给挖走吗？"有的说："咋着，娘家的饭你还没吃饱吗？又跑回来吃，你可有心眼呀，这是吃着娘家的，省着婆家的，这样算着过，你日子过不坏呀！"

尽管都是玩笑话，玉秀还是听得很刺耳，同样是干活，嫁出门和没嫁出门，就大不一样，楚河汉界。在村民心目中，她再也不是柳土坡的人，而是完全属于另外一个村庄的人。不管她内心承认不承认，这都已经成为事实，一个再已无法改变的事实。婆婆那个村，她还没融入，娘家这个村已经排外她。玉秀产生一种孤独感，一种无依无靠的飘零感："啊，我从哪里来，我该到哪里去啊？"

父母把玉秀这一切反常变化，看得一清二楚，他们知道这是闺女不承认婆婆那个庄是她的家，不认可宝生这个男人是她的丈夫。她回到娘家来，是故意在逃避婆婆那一家人，在远离宝生那个人。

这怎么能行！这样下去，玉秀就会跟宝生越来越疏远。最好的办法，就是让玉秀尽快返回婆婆家，跟婆婆那个村庄、婆婆家人，还有宝生——她的丈夫，生活在一起，互相建立起感情。时间长了，她就把婆婆那个家当成自己的家，跟公公婆婆和她丈夫亲成一家人。

可没有想到的是，父母才跟她一提婆家那个村，刚提到宝生，她就脸孔一寒，泪水流淌了下来，谁也劝不了她，她哭了还哭，直到气噎声绝。这让父母动了恻隐之心，再不把劝她的话说出口。

按照正常走娘家，玉秀最长一个星期就应该返回。玉秀不但一个星期没有返回，到了第十天头上仍然不见她的人影子。公公婆婆怎么也沉不住气了，感到不放心，就催促儿子宝生赶去柳土坡，把玉秀给接回来。

让公公婆婆没有料想到的是，向来对他们很顺服的儿子，这回却拉巴着脸，不听从他们的话，犯起倔来。他对爹娘说："她又不是不知道回来的路,我不去接她。"

父母感到愕然:"刚过门的媳妇走娘家,本该你上门去接她,你怎么能不去?"

宝生气呼呼地说:"我懒得去!"

父母生气,吵嚷宝生道:"你个混账小子,看你说的是啥话?"

宝生把脖子一拧,脚一跺:"我不稀罕她!"

宝生娘缓和了口气问道:"咋,你们两个生气了,还是拌嘴啦?"

宝生不承认生气、拌嘴这回事,气鼓鼓地说:"离了她又不是不能活,离开她又不是日子不能过!"

父母再不用朝下多问一句了,打这浑账小子的口气中得知,他们肯定是生气、拌嘴了。宝生爹气不过,脱了鞋子去打宝生。宝生见事情不好,拔腿就逃,他爹就狠狠地砸了他一下子,他把头一低,鞋就从头上飞过去了。

无奈之下,宝生爹娘只能一块从淮土赶往柳土坡,看望儿媳妇玉秀来了。

玉秀正扛个钉耙,站在娘家麦地头,扒一块春地的红芋垄。时令已是早春,又是大半晌,天气已变暖了。玉秀抡起钉耙,扒了一大片地,也扒热了,便把上衣脱掉,挂在地头的一棵树上,她将裤管高挽起来,露出藕节一样的腿肚来。这些天回到娘家,她抢着干脏活、累活,尽量让自己什么也不想,她人也能吃多了,脸上红扑扑的,感觉自己健壮了好多。

宝生爹娘上门看望儿媳妇玉秀,玉秀父母赶忙打屋里走出来,热情迎接。玉秀娘紧紧拉住宝生娘的手,两个亲家母就互相问候起来。宝生爹将自行车朝院里一扎,人还没进屋,老实人就开门见山:"玉秀呢?"

玉秀爹告诉宝生爹:"玉秀下地干活去了,帮我们扒春地红芋垄去了。"又道,"你先不用急着见她,先进屋喝口茶,歇歇气。我让村里人捎个信过去,让玉秀马上回来。"

宝生爹赶忙说:"不用了,我直接到地里看看玉秀去。"

宝生爹娘执意下地,玉秀父母只好陪着一道出村朝东南地走。玉秀扒地干活正欢,她怎么也没有想到公公、婆婆会赶来柳土坡,还亲自到地里来看她。玉秀收了钉耙,跟着公公、婆婆往回走。自己的公公婆婆都来到她娘家门口了,她要是不收工,还接着干活,就不像个样子了。玉秀往回走的路上,不断碰到村里的娘家人,明知故问道:"玉秀,这哪儿来的贵客呀?"玉秀就响亮地回答:"没有贵客,是我公公、婆婆!"只见她的脸放着红光,那是少有的喜悦。

那天的晌午饭,是玉秀亲自上手做的,菜也是她上手炒的,一盘盘、一碗碗,也是由她端进堂屋桌子上的。

做好饭,她陪着公公、婆婆吃饭。公公反客为主,朝玉秀碗里夹菜,两个老人看玉秀精神这样好,对他们很亲热,他们悬着的一颗心,也就装进了肚里。饭桌上有说有笑,他们尽情品尝了玉秀的手艺。老两口觉得儿媳做的饭菜,吃着很香很可口。

吃过晌午饭,公公、婆婆跟亲家叙了一会儿家常,就说家里还有事情要办,提出返回。他们只说前来看看玉秀,只字不提他们是来接玉秀的,只对玉秀说:"宝生那浑小子不懂事,平日闷葫芦,还是个牛脾气,你可千万别跟他一般见识。"

玉秀看见公公、婆婆竟自走了,那一刻,在她心里边,忽然感觉公公、婆婆才是她的亲人。他们往回一走,她的心里突然空空落落的,无依无靠。她住娘家的意思一点也没有了,再也不想在娘家待了,于是她主动提出跟公公、婆婆一起返回家去。

玉秀父母就等着玉秀说这句话,于是他们马上放行。虽说玉秀公公、婆婆嘴上没提,内心还是想儿媳返回的,这么长时间住娘家,应该返回了呢。外人跟前,怎么说也不好听呀,听玉秀要返回,老两口立刻欢喜不已。

玉秀慌慌张张,收拾了她的衣物,朝包里一塞,就跟着公公、婆婆回家来了。

出乎公公、婆婆意外的,是他们进了家,只见院门紧锁,不见家里半个人影。他们跟邻居一打问,方才得知,宝生这个臭小子趁他们上柳土坡看玉秀、没人在家这个空当,提着皮箱,竟出门打工去了。

宝生爹气得冒烟,差点把鼻子气歪。他没想到向来对父母很依顺的宝生,竟生了豹子胆,背着他们去出门。这真是儿大不由爷啊!他感到对不住玉秀,对玉秀没了话说,只能咬牙切齿说:"这样没有家教,等他回来看我不打断他的腿!"

玉秀回来见宝生走了,她也多少有些意外,心里竟有些失望。她看到他,是什么样,连她自己都说不清楚。宝生离开了,她还真产生了牵挂,产生了不舍。咋说走到如今这一步,宝生毕竟是她的男人呀。她的身子也已经给了他,跟他有了千丝万缕的联系呀。她对宝生产生了亲情。为了安慰公公、婆婆,让当老人的有台阶下,她就赶忙跟公公、婆婆说:"宝生走了就走了,不要对宝生那样生气,他是出门去打工,又不是去干别的。他走了,我不还在你们身边,陪着你们吗?"

公公、婆婆听玉秀把话说得这么体面,他们心里也感到了温暖。看见玉秀这样懂事,他们心里获得很大的安慰,这才不生宝生的气了。于是他们转身打开了院门,领玉秀走了进去。

六

柱子这个男人,不像一般淮土男人,他不吸烟,也很少沾酒,从来不说粗鲁话。村里有些跟男人一见面,就爱开玩笑的年轻女人,偶尔也跟柱子开句玩笑。有时候玩笑开得很下流,有些挑逗意味,换了其他人,早该想入非非,忍不住乘机朝那女人乳房上摸一把,占下那女人的便宜了。可柱子这方面洁净得很,哪个女人玩笑开得再粗鲁,他也不恼,也不还嘴,任凭你自个说。哪个女人开了玩笑,见柱子啥样反应也没有,自己也就寡淡无味,自动闭了嘴。柱子总认为自己是上过学、有知识的人,应该有文化素养,引领社会风气朝上走,引领时代新风尚,不能随波逐流朝下滑。他也知道,他在村里是个人物,他的一个举动,能影响一大片。他干活累了,收工回家歇息时,唯一的爱好,就是打开电视,独自享受享受。

可兰子妈就不能看见柱子看电视,只要看见柱子看电视,她就打屋里手带把白面走出来,喊柱子给她烧火。柱子没有办法,只好把才看开头的电视停下了,把电视电源关掉,起身走到灶屋来。

柱子朝锅门前一坐,一边燃火,一边就对兰子妈说:"我早说买煤气灶,你偏不同意。煤气灶做饭,只要一个人,这烧锅灶就要用两个人。你看这都啥年代了,还搁这烧锅灶,烟熏火燎。"

兰子妈就听不中柱子这话:"这是喊你来烧锅了,你就提煤气灶,我要是不让你烧锅,你也不提煤气灶。我看你也不是因为煤气灶,而是我叫你烧锅,你有情绪。"

柱子听了就有些委屈地说:"谁有情绪啦?你让烧锅,我这不关住电视就赶过来了吗?我又不是烧锅不情愿,你不要葫芦、茄子一筐烩,这跟煤气灶是两码事。"

兰子妈用毛巾擦了一下脸上的汗说:"现成的锅灶,烧不完的柴火,买煤气灶干啥?花那个枉费钱!就算不用你烧锅了,你不也闲着看电视吗?"

柱子抓了一把柴火填进锅底下,用炉钩挑着烧燃,等炉火燃旺了些,说:"煤气灶总比烧锅卫生,总不至于弄得烟熏火燎。"

兰子妈一边擀着面,一边跟柱子说:"净瞪着两眼说瞎话!咱这支的省柴灶,有点烟气都被后边的烟囱吸走了,烟熏火燎,那是过去的事啦!"

柱子却不以为然,用炉钩指着熏得灰黄的墙,还有墙壁上端的灰嘟噜子:"没有烟熏火燎,这墙壁是咋回事。这灰嘟噜打哪来的?这也是我瞪着眼睛说瞎话?"

兰子妈不由地动了气,忽然将身子转过来,对柱子说:"嫌乡下不好,你进城啊,你出去打工啊! 省得你烧锅灶,你咋不出去?"

柱子用炉钩朝地上凿着说:"打工,打工,只要说到你不满意的地方,你张口就是打工,好像不打工就不活人似的。我偏不打这个工,不看人脸子,不受约束。我在家种地养猪,不照样活得好好的!"

兰子妈也让柱子顶撞恼了,就说:"我看你这样怕打工,就是怕人家管你不自由,没有在家看电视这样方便!"

柱子又填一把柴火,让它自个燃烧着:"照你这般说,电视没人看,电视机也不用卖了? 电视机不好,那家家户户还买电视干啥? 给儿说个媳妇要彩礼,还把电视机算上干啥?"

柱子和兰子妈在屋里正争吵激烈,他们家后面的罗二嫂走到他们院门口来,问:"柱子在家没有?"

只要兰子妈看见村里有人上门找柱子,脸就往下一沉。正想对罗二嫂说句柱子没在家,话还没说出口,柱子忽下就站了起来,冲了出去:"找我有什么事?"

罗二嫂有些难为情:"你正烧着锅哩?"

柱子继续催促:"烧锅不当紧,有啥事只管说。"

罗二嫂这才开口说:"我家要卖一头大膘猪,村里打工走的也没啥壮劳力,我一个女的又弄不动,求你给帮个忙。"

柱子忙回答说:"行,我跟你去!"拔腿跟罗二嫂就远去了。

兰子妈见状,立刻就气不打一处来,她朝旁边竹椅上一坐,啪的一下将切菜刀摔在案板上。

等柱子打罗二嫂家帮忙回来，心想中间没耽搁多大会工夫，兰子妈早该做好饭，盛好面条碗在那里等着他回来吃饭了。回到家，看见兰子妈的面片子还在案板上搁着，还没切成面条子。兰子妈则一动不动坐在灶屋里，一声不响，却满脸泪水。柱子给惊吓一跳，心想：只跟你抬两句闲杠，谁又没咋着你，你气恼个啥？

兰子妈任泪水流淌着，冷不丁地说："我不想待家里了，我想出门打工去。"

柱子闻听吓一跳："瞧瞧，说风就是雨，你待家里，日子过得好好的，你咋想起了打工？你打个啥工，我又不是养不活你。"

兰子妈仍然不擦眼泪，说："我不是跟你瞎说，我就是要出门打工。"

柱子再也不敢惹兰子妈生气，赶紧收场说："好了，好了，别胡说八道。赶紧做饭吃饭，吃过饭，我还要上南地给麦子打药。我扳手弄丢一把，还要到街上买扳手，我还要……"

兰子妈立刻打断了柱子的话："一句也不想多听！想吃你自己动手，我不饿我不吃！"

柱子见自己咋说兰子妈也不听，坐在这里跟他犯倔，他的火气也上来了："家里有吃有穿，你还这么不满足，你还要外出打工，我看你是见人家出门挣钱，你眼热，你财心太重！"

兰子妈却平心静气，不再跟柱子争吵："你想想咱们两个壮劳力留在家里，今天这个找你办事，明天那个又上门，一个村上千口人，整天净找你的人，净办不完的事。有时候手中正干着活，还放下，有时候连顿安生饭也吃不上。你走了，留下的活茬儿还得我接着干，你还净干得是填眼子的活儿，啥好处也得不着，仔细算一下，差不多能占去一个人的工。咱两个在家待着，还不跟一个人一样。我想来想去，两人必须出去一个，留一个在家，就不会再那么多人找，外出一个又多挣一个人的钱。你真不想出去，我就出去，你说我财心重，你说我啥都好,现在的人,谁不是看着钱过?谁又不为钱活?"

兰子妈自打产生了外出打工的念头,日子便过得不沉气。她见柱子阻止她出门,就动不动摔桌子打碗,故意跟柱子闹别扭。柱子见她心绪烦乱,就尽量忍让她,不招惹她,能忍受的,他就忍让着她。

尤其兰子妈不能看见有村人上门求柱子。柱子呢,又是一个热心肠,助人为乐成习惯的人。村里有人家遇到困难,总爱去求柱子,柱子认识的人多,世面广,办事能力又强,再棘手的事,只要柱子出面肯定能办成。村里人又离不开柱子,有时,一天能来几个上门找柱子的人。柱子呢,老少爷们,又抹不开这个情面。明知道兰子妈不高兴,也只得硬着头皮前往。这样越来越让兰子妈心里窝一肚气,当着人家的面,她就说难听话损人家。她说:"让我家男人不顾家给你办事,我们家就不用要了,我们家孩子就不养了?"她说:"离了张屠户,就吃带毛猪,离开柱子,你们事就办不成了,你们就不活了?"她话说得让人难进耳,脸奋拉得很难看,她把人家弄得下不了台,要不是碍于柱子情面,他们早该跟兰子妈争吵了。柱子只好向人家说好话,替兰子妈开脱,把人家对兰子妈的不满,都包揽自己身上。他给人家尽心尽力把事也办了,而人也让兰子妈得罪了。因为兰子妈,他在村里的威信下降了不少。可咋说兰子妈也是他老婆,他不多包容,能怎么办?兰子妈心里像长草一样,他的心里也烦躁不得安宁,这让他活得好苦恼。

要说兰子妈不体谅柱子,那也是不全对的。她也知道柱子活路忙,一个家日子要想过得红红火火,必须有打里打外的,有敲锣打鼓的。她知道柱子也离不开她,她也真的没有舍下家,还有丈夫、孩子,腿一拔外出打工。兰子妈从他的角度想,她认为她也是强忍不动外出的念头,强迫自己留在柱子身边的。

兰子妈真正动了外出的心思,那是有一次跟柱子拌了嘴,大吵了一场,柱子把她伤害之后,她跟柱子赌气才下了狠心外出打工的。

事情是这样引起来的。

那是一个下午,柱子开着手扶拖拉机,去北地浇棉花。他让兰子妈给他拉浇地的水管子,兰子妈却坐在那里不动,好像没听见。兰子妈认为地还不算旱,不需要浇,柱子要浇,就是自找麻烦。柱子见她不动,就把手扶停在院外边,自己回头朝架车上装水管,一边装一边气呼呼地说:"难道浇水,一定看见旱了才浇吗?你知道浇一遍水对花蕾、产量有多重要吗?"他很快装好了水管,就独自拉水管去了,他准备绑挂在手扶后边。正在他用个绳子朝手扶后面捆绑时,兰子妈打院里冲了出来,伸手就打他手中把装水管的车子夺了过去,也不看柱子,拉上就走。

柱子把机子开到地里,地头的路有些偏窄。兰子妈叫他把机子朝地里边开一些,要是机子朝地里开,避免不了要轧棉花,他就扭头对兰子妈说:"我要是开机子轧庄稼,我还不如不浇它。"

柱子认为自己开手扶技术娴熟,路虽窄但还是能过下手扶拖拉机的,冒点险,只要不把手扶拖拉机开掉沟塘去就行了。本来路就一边高一边低,前边还有一个洼,没承想,他小心着,小心着,机头还是滑进下洼,失去了平衡,方向偏着朝前冲,没容他的机子掉过来,就直接翻到了沟坡下,好在有惊无险没有伤着他的人。

兰子妈看柱子翻到沟坡下的手扶拖拉机,本来性子就暴的她,气就不打一处来。她就数落柱子说:"我说不让你浇,你偏不听我的,要是你听我的,也不会出现这个事。要是我让你往地里边开一些,你听我一句,也不会出现这个事。你是个硬头钉,说啥都不听!这把机子摔下去,看你咋办?"

柱子开翻了机子,正心里恼着一肚子火,兰子妈不但一句安慰话没有,还在旁边一个劲地数落他,让他听得更是烦上加烦。他就劈头盖脸向兰子妈发泄说:"无论出个啥闪失,你就知道埋怨我,要不是我刚出门,你就跟我赌气,也不会弄成这样!我不说你啥,你还在我跟前倒不完的夜壶!"

兰子妈哪里受得了柱子这般蛮横态度的呵斥,她也不依不饶地道:"你拉不掉屎怨茅房,你听我一句话,这样的闪失会有?你自作自受,你自己开翻的,咋赖着我啦!"

柱子拧着脖子说:"我开翻的,我不会把它再弄上来?这有什么大不了?"

兰子妈却不做退让说:"是的,柱子是个有本事的人,翻了机子,是有办法重新弄上来,那摔坏的零件,就不是损失?"

柱子等兰子妈话刚落音,就眼瞪着说:"净说混蛋话!摔坏个机子,你就心疼,我人你就根本没放心里,我人没摔着,你就不感到庆幸?我要是摔个断胳膊断腿,你还不得拉着弦子唱啊!"

兰子妈听柱子这般一说,她眼前想起刚才那惊险的一幕,幸亏柱子麻溜,提前打机身上跳了下来,要是万一……她真不敢朝下想了,联想到柱子经常跟机械打交道,她的泪水流淌了下来……

柱子看见兰子妈坐在地头一哭,他更加心烦:"你搁这里,哭鼻流水淌啥蛤蟆尿?我又没打你,你这个样子让我不能瞧!"

兰子妈听柱子把话说得不进耳朵,就感到受不了。她说:"你机子开翻沟里,本来就是你的错,你不承认你有错反占着理了!说这样的混账话,我看你早就不待见我了!"

柱子处在气头上,便咬牙切齿地说:"你说我不待见你,我就是不待见。这个家不想待,爱上哪上哪去!你这么久以来,不就闹腾着要打工吗?这回我不拦你,天高任鸟飞,我领着两个孩子在家里过,我看离开你地球转不转,离开你,我可活人!"

兰子妈听柱子仍然用这样难听的话伤害她,气得全身颤抖,直打哆嗦。她腾地一下打地下站了起来:"这话可是你说的,你说离了我一样活,你可要说话算话!不要当我不敢离开家、离开你。我这回就再也不在家磨你眼角屎,我出门打工去,看我离开你,能不能活得下去!"

柱子满脑门火气,就用手向外摆着,不管不顾地说:"行行行,该滚哪滚哪去。你走了我落一清静,你走了我吃饭香、睡觉香。伸开你的劲,你走你的人,走得越快越好,走得越远越好。"

兰子妈没想到柱子会这样,她整个人都气晕了。她一跺脚,拍拍屁股上的尘土,直接就打地里离开,从田野里横穿着,朝远处快速走去。她的身影越走越远,直到变成一个小黑点,在田影里消失,她就这样走掉了!

柱子仍然梗着脖子,低着头。他的胸脯一起一伏,脸也变了色。他就蹲在滚翻的机子跟前,一动也不动,连瞧也不瞧。

直到柱子回家,一夜醒来,身边没有了兰子妈,他也过了火气头,才知道自己太过分了。认识到自己不该这样,不顾情分,伤害兰子妈,他打心里边后悔了。身边少了兰子妈,他的生活空出了一大块。他抓起自行车,飞一样地朝老婆的娘家赶去,可是,他来迟了一步。天还没亮兰子妈就跟她娘家嫂子一道,坐汽车上了县城,然后再转乘火车直达北京。她是上北京当保姆去了。

七

玉秀那天站在结婚典礼台上,那个胖厨子刘福打人群中挤过来,要朝她光鲜的脸上抹油污,还是让她非常恐慌的。

尽管她临出嫁前,母亲和大姐现身说法,讲了她们过去出嫁闹喜时被整治和折腾的事情,尤其母亲所讲的她出嫁闹喜时的情况,真是粗俗到不堪入目。就是母亲和大姐不给她上婚前必修课,她也亲眼看见过他们柳土坡男人娶媳妇那闹喜的场面。母亲最终归结到一句话:"不管他们怎么闹,闹多狠都不能恼。"不过,这些年乡下生活也发生了很大变化,他们劳动致富以后,见过的场面多了,人也开始文明了。尤其是乡下时兴打工之后,更多的人走向城市,他们的眼界彻底打开,观念也更新了很多。城市文明就像一股春风刮进了乡村,乡下再不像过去那般封闭落后了,人也不像过去那样粗野、低俗了。闹喜当然还闹,传统风俗么,不能彻底根除掉,但闹喜已经不像过去那样把一个人当成一件玩物去整治了。过去乡下人娶媳妇,好像是农村唯一的景致,现在娱乐形式多了,对于谁家娶媳妇,就没有过去那种新鲜感了。有不少年轻人只是站在旁边凑凑热闹,似乎对于闹喜已经没那个兴趣,也懒得闹了。

胖厨子刘福向玉秀走过来,玉秀看见他手上的油污,正在惊惧,忽然冲过来一个男人,揪住胖厨子的耳朵,把他揪离开了她,算是给她解了围,让她松了一口气。站在她身边的宝生,低声告诉她,那是柱子哥。玉秀抬头迅速看了柱子一眼,她觉得这个男人非同一般,是个脱俗的男人。更为重要的事,她对这个人很熟悉,好像在哪儿见过。

玉秀在头脑中反复回忆,她在什么地方见过柱子,这个人给她留下的印象除了很好之外,还让她有一种亲近感,很有吸引力。她想起来了,这个人的身材、长相跟她那位高中男同学有些接近,尤其他身上那种脱俗不凡的气质,跟她的那个男同学很相像。她的眼前豁然开朗,迷雾马上散去,难怪自己见他感到很熟悉,缘由原来在这里。

可玉秀很快心又沉下来,她还是感觉自己亲眼见过这个人,不单单是跟她那男同学长相、气质很相似的缘故,她就是见过这个人。可在哪儿见过呢?是在这个村吗?自打她跟宝生定过亲之后,因为她没有看上宝生,所以到淮土来的趟数屈指可数。她通过仔细回想,排除了在这个村见过柱子的可能性。那她就是在淮土这个村子之外,见过柱子。可她一时难以想起来,她就拼命想啊,想啊,她苦思冥想了好久,也没有任何突破,到底在哪里见过呢?这就变成了一个谜团,沉到了她的心里边。

后来,玉秀就嘲笑起来,柱子只是淮土一个村民,而她高中男同学对她有多么关爱……这些早已时过境迁,一切都成过眼云烟,她还想这些有什么用呢,她觉得自己无聊又可笑!

玉秀的新房,建在淮土规划的另一处新宅上。因为是新宅,建盖的新房并不多,这里建一处,那里建一处,寥寥落落,显得很空旷。公公、婆婆住在庄子里边的老宅上,来来去去,离得距离有些远。年轻人结婚之后,分家都很早,因为现在生活比过去好多了。像玉秀刚结婚,就有宽敞的新房住,已经具备分家的条件。现在年轻人又都外出打工,挣下了钱,结婚之后把家分开,丈夫挣下的钱就可以直接寄给媳妇。要是不分家,一边是老子,一边是媳妇,弄得很为难。分开的最大好处,就是媳妇娶过门就有了一个自己的家,她能安心过日子,她肩上有担子,也就有了动力有和责任感。分家另过,跟公婆拉开距离,不在一个屋檐下过日子,就不会产生那么多不可调和的矛盾,也就没了那么多说不清、道不明、剪不断、理还乱的家务事,基本上能避免了婆媳不和。看似两家距离拉远了,可打感情上却变得更近了。

玉秀新房统共五间,三间是堂屋,两间是厨屋,还拉有一圈院墙。宅基空处,公公把树都栽好,青枝绿叶,生长正旺盛。还有猪圈、羊舍、鸡架,也都俱全。分家之后,公公做主,去掉分给她两千斤小麦,还有大豆、玉米、红芋片这些杂粮,另外还分给她两头小猪、一头水羊带三个羊羔,一只公鸡和五只母鸡。公公、婆婆对她这个儿媳妇,还是蛮厚道的。

玉秀喂了猪,给羊添了草,又抓把粮食籽儿撒到地上给鸡吃,这一切活儿忙完,她就没事儿了。她刚嫁入淮土,对一切都还陌生着,也没心思出去。走进屋里,三间空房子,却只有她一个人,虽说她喜欢安静,可此时她心里还是很空虚的。她顺手打开了电视,可又沉不下心思,感觉看电视也没意思,她就不停换频道,换来换去,也没换到她认为好看的电视剧,无奈只好把电视关掉。

玉秀不看电视了,一个人坐在屋里,心里觉得发堵、烦躁,整个人都显得百无聊赖的。她忽然想到了做晌午饭,擀面条的话,就少不了吃葱,她这才算找到了外出的理由。

玉秀打家里走了出来,顺着村路往前走,看见谁家有一只大红公鸡,站在高高的墙头上,引吭高歌。有两只小羊羔在相互抵头,一会儿这个把那个抵得往后退,一会儿又变成那个把这个抵得往后退,这样抵来抵去,就不抵了,蹦蹦跳跳地跑走了。玉秀继续朝前走,迎面跑过来两条狗,一只黑狗,一只黄狗,狐疑地盯视了玉秀一会儿。玉秀怕它们咬,便弯腰佯装捡石头,那两只狗看见玉秀弯腰,就胆怯地逃走了。

玉秀走到村口,来到了西湖沟边。这条沟是条南北沟,也不算很宽,沟有小半沟水,因为水是流动的,所以很清澈,里边生长着青青的水草,离近了还能看到水草下边白白的根,还有自由自在欢快游动的小鱼。西湖沟是跟泉河相连接的,泉河的水流向淮河,然后流到很远很远的地方去。玉秀没有朝沟坡下走,而是直接走上了小桥。越过小桥,她打对岸又继续朝前走,她秀气的倒影一直映在河塘的水里。

淮土农户的土地有一溜子都是在这里,只是包产到户之后,分成很多小块,户与户之间又隔开,就显得不是那么整齐,也不那般壮观。玉秀家的承包地,就夹在这一大块之中。两沟葱就栽在地头上。玉秀弯腰拔一把葱,劈开一根,将沾泥的外皮剥去,就填在嘴里咬吃着,然后起身往回走。

水嫩的葱白是甜丝丝的,很好吃,而淡黄的葱叶却是辛辣的。玉秀咬吃一口,就辣得张一下嘴,连鼻子也辣得有些冒火。玉秀只吃两口就不肯再吃了,顺手将剩下的葱叶扔到了西湖沟水中,这时候她人已经重新走回小桥。就在这时,她碰到了村里的柱子,只是柱子目不转睛,脚步匆匆一直向前走,加上中间还隔有一段距离,他并没注意到她。玉秀看着他远去的身影,心情无法克制地马上想到她的那个高中男同学,过去她曾经倾心相恋的那个男人。

玉秀转过小桥,独自走在回家的路上,埋在她心底的那个谜团就不由自主地重新浮现出来:这个柱子她就是曾经见过。究竟在哪里见过?她就拼命想,使劲想,记忆的大门终于让她打开,她忽然想了起来,她是在他们柳土坡见过这个柱子。

还是她刚下学回村当农民那一年,她在地里栽种麦茬红芋,不知道柱子到他们村办什么事,回来途经她家地头,逮眼看见她正拿着一棵红芋秧苗朝垄上栽。他迈步过来说:"你这栽法不对头呢,你不能直着朝下栽,这样把根埋土层太深,不利于生长,红芋日后也长不大。"红芋不怕浅栽,他这样说着,顺手就拿起一截秧苗给她做示范:"你就这样平着栽,这样浅栽,便于通风透光,日后生长旺盛,不要怕栽不活。入土之后,将喧土封后搁紧,不要怕搁成死泥块,等干后,再遇透雨,死泥就自动松散了。红芋是生命力很顽强的一种作物,一般情况下,是很容易栽活的。"又说,"你红芋秧苗也截得太短了点,再放长一点,就能结大薯。"说过,他又栽了一株给她看。

这时,跟他一块走过来的还有另外一个男人,好像有啥急等办的事情,就有些等不及,过来拉他说:"好了,好了,看一眼就知道姑娘是个灵透人,一点就破。你就不用在这摆方巾了,快走吧。"柱子这才起身,搓着手上的湿泥,退到路上,朝她笑着就走了。刚走开两步,另外那个男人朝柱子肩膀上拍了一下,还不忘回头跟她说了一句:"你今天走运,碰到了他这个农业专家,你按他说的栽,秋后至少一亩多长一千斤。"

玉秀解开了她曾经见到过柱子的谜团,心里就像热天伏在麦地里割麦,嘴里正干渴着,突然吃了一根黄瓜,让她心里一下子变得舒坦了。

玉秀联想到柱子,突然意识到柱子不是个一般的农民。她还没有嫁到淮土前,公公、婆婆口中曾经提到过柱子。他们不断提到一个人的名字,就说明在生活中他们跟这个人有着很密切的联系,这个人在他们心目中是有一定分量的。

记得他跟宝生定亲第二年的八月十五中秋节,宝生上她家去送礼。八月十六,她到宝生家来回礼,吃过晌午饭,她启程回家,公公婆婆在后边依依不舍地送她。打西湖沟路上走,公公就顺手指点着地里哪块庄稼是他们家的。玉秀看到这一大块地中,有一块地里的庄稼,长势跟所有人家的都不一样,叶片格外肥厚、深绿,非常健壮,很引人注目,她就问宝生爹:"这是谁家玉米长得这般好?"

公公就感叹地告诉她:"还能有谁? 我们村再没第二个人能种出这么出眼的庄稼,只有柱子!"

公公然后告诉她:"柱子养得猪多,还喂羊和长毛兔。人家种田主要依靠化肥,而他主要依靠粪土,化肥只用少部分。他家买有喷灌机遇旱就浇水,庄稼不受波折,水肥充足。他又懂农技,啥都是科学种植、科学管理,买的又是好种子,淮土就数他家种田产量高,没有哪一家能比过他、压住他。柱子可是个能人啊!"

玉秀第二次见柱子,说起来,话就有点长了。那天吃过早晨饭,她去喂猪,发现两头猪其中有一头在窝里卧着,不肯爬起来吃食。她心里一惊,赶忙走进窝里察看。猪耳朵发凉,鼻孔里无汗,身子一抖一抖的,她断定猪生病了,就赶忙朝公公家奔跑。公公早起就上建筑工地干活去了,只有婆婆一人在家。婆婆就说:"平日家里遇到啥事,你公公都是去找柱子,你去柱子家,看看柱子在不在家。"

玉秀正要往外走,村里有个名叫狗子的二流子货正在婆婆家串门子,顺便就插一句:"猪生病了,你还不快去请兽医,你找柱子顶个啥用,他又不是兽医。"又说,"他那人跟人家不一样,他家有猪病死了,又不让杀了吃肉,都是拉出去掩埋。"这样说着,他的口水便顺着嘴角淌了下来!狗子这一打岔,婆婆马上改变了主意:"那你赶快去请兽医去!"

玉秀返回家,推上自行车,迈腿骑上就去请兽医。那兽医一来,便放下药包,进圈给猪测体温,体温非但不高,反而很低。兽医收了体温表将药包打开,察看着朝外拿药盒,有用的放一边,没用的就重新装进药包去。接着把头插进去吸药汁,这样混了满满一注射器药水,搁手里拿着,进了猪圈,把药汁从猪耳朵旁边注射了进去。回头对玉秀说:"你注意观察,若是午饭过后它能爬起来,就表明病情好转了,若是还卧着没动静,你再去兽医站找我。"

没有料想到,那头病猪让兽医打了一针,病情不但没见缓解,精神反而更加萎靡了,仍然卧着不动,身子还越抖越厉害。

玉秀只好赶往兽医站,二次将那兽医请了来。兽医察看之后,就给它打了第二针,临走时对玉秀说:"再观察一下看吧,再不好转,我也无能为力了。"

玉秀半夜披衣起床查看,见那病猪还活着,只是呼吸有些急促。可等到天明,玉秀再去查看,发现它已经病死在猪圈里,玉秀不由心凉了半截。

村里那个二流子狗子,听说玉秀家病猪兽医没给看好,死掉了,他就拿了三十元给玉秀,给贱买走了。狗子回家将病猪杀了,开膛破肚,架火将病猪肉煮个烂稀。他过了肉瘾,还吃不完,剩下的就东家送一块,西家送一块,让老人少年都尝上肉荤。

玉秀第一头猪死过没几天,她便回娘家去了。打娘家回来,天快黑了,她去喂猪时,猪还爬起吃食,可到第二天起来,这头猪也死了。她朝猪食盆一看,猪食还剩好多,想必这头猪昨天就已经生病了,吃食也只勉强吃了一两口。

玉秀心里很沮丧,无精打采地来到婆婆家,把病死猪的事跟婆婆说。婆婆一听,脸一冷:"咋这么倒霉,怎么病死一头,又病死一头。"

玉秀说:"我也不知道,病死猪还在圈里,我一个人弄不动,得拖出来呀。"

婆婆这才对玉秀说:"正好今天早上工地没活,你爹在家,你上南地找去。他端个瓢,上南地种菜去了。"

玉秀转身直接奔赶南地,只见地头一片空地上只有翻耙的新土,就是不见公公的人。玉秀弄不清上哪找,只好转身往回返,路上碰上几位上年纪的老人,她就问他们见到她爹没有,都说没看见。

玉秀就把她家连着病死两头猪的事情,跟柱子说了。她说:"都长一百多斤了,却病死了,气死我了!"然后又把没找到她公公的事情,也跟柱子说了。

柱子就安慰了玉秀一番,他说:"猪病死了,在经济上受到损失,是气人。可哭是没用的,流泪能解决什么问题?至关重要的是要查找病因,从源头上查问题,消灭后患,避免日后喂猪再生同样的疾病,经济上再遭受损失,这才是解决问题的正确方法。"

玉秀觉得柱子的话很有道理,听他说话,马上就有了信心,增添了力量。玉秀果然擦干眼泪,停止了哭泣。

柱子根本没用玉秀提出找他帮个忙,他就主动跟玉秀一道往家奔赶。

来到玉秀家,将猪圈门打开,柱子帮着玉秀将那头死猪抬了出来。接下来,柱子又帮着玉秀用清水冲刷猪圈,然后用扫帚打扫,最后又洒一遍石灰。柱子说:"发现同圈的猪生病,就及时将好猪与病猪隔开,这样可以避免互相感染。"

正在这时,有不少村人,听说玉秀家连着病死两头猪,便围过来察看,正好听见柱子跟玉秀说喂猪讲卫生的话。村里有不少女人就觉得好笑,插言说:"猪本身就是邋遢货,看不见猪一打泥就成了泥猪吗? 还有让猪讲卫生的? 猪病死,那怨时运不好,命中没这两头猪的财气。"

柱子就道:"你们只要一张口,就是迷信话,说出来也不脸红,也不觉得无知,也不觉得这话误导人。"又说,"猪是不知道讲卫生,我说的是让人给它讲卫生。要想将猪喂得不生病,清洁卫生是关键的一环。"

柱子打扫好猪圈,就问玉秀病死猪怎么处理。

村里有不少人就出主意说:"赶快找狗子,狗子爱吃病猪肉,把病猪贱卖给狗子,多少得俩钱,也可以补偿一下猪死的损失。"

柱子的意见与村人截然相反:"病死猪无论如何不能再去贱卖。一个途径,拉到野外,不焚烧,就深埋。这是彻底消灭病猪传染源的切实有效办法。"村里那些围观的人都不赞同柱子的这个办法,他们认为猪长到一百多斤,病死了,就够亏的了,老是埋了,一分钱得不到,那一点损失也补不回来,那吃亏不就吃大了吗?

这时候,狗子闻讯跑了过来。抬头看见了柱子,便立刻胆怯了,退躲在众人身后,小声鼓动村人说:"不要让玉秀听信柱子给她出的馊主意,让玉秀将病猪卖给我,上头病死猪三十,这头我给五十!"并掏出五十元,亮给村人瞧。

村里人也出于好心,鼓动玉秀贱卖,不要去埋。

玉秀这个女人,却让人吃惊意外,不可理喻。大家好心好意为她好的话,她不听,偏偏就相信柱子的话。她对柱子说:"那就拉埋了吧!"

玉秀话刚落音,那些围观的人就感到很生气。他们觉得自己的好心好意玉秀却不买账,他们为玉秀好,她却不知好歹,他们的好心成了驴肝肺! 就像退潮的水,哗一下,大家便各回各家,四下散去。狗子跑得更快,他边跑边愤愤不平:"不是他家猪,他替她当家,她还偏信他鬼吹灯,世上就少见这样的傻女人,真是傻透了。"他不停咽着睡沫又说,"到嘴的肉,长腿走了,长膀飞了!"

玉秀在柱子的帮助下,把病死猪弄到架车上,拉到东南地,在一个沟半坎刨挖一个大深坑,将那头病死猪掩埋了。

玉秀深埋了死猪,拉着空架车子返回家,正好看见公公迟一步上门来察看。玉秀还没张口说,公公就先开口了:"你听柱子的没错,柱了没有坏心眼,不害人,他懂科学,只有听他的,才能喂好猪,以后才有好日子过。"

八

兰子妈到北京打工当保姆,是伺候一个老太太。北京话并不是太难懂,可兰子妈没有啥文化,还是听得半懂不懂,不过,这只是十来天的事,过了十天以后,兰子妈就渐渐听懂了。这还不是最重要的,乡下人与城里人最大的不同就是乡下人生活看天。活忙时,早饭可推迟到半晌午,晌饭可到半下午。有些自在惯了的女人,农闲做饭也是有时早,有时晚。而城里人工作都是按时准点,生活非常有规律。

兰子妈平生第一次外出打工,她的适应能力却非常强。她把主要精力都用在改造自己过去在乡下养成的那些不良习惯上,她睡得很浅,开始几天甚至不敢睡,逼迫自己处在半睡半醒之间,让自己生活变得有规律起来。她是来工作的,主人管吃管住还给工钱,如果活儿还干得让主人说三道四,她的脸往那搁? 主要还有一条:她是跟柱子生了气,自作主张出来打工的,她若是因工作不出色,让主家不满意,把她辞了,不得不返回来的话,那还不遭到柱子更大的嘲笑啊! 仅凭这条,她就要争气地干。

兰子妈尽心尽力地服侍老人,细致入微地照顾她,她的表现相当好,主人对她也很满意。

兰子妈渐渐适应城里生活之后,她又觉得自己一个大人,浑身长得净力气,从早到晚只就伺候一个老太太,这工作比起在家干农活,太轻省了,轻省到没法说。

兰子妈去掉管好老太太一天的吃喝拉撒,大部分时间都是闲着的。像兰子妈这种养成了勤劳习惯的女人,只有让她天明天黑地忙,她的脑子才不想这想那。兰子妈闲下来,坐在沙发上,就开始想家,她放心不下她那两个尚未成年的孩子。

这种想家的念头一生出来,便再也赶不回去,她心里就像十几条大蛇在噬咬着她的心。想到孩子,她就不得安宁,她想她已经离家将近一个月了,柱子该挂念她,给她打电话了。可她盼了一天又一天,每次电话铃声响起,却都是主人的电话。她知道这是柱子跟她赌气,故意不给她打电话呢。

因为兰子妈意识到柱子跟她赌气,她就打心里自我调整,自我安慰:我在北京风不刮、雨不淋,吃穿不愁,工作又轻松,还能挣钱,跟在家里干那些吃苦受累的农活相比,我好到天上去了!你不给我打电话,我也懒得理你。她有好几次手都伸到电话边了,又赶忙缩了回去。

兰子妈毕竟平生第一次离开家,她在外边还没养成习惯,她可以强迫自己不朝家里打电话,可她无论如何也管束不住自己想念孩子的心。兰子和小宝的音容笑貌交替出现在她的面前,一会儿是兰子哭着哀求妈妈:"你回来吧!"一会儿是小宝哭闹着找她:"妈妈,妈妈,我要妈妈!"

不但白天想,就是夜晚躺在床上,她也做梦,在梦中见到兰子和小宝。而且她做得还是噩梦。兰子上学为了躲开迎面开过来的拖拉机,头撞到树上,满脸鲜血自流;小宝让婆婆没看好,掉进了河塘,在水里一沉一浮的……她忽然从梦中惊醒,吓出一身冷汗。

兰子妈第一次出门,只有一个月时间。她想念孩子,想念得难熬难煎,她就被迫辞工,返回家来了。

兰子妈大老远打北京回来,而兰子像没事儿人一样,见她也不是多亲热,因为打小兰子就不是她带大的。家中农活太多,为了干活,她动不动就把兰子送到婆婆那边,都是由兰子奶奶照顾着。兰子长到六七岁,直到她上学,她都更多的依恋奶奶,常常吃住都在奶奶家,跟兰子妈的感情并不深。尽管兰子妈已经离开家有一个月,而兰子并不觉得有什么。她只是到妈妈跟前站了片刻,跟她打声招呼,又背着书包上学去了。

小宝呢,才四岁,平日里由奶奶领着,对兰子妈的感情也不是很深。兰子妈给他糖块,他才偎在兰子妈怀里。只要手中好吃的吃完,他就哭闹着找奶奶,兰子妈拦也拦不住,只好放开他,让儿子跑到奶奶怀里。

柱子呢,可能是因为她外出才一个月就打外地返回,毕竟时间短,对他造成的威胁也不大。男人身上惯成的臭毛病就显露出来了,也许女人离开他,他内心不情愿、不舍得,可在表面上,却能装出一副不在乎的模样。尽管兰子妈只打工一个月就返回,柱子并没有说嘲笑她的话,可毕竟是她自己赌气出去的,柱子硬着劲连一个电话也没给她打,才因想念家和孩子,她自己主动打外地返回来了,柱子多少有种自傲感,"怎么样,离开我你不能活吧?"这让兰子妈心里边疙瘩,有口说不出。

兰子妈这次打北京回来,思想斗争非常激烈。她回来四天,基本上夜夜都睡不好觉。她先是后悔自己返回来,后来就重新产生了还去外出的想法。当这种想法再次出现在她的心头时,连她自己都给吓了一跳。才回来没几天,又要外出打工,这不明摆着让外人说她翻来覆去胡折腾吗?

可当她心里再次产生外出打工的想法，便越来越感觉家中生活的繁重和劳累，尤其乡下的生活条件，远没有京城的轻松和舒适。她看到乡下人吃饭还是那样早一顿，迟一顿，不定时，她看到自家满屋子凌乱，没有一丝整洁感；她看到村路上到处都是狗屎鸡粪，落满树叶，还有草屑，风一吹，满地尘土飞扬。她觉得乡下比不上城里环境卫生好。她没有想到，她会拿一个北京大都市，跟他们淮土一个偏僻的村庄去对比，那是万万不能比的。这一比差别就相当大，大到无法用语言来形容。越比她越对自己这种乡下生活不满意，很不满意。她很后悔自己这趟回来，都是自己胡思乱想，回来才发现一切都太平常，什么事情也没有。在北京工作好好的，自己发昏掉脑袋，朝家里跑着回来干啥？就是在这种后悔当中，她突然就产生了再次上北京打工的念头，这种念头在心里一出现，就无法抗拒的强烈起来。兰子妈回家只有一个星期，她就重新离开淮土，又到北京打工，而且这一次思想相当坚定，谁劝也不听，谁提也白搭，义无反顾。

兰子妈的这个举动，是让柱子万万没有想到的。

兰子妈再次来到北京，还是在她原来的那个主人家当保姆。不是她走后主人没有再找保姆，而是主人新找来一个保姆，给老太太伺候得让主人不太满意。主人正打算把这个保姆辞掉再换一位，恰好接到了她打来的电话，她在电话中说："我又来北京了，你们家还要不要我？"

人真是个奇怪的动物，兰子妈这次又来北京，她就不像第一次那样想家、想孩子了，竟有种如鱼入水的自由顺畅的感觉。整个人也精神焕发，感到无比轻松了。当然也不是对家一点也不想，时间长了，也有些想念家乡，想念自己的家人和孩子，可她学会了自我调解。一有机会，她就到天安门广场、颐和园，或者动物园转一圈，回来之后，她的心就安稳了下来。

当然也不是没有想家的时候,有时她感觉生活单调了,心里烦闷了,出来走一圈,她的心情很快就又好转起来了。

后来,她又找到了调节心情切实可行的办法,那就是伺候好老太太。闲下无事干,她就主动给主人房间打扫卫生,擦窗子拖地。这样有活干着,她的心里就充实起来,越干越来劲,她干得乐此不疲。

主人看兰子妈在照顾好老人之外,又主动揽下他家一份外活,也不让她白干,又给她增加了三百元的工资。

兰子妈生活上又是极其俭省的。像她这种成过家的女人,是从来都不肯乱花钱的。她在北京打工一年,已经存下了一万块钱。她心中有一种强烈的感受,打工比在家里种地挣钱轻松得多,比只在家里种地强。

兰子妈把她在北京天安门广场照的照片寄回家,婆婆就立马拿给村人看。村人看后,都说兰子妈才打工一年就大变样,白了、胖了,显得清爽、好看了,人也年轻了。如果打路上走过,不仔细看,真不一定能认出来。兰子妈外出打工的目的是明确的:她打工不是图享受的,而是为了挣钱。现在她已经离开土地挣上了钱,她很快自己有了一个宏大的打算,那就是她要把自己打工挣下的钱积攒下来,将来给儿子小宝盖座气派的楼房。

兰子妈是个要强的女人,她在外打工,就打出个样儿来,她要跟柱子比一比,她不但人在外面活得好,她还要不弱于柱子。

兰子妈从此迷上了打工,换句话说,她打工打上了瘾。她在外打工时间长了,就养成了习惯,以打工为主,再也不像过去那样对家日思夜想、难煎难熬了。

兰子妈在城里打工久了,渐渐对城市产生了一种依恋之情。有时她就想,"同样是人,主人一家就生长在北京这么好的地方,我怎么就生长在那样一个偏僻的村庄? 啥时候,我能成为一个城里人呢!"

九

起先老婆跟柱子赌气跺脚,要外出打工,他还没当回事,满不在乎。心说,"走了好,走了不在家跟我置气。我落一清静,想干啥活随我意,想吃啥饭由我挑,再没人干涉我。"村里有人几天没看见他老婆,不知道他老婆跟他赌气,见了柱子就问:"这几天咋没见兰子妈,她上哪去啦?"

柱子就呛人家说:"什么兰子妈,我家兰子没有妈。"

说到孩子,柱子还是欣慰的,兰子长相随他,一双水灵灵的大眼睛,很精灵的样子,就连性格也跟她妈不一样。兰子乖巧、温顺,放学回家,不用爸爸管,就掏出作业本,趴在板凳上安心做作业。她的学习成绩也好,作业本上让老师用红笔盘得都是红蝴蝶。每个星期天,也不用爸爸使唤,她自己就知道挎个小筐下地拔青草,填满满一筐挎回来,去喂家里的小水羊。看见小水羊津津有味地吃草,不停地摇着尾巴,她就高兴地拍巴掌,咯咯地笑。

小宝则抱送在父母家里,由他奶奶看护。柱子还算是清闲的。

柱子打地里收工回来,他先去喂猪,然后给长毛兔添草。等把猪喂好,他就跳进猪圈,清理猪粪,冲水,用扫帚反复洗刷。兰子妈不在家,没人跟他做伴,他就看着他饲养的这些膘满肉肥的猪,跟猪做伴,他跟它们交谈,当然那些猪听不懂主人的话,只是摇头摆尾地仰头看他,并发出哼哼声。柱子满眼柔情,他认为这些不会说话的家伙,已经理解了他,他感到它们是憨态可爱的。他已经很知足了,他说了一句:"你们这些猪八戒的子孙们,你们吃饱喝足,我又不让你们去西天取经,好好回窝睡觉吧!"柱子走了,它们一个一个就听话地回到了窝里,朝地上一躺,懒洋洋地睡觉去了。

柱子这才进了灶屋,开始着手做饭,他简单炒了洋葱,又炒了一个土豆,主食下的是面条子。端到堂屋里,顺手将电视打开,调到他喜欢看的《渴望》,就边吃饭,边看起电视来,他的心情随着剧情起落,精神上、物质上,都获得了一种享受。

当然这样的好心情并不是天天有。小宝毕竟是他的儿子,父母那边有了紧手活路,没法看护孙子时,就只好把小宝送回来。这个小宝性格上就有点随她妈,很偏强,有些不好带。他想要什么,就一定要给他找,一会不到手,他就跺脚。递给他,他认为给得迟,一甩手就扔在地上,不管是多么好看的玩具,他也生气不要了。只要他放开嗓子哭,就像开了闸门的水,汹涌澎湃,一旦开始,就哭闹不止,用任何办法也哄不好。

现在柱子收工回到家,第一件事不是去喂猪,而是去哄小宝,心里还念着阿弥陀佛。还好,小宝没有哭闹,只是把他回家的计划给打乱了。他说他饿了,让爸爸给他做饭吃。柱子就先去做饭,将看小宝的任务交给了兰子。

根本没容柱子把饭做好,才炒完一个菜,就听到小宝院子里大哭起来,柱子只得停手,跑出去察看。兰子告诉爸爸说:"他要啥我给他拿啥,他还不愿意,觉得不好玩,是他自己哭闹的,我又没招惹他。"柱子相信兰子的话,他知道小宝太难哄了,他的脾气上来,连自己都拿他没办法,何况一个七岁的兰子呢?

柱子只好停下做饭,把重点放在哄小宝上。不少玩具小宝已经玩过,早已失去了效果。柱子灵机一动,自己就装成大狗熊,他这办法还真起作用,小宝看着,就破涕为笑了!

柱子为了哄小宝,累了一头汗,本身就干了一上午农活,他回屋朝床一坐,便感觉腰酸背疼,小宝一哭闹,又破坏了他的好心情。他坐在那里一动也不想动,一点做饭的心思也没有了,可一想到兰子吃过饭还要上学,就强撑着站起身,走向了灶屋。

柱子做熟了饭,他先把小宝喂饱,让他待在屋里玩,自己却顾不上吃饭,先喂猪再喂羊,还有长毛兔。他只紧着干活,一不留神,小宝却打屋里跑到了院里,模仿爸爸趴地上学狗熊爬,爬着爬着就爬出了院。他只顾自己玩着高兴,却忘了转弯,就一头扎到院外边的沟坡下去了。

柱子听到院外传来哭声,把他吓了一跳! 自己的院门是关闭着的,小宝怎么就跑出去了呀? 他忽然想起了兰子,肯定是兰子上学打开了院门,忘记关了。他飞跑出去,只见小宝已是满身泥土,额头擦破了一块皮,哭得满脸是泪,没了个孩子模样……

直到这时候,柱子才感觉到家里没有个女人,日子真是没法过。他后悔兰子妈打北京回来,自己没有诚心诚意劝阻。看到孩子这个样子,他感到心疼,不由恼气起兰子妈,孩子这么小,就舍得丢下出门打工,真是财心太重的一个女人。可他又仔细想想,哪里只是一个兰子妈,这些年来,打工风潮在乡下到处蔓延,青壮男女,成群结队,外出寻求生财之道的人越来越多。

乡村为什么会变成如今这种样子,乡村的出路,究竟在哪里?

柱子觉得每一个人都是一个矛盾体。拿他做例子说,兰子妈过去在家时,他就意识不到她的重要性,还有些忽视她,动不动就跟她拌嘴、吵架,赶到恼怒时,不由口地说:"你爱上哪上哪去,离了你我人照样活,日子照样过。"就是兰子妈外出打工头一个月,他还头硬成鸡骨头,强撑着不给她打电话,心里想她,硬装成不想她。即便是兰子妈在北京想孩子,难煎难熬地返回来,他还仍然不向兰子妈屈尊下驾,兰子妈再次外出,他也没有强烈挽留。那个时候,可以说是兰子妈思想正矛盾,他如果真心真意劝兰子妈,向她服个软,温暖住女人的心,哪怕伸手拉一把,兰子妈也会轻而易举就倒在他怀里。像祥林嫂一样,只认为冬天狼会来,没想到春天狼也会来。他只认为兰子妈已经大老远打北京返回来了,就不会再去了,却没想到兰子妈想法转变的这样快,真的是快如闪电,前后只一个星期,她就再次踏上了奔北京的征程。

柱子咬着牙,硬着心肠,兰子妈第二次走后的第三个月,他终于熬不住了。他抓起电话给兰子妈打电话,把他在家中积攒的满腹委屈向她倾诉,最后还一改自己往日的大男子主义,向兰子妈承认自己的过错,向她说软话:"兰子妈,念及咱这些年夫妻情分,看在两个孩子年幼的份上,你赶快回来吧!这个家真的需要你,离不开你,我想你想得也受不了啦,我求你啦!"

可他情真意切的话,已经打动不了兰子妈了。兰子妈已经发生了很大变化,可能过去在家时,她是依靠柱子生活的,可现在她已经自立自强了。柱子说自己离不开她,可她现在却完全能够离开柱子独立生存了,而且还自我感觉活得很好。兰子妈听了柱子在电话中向她倾诉衷肠之后,竟反过来劝解柱子,做起丈夫的思想工作来:"兰子爸,你知道吗?我没走出来之前,看咱家日子过那样,在村里排前几名,心里还挺满足的。这一到北京来,才知道咱那里有多贫穷,跟北京的差距有多大,十万八千里都不止。进了北京,才知道我在家里的日子过得有多委屈,要是不出来,就一直守在乡下的话,就是自己死了,也不知道自己是屈死冤魂。你劝我回去,那是你思想保守,你是劝不动我的,这回我是铁了心要常年在北京打工了。我就是要出门挣钱,挣很多钱,给两个孩子买很多好衣裳,还要在家里盖楼房。我要通过我的努力,让家里人都能过上像城里人一样风光的生活。"

柱子越听越冷,他劝不动她,两手心出得都是凉汗,他感到大失所望。他见只说软话不顶用,就心生一计,改口用威胁的口气对她说:"你只一心一意想着打工挣钱,老说外边比家中好,你把我们爷仨扔在家里受折磨,你打工,我也打工,你上北京,我上广东,你不要孩子,我也不要孩子了! 这个家散了算了!"

兰子妈一听柱子这样说狠话,就慌了,赶忙用亲切的语调,耐心地继续做柱子的思想工作:"我不在家时你可不能这样任性! 你就听我一句话,我出来了,你就不要想着出来了,咱可不能为了挣钱,两口子都外出,将年幼的孩子扔在家中。出来打工跟城里学啥学得? 就是有眼光,乡下人的那种短见识可要不得。文化是顶顶重要的,咋说也不能只顾打工挣钱,毁了孩子的前程,咋说也不能做那样的傻事,对不对? 咋说家里也要留人守家,兰子的学习是件大事。还有小宝,还很年幼,咱自己的孩子,不能只指望他爷奶给咱带,主要还是要靠咱自己带。你留在家里,就算为了两个孩子做牺牲了。再说家里还种那么多地,养那么多猪,还有羊、长毛兔啥的,你也脱不开呀! 咱不能只靠我打工这一条腿挣钱,还要依靠你在家种地养猪啥的,只有两条腿都动起来,两边都顾着,身子才能一直向前走得有力量,把路子走得越来越宽,把日子过得越来越亮堂。兰子爸,你说是不是这个理?"

柱子没能劝回来兰子妈,反过来还让兰子妈给上了一堂政治课。过去这个家都是以他为主,都是他说了算,兰子妈情愿不情愿,都是依从他的办。兰子妈这一打工,也长了嘴长了见识,竟能破天荒地让柱子听从她的办,让西天出太阳,让生活过得翻了个个儿!

十

玉秀自打上次病死了两头猪之后,就重新又喂了两头。这两头猪,是公公建议在柱子家买的。柱子饲喂有母猪,他搞自繁自养。

玉秀去柱子家买猪仔时,顺便也参观了柱子饲养的猪。一溜儿建了五个猪圈,每个圈里有六七头猪,大大小小有几十头。柱子现在搞规模饲养,他很有信心地对玉秀说,他将来要建一个养猪场,不是几十头地养,而是几百头地养。小打小闹,赚不着大钱。

因为猪仔是在柱子家买的,柱子忙中抽闲就到玉秀家察看一下猪仔的生长情况。他低头一看玉秀喂的猪食,就开口说话了:"你这样饲喂还是传统的饲喂方法,吃不吃就是它了,这样的猪食太单一,食水也太稀,营养跟不上。猪吃了,当时肚子撑得挺大,可并不见长,这样的饲喂方法是不行的。"

柱子这样说着,又问玉秀:"你知道这是为什么吗?"

"这是因为猪食含水太多,猪在消化时就把身上的能量也给消耗掉了。"

玉秀抬头看着柱子,认真听着他说的每一句话,觉得他说出的每一句话都是新鲜的,都是过去从来没听说过的。柱子的话对玉秀产生了吸引力,同时,柱子的人也对玉秀产生了吸引力,让她对这个叫柱子的男人充满了好奇。她瞪大眼睛看着柱子,他白净的面皮,剑眉,眉毛很浓密,一双眼睛大大的,很亮。挺直的鼓鼻梁,配着方嘴,圆溜的下巴很好看,是一个很俊朗,很有英气的男人。

柱子接下来又给她讲了科学育肥的要点,能量饲料与蛋白饲料的配比,维生素和微量元素的补充,还跟她讲了喂猪"三喂三不喂"的方法要点。

玉秀咋说也是高中毕业生,属于有文化的农民呀!柱子所讲的都是科学实用的话题,对她增加家庭饲养效益,提高收入很有帮助,她很快就听入了神。她问:"啥叫三喂三不喂呀?"

柱子就把手伸出来,掰着手指说:"这一是要喂生不喂熟,这二是喂稠不喂稀,这三是喂勤不喂懒。"接下来,柱子逐条又对玉秀做了详尽讲解,最后总结说:"一定要把猪喂得毛色发红、放亮,贪吃贪睡,平均每天要长两斤,或一斤八两肉。当然,平时还要做好疾病预防,把卫生搞好,千万不能出现病死现象,那样造成的损失就大了,就得不偿失划不来了。"

柱子是一个热心肠。玉秀家的猪仔是在柱子家购买的,猪饲料也是柱子亲自给她搭配的。

玉秀吸取上次教训,喂得很精心、很仔细,她改变了过去的饲喂方法,按照柱子所讲的方法饲喂。果然,猪吃饱了就贪睡,毛色很鲜亮,真的是一天一个样。村人打她家门口经过,正赶上玉秀喂猪,就顺便走进来察看,夸玉秀这回猪喂得真好。

玉秀重新饲喂这两头猪仔,才有三个多月,就长到了二百多斤,出栏卖了九百多块钱。

玉秀心里很高兴,也对柱子充满了感激。她特意上村小卖部买了二斤酒,又上街割了二斤肉,加上自家的鸡蛋、洋葱、土豆,亲自下手炒了三四个菜,把柱子请来,由公公作陪,喝了一顿舒心酒。

第二天,村里狗子上玉秀公婆家闲串门,听说玉秀出栏了两头膘猪,还请柱子喝了一顿酒。他馋得不行,淌着口水说:"要是整个淮土,都像柱子这般能养猪,猪不病也不死,我就再别想吃便宜的病死猪肉了!柱子喝酒,我是凉水也喝不着了。"

婆婆听狗子说这晦气话,不中听,她拿个笤帚疙瘩就去打狗子,狗子见状吓得拔腿就跑。婆婆见狗子跑了也不追,站在院里呵斥:"滚!快滚远远的!一句人话也不会说,没见过你这样的,真是狗,不是人!"

玉秀卖了两头大膘猪,让她对于喂猪也增强了不少信心。这回她让公公又打柱子家买了四头小猪仔,在留钱时,柱子少留了十五元。公公说:"这咋行呢?"柱子说:"这咋不行呢?玉秀喂大两头膘猪也是不容易的,请我喝酒,图个高兴,又不叫人情,就算付给玉秀的酒钱,做人咋能没有人情味呢!"

玉秀跟柱子学会了喂猪拌混合饲料,玉米多少、麦麸多少、红芋面多少、豆饼多少、骨粉多少、鱼粉多少,她都记得一清二楚,另外再配上饲料添加剂。她配饲料添加剂时,发现只剩一袋了,她就赶紧到柱子家去购买。

玉秀来到柱子家,院子里没看见有人,只听见电视响,好像在播放电视剧,一男一女对话的声音很大,听得很清晰。这时辰正是天当晌,玉秀判断柱子不会出去,肯定在屋里吃饭,看电视。

玉秀到柱子家堂屋门口,停下脚步,问了一句:"家里有人吗?"

没听见回答。

玉秀只好提高了声调:"柱子哥在家吗?"

柱子没有出来。兰子手中拿着一双吃饭的筷子,打里间屋跑到堂屋门口,看见玉秀,亲热地叫了一句:"玉秀婶!"然后扭回头告诉柱子:"爸爸,是秀婶来了!"

兰子赶忙拉着玉秀的手,就朝屋里进。柱子也迎到了里间屋门口,抬头见是玉秀,就热情地跟她打招呼。

玉秀进了里间屋,这才看见柱子手中端着饭碗还在喂儿子。小宝一边吃一边玩,吃一口玩半天,在柱子的催促下,才勉强吃下一口。柱子看见玉秀坐在了兰子旁边,这才朝玉秀无奈地笑了一下:"没办法,你不把他先喂饱,他哭闹起来没完没了,啥活也干不成。"

玉秀重新站起来,说:"你还没吃饭吧,来,让我替你喂孩子饭,你先吃饭,吃过饭,你好干其他活。"

柱子就说:"这孩子怪呢,他跟你不熟悉,怕你喂他不吃呢!"

玉秀仍旧坚持着:"没关系,我觉得我还是有人缘的。"

柱子这才把饭碗给了玉秀:"那你试试看。"玉秀接过柱子递过来的饭碗,敲着碗边,将正玩着的小宝拉了过来:"小宝别玩了啊,快点吃饭啊!"

小宝抬头看了玉秀一会儿,突然说:"你又不是妈妈。"

玉秀就赶忙问小宝:"你是不是想妈妈啦?"

小宝又说一句:"你不是妈妈!"话刚说完,哇一下就大哭起来。

玉秀就赶忙去哄："不哭不哭！等你吃过饭，我就跟你去找妈妈。"

小宝依然在哭，边哭边说："我不要找妈妈，我要找奶奶。"女人的心，都是柔软的。玉秀想到兰子妈外出打工，将这么小的孩子丢在家里，没有母爱，她的眼睛湿润起来，一下把正哭着的小宝搂在怀里："好孩子，别哭，只要你不哭，我就让你去找奶奶！"

也真奇怪，往日这个哭起来没完没了的孩子，竟在玉秀的温暖下，变得听话了，他果然不哭了。玉秀给他继续喂饭，他吃一口，玉秀都给他应有的鼓励和夸奖。柱子看着眼前的情景，就对玉秀道："我天天让这孩子闹得头疼，这些日子，他还不愿在他奶奶那边了，送去他就哭，送不掉。他就依恋我，我也只好把照顾他当成头等大事，神经绷得紧紧的，弄得我提心吊胆，身心都不得安宁。"

小宝吃一口，就打量兰子一下，因为他看见兰子正朝他瞪着眼，刮自己鼻梁，在羞他。"爸爸说谁呢，天天不好好吃饭，不听话，黏人精，闹人精！"

玉秀把小宝拉过来喂饭，又用手抚摸了一下兰子的头，这才抬头对柱子说："你这样的家庭，地种得这么好，猪也喂养得这么好，小宝又这么小，兰子妈不应该出门呢。家里没个女人，真是不行哩，你又当爸，又当妈，家里地里一肩挑，真是难为你！"

柱子苦笑一下："这不，我跟兰子妈就说不到一块。你说东，她就说西，她说打下的粮食都是贱卖，喂猪养羊种庄稼，操心受累，一年到头也没见到啥钱。不如出门打工，月月一千元，都是净挣，摸得着，看得见。也不是兰子妈，现如今的乡下人不都是外出打工吗？"

玉秀很理解地对柱子说："人活着都是艰难的，也都是无可奈何的。可人心里边的愿望是好的，都想着办法增加收入，多挣钱，把生活过得更好。可愿望往往与现实又不可调和，让日子过得是苦涩的，难能可贵的是精神上的富有！"

柱子听着玉秀说话,心中就想,还是有文化好啊,不管玉秀谈论的是什么话题,她都能站到一个高度去说,让人精神上获得一种愉悦和享受。跟这样的女子在一起就有话题,生活上也有了色彩,玉秀的到来,就像刮过来一股清新的风。

　　兰子吃过饭,有礼貌地跟玉秀打着招呼,背着书包上学去了。玉秀也喂饱了小宝,她又帮着柱子收拾碗筷。直到这时,柱子才想起问玉秀:"你来我家什么事?"

　　玉秀就说:"我是来买饲料添加剂的。"

　　柱子就放下手中的碗筷:"那让我先给你拿,别耽搁你的事。"

　　玉秀说:"不碍的,我还是给你看护小宝吧,陪着他玩一会儿,你趁这个工夫,把家务拾掇拾掇,等你腾出手,我再走。"

　　柱子就只好依从,按玉秀说的去办,他端着碗筷,就打堂屋出来,走向了厨屋。

　　玉秀就在堂屋里守着小宝,这时,她看见柱子桌子上摆了成摞的书,就走了过去。她看到有《农业知识》《农民文摘》《农村百事通》《种植和养殖》,还有《快速养猪法》《红薯的栽培和贮藏》《养猪手册》《长毛兔的饲养和疾病防治》《棉花摘早蕾高产技术》等。玉秀一边浏览着,耳边不由回想起那次她栽麦茬红芋,柱子给她指点时陪他一块走着的那个男人跟她所说的一句话:"他是个农业专家。"窥一斑能知全豹,打柱子购买这些农业方面的杂志、图书上,就可以看出柱子对农村有多热爱。村里人都说柱子是个怪人,玉秀渐渐明白了,为何他正当壮年,却不外出打工了。他是把他的根深扎在泥土之中,他跟庄稼、土地已经结下了不可割舍的深厚感情。如今的他,就像一棵庄稼,离开了土地是没法生存的,就像鱼儿离不开水是一样的道理。柱子不是一个怪人,他是一个有自己想法、有自己追求、有鲜明个性的人;他是一个热情奔放、生命力旺盛的优秀男人。之所以别人把他当成怪人,只是因为别人对他所思所想不理解罢了。

玉秀打柱子家买了添加剂,另外又提出跟柱子借两本书。柱子说:"你知道,我这些农业科技方面的图书,都是很珍贵的,借给你两本看可以,看了你及时归还我就行了。"

玉秀点了点头,她就挑了一本《猪病防治》和两本《农民文摘》,说:"我先看这三本吧。"然后带着就走出了柱子家门。

柱子站在院门口,目送玉秀远去,他的心里忽然产生一种空落落的感觉,一时他愣在那里,忘记了自己该干什么。过了好一会儿,才想起猪粪还没朝外铲出,便扭转身就回到了院子里。

十一

一天上午,柱子拖着疲惫的身子回到家。他进了院,打开堂屋门,只见兰子的书包挂在墙上。想必兰子放学回来之后上她奶奶家去了,小宝也在他奶奶那边,兰子可能跟小宝玩去了。

整个家院就只有柱子一个人,他心里突然产生一种凋零感,他的眉头跟着皱了起来。他想起兰子妈不在家,他的生活过得很单调,很快又产生一种失落的情绪。女人不在家,这身边连个说话的人也没有,过得家也不像家,日子不像个日子,这样活着,真是煎熬。

他宁愿下地也不情愿回到这个冷寂的家院,可他知道,不回家是不行的,他的情绪很低落。反正现在也没人管他,爱干不干,全靠他自己。他不想上猪圈去,也不想上兔舍去。他人疲倦,心也沉甸甸的,一头就扎进了堂屋,走到里间屋去。

百无聊赖的他,顺手就打开了电视机,找到一个电视剧。他看了半天,却没看到啥,心里乱糟糟的,他的心思没沉下来,看也等于没看根本没有进入故事情节中去。他就接着换台,武打的,动不动就打死一个人，人的命就像蚂蚁一样显得太轻薄。他又调换一个台，《西游记》，唐僧领着他几个徒弟，翻过一座山，遇到的都是妖精，都要吃唐僧肉，都想长生不老。离开妖精，故事情节就发展不下去，刚看还有点新鲜感，可看得遍数多了，他就觉得乏味。再换河南豫剧《朝阳沟》，他越看越来气，银环下乡，翻过一道岭又过一座山，山沟空气好，实在新鲜。这正跟现在的生活唱反调，他居住在一望无际的淮土平原上，他的老婆还跑到城里去打工，向他夸赞着北京好、城里好。现如今上哪里去找这样向往农村、仍把乡下当成乐园的城里知青王银环？要是乡下女人都这么想着扎根乡村，他的日子也不会过得这样单调、乏味了。柱子顺手关掉了电视，一个人坐在那儿发呆，又觉得这样太沉闷，没过十分钟，他忍不住又打开了电视机。《朝阳沟》看不下去，他又调换一个台，电视剧《在水一方》，这是男女相爱的纯情电视剧，这回他看下去了。他看到一对青年男女搂抱在一起，泪流满面，难割难舍的，就想到他的青年时代想到了叶春兰。尽管叶春兰没有电视上这女主角这样光彩照人，可那毕竟是自己过去亲身经历的一段真实生活。叶春兰那么温顺，对他出自真心地喜欢，现在想起过去跟叶春兰在一起的经历，还是那样美好。要是叶春兰父母不嫌自己家庭贫穷，要是自己如愿以偿娶到叶春兰，他们的日子肯定过得很幸福。因为叶春兰对他一向是依恋的，只要他不打工她肯定也不会抛弃她去打工，叶春兰对他还是很有感情的，怎能舍得下他呢？

想到叶春兰，他的眼前又出现了玉秀，他觉得玉秀就是好，就是跟一般女人不同。她新婚的丈夫出门打工，她却能安心地守在家里。要是他能娶上一个像玉秀这样的媳妇就好了。玉秀有文化，对生活的理解力、穿透力，比一般女人都强。玉秀模样又长得那么水灵，单看她的人，就那样清纯，像西湖沟流淌的溪水，清清亮亮的，给人一种美的享受。他要是跟玉秀结合，玉秀肯定对他的想法是理解的,对他所要干的事情肯定是全力以赴支持的,这样他跟玉秀就是珠联璧合可。有了玉秀,他也就如虎添翼,在家乡这块土地上就可以甩开手大干,他的事情肯定就会能干得很大很大。不但在淮土,就是在他们镇上,甚至县上,都将是一个举足轻重的人物。

柱子由看电视剧《在水一方》而引发,他心猿意马,想了很多,也想了很远。好久,才把思绪收回来,回到现实中,他脸羞红了:我这都想到哪地方去啦? 怎会有这样卑鄙的想法? 他强迫自己把注意力集中在电视剧上,可当他看到电视剧上相亲相爱的一对男女时,他就是不愿意把他与兰子妈联想在一起。他看到电视上的一对男女爱得那么浓、那样缠绵、那样情深,他就充满向往,感动得流下了眼泪。

玉秀上午打地里拔了两个萝卜,她打算拉萝卜条蒸咸馍吃。她把萝卜洗好,放在案板上,就赶到婆婆这边拿切丝器,婆婆告诉她切丝器坏了,不能用了。跟着又对她说:“你上柱子家借去,他家也有切丝器,兰子妈不在家,柱子顾不上拉萝卜条,也用不着,你赶快去借吧!”

玉秀赶到柱子家,刚走到他家院里,圈里的猪饿了,听见脚步响,便一齐朝圈门口奔来,直用嘴拱圈门,同时发出哼哼声。拴在木桩上的一头水羊,看见往里走的玉秀,便朝玉秀这边使劲挣,把绳子蹬得紧紧地,挣又挣不脱,就把前身俯下,把嘴贴到地面,发出咩咩地叫唤。玉秀知道,这些畜生,明显是饿了。

玉秀不清楚,这个柱子不是很把猪羊饲喂放心上么,今天是怎么回事呀,猪早到饲喂的时辰,怎么还不喂呢?

玉秀继续朝里走,她听到了堂屋里传出来的电视声音。她打堂屋门口朝里间屋里探了一下头,果然看见柱子正在电视机前看电视。

玉秀打堂屋轻手轻脚朝里间屋走,柱子这回真投入剧情了,屋里进来了一个人，他竟然没有发觉。这个时候，玉秀真切地看到了一个大男人的哭，满脸的泪水流淌，可能他是触景生情了。兰子妈在外打工不在家，他这是想念兰子妈了吧！他心里边孤单，有委屈，就流了泪。啊，男人外表看着挺男人的，其实另一面也是软弱的。看柱子这哭得眼泪鼻涕一大把，多像孩子。他们上养老，下养小，还要干地里，忙家里，吃苦受累。他们平日得咬牙撑着，拼命扛着，可他同时也是大孩子，也需要有人关心，有人温暖，有人鼓励，有人体贴，有人安慰，也需要有人给他们力量啊！可当这一切都得不到的时候，他们就像风中枯焦的树枝，轻而易举地就会折断的！

玉秀动了恻隐之心，她把面前的柱子幻化成了昔日那个初恋的男同学，她真想扑过去，将柱子抱在怀里，让他伏在自己的肩头上躺一躺。她想把自己的爱无私地献给他。这样想着，她便急步向柱子走去。

就在玉秀离柱子只有一步之遥时，柱子猛然间发现了她。身边一下子出现一个女人就像打地下冒出来一般，把柱子吓了一大跳，柱子腾地就站起来了，不由一声惊叫："玉秀！"

玉秀让柱子这一声突兀的叫喊给惊醒了。眼前不是她昔日的恋人，而是村里的柱子，她便被自己的这个举动羞红了脸。柱子为了掩饰，赶忙去擦干泪水。

玉秀恢复了平静，脸上的红晕慢慢消失。她极力表现出很自然的样子，微笑着问柱子："什么电视剧，那样吸引你，让你看到这时候，连猪羊都忘了喂，该做饭也不去做饭？"

柱子顺手就搬个板凳过来，热情地招呼玉秀，顺便告诉玉秀说："《在水一方》，回到家空得慌，看看电视，调剂一下生活。"

玉秀说："我在上高中的时候，就看过琼瑶的《在水一方》，我只买过几本，有的同学买了几十本，凡琼瑶的书，一本也不缺。"

柱子说："的确如此，琼瑶的小说是有魅力，有部分书名，取的都有古诗词之意。其实都是言情小说，不读时，想想都觉得爱得太纯情，太高于生活，觉得生活中哪有那样海枯石烂，死去活来的爱情，可一读就中毒，爱不释手，如醉如痴，欲罢不能……"

玉秀便高兴地笑了："我以为你只一门心思钻研农业，没想到你文学素养还不低呢！你的评价太精彩了，真是一针见血，入木三分呀！"

柱子见玉秀站着没有坐下，他也没有勉强，接着就转换了话题："你现在来，有什么事啊？"

玉秀道："我是赶来向你取借切丝器的。"接着又说一句："时间不早了，你也该做晌午饭了吧？"

柱子点点头，这才顺手关了电视，跟玉秀一道走出来，说："我等一会儿做饭，我先给你找切丝器。"

没有想到的是，玉秀接过柱子递给她的切丝器并没有走，而是忽然主动对柱子说："天都这个时候了，你还没做饭，我就帮你做顿饭吧。"

柱子听见玉秀主动提出给他做饭，她的好心好意，他也不好直接拒绝。就说："你看天都要偏晌了，你不还要回家拉萝卜条，也得做饭吗？我就不给你添麻烦了。"

玉秀听了，就跟柱子笑吟吟地解释说："这个不要紧，我家就我一个人，有活也没你忙，有事也没你多，我给你做好了饭，再返回去做也不迟。"

柱子仍没有答应，坚持说："你还是赶回家吧！你看兰子和小宝，在他爷奶那边没回来，我不也是一个人吗？男人吃饭简单，我一会儿就做好了。"

玉秀这会儿突然不笑了："我知道你为啥这样了，是不是兰子妈没在家，我帮你做顿饭，你有顾虑呢？你还说你脱俗，我看你这样就是不脱俗呢！"

柱子让玉秀挑明一说,就不好拒绝了,他直搓手道:"你看这、这……"

　　玉秀也不看柱子,就大大方方走进了厨屋。她挽了衣袖用清水洗了手,腰里围巾一系,就找出面瓢,着手挖面。她一边烧饭,一边对柱子说:"我公公不常爱说一句话吗?水帮鱼,鱼帮水。平日我们家遇到困难,你不都主动上前?我遇到困难了,你不也热情相帮,排忧解难吗?我就给你做顿饭又咋啦?身正不怕影子歪,要有谁说闲话,就让他说好啦,不就做顿饭吗?"

　　柱子也只有这样了,他就直接坐在了锅灶前。

　　玉秀一边在面盆里拌着面,兑着水,将面调匀,她就开始身子耸动着忙着和面。一边对柱子说:"你天天吃兰子妈擀的面条,没有吃过我擀的面条,等会儿做熟饭,你品尝一下,看看我的手艺咋样。"

　　那天上午,玉秀把面和得很滋润,硬中柔韧,面皮擀得薄薄的。刀功也好,宽窄一致,将面皮麻利地折成长条,下刀切时,一气呵成。

　　做熟了饭,玉秀拿了切丝器,本打算要走的。这时,柱子开了口:"还说我俗,既然都下手做了,就不能在我家吃了?横竖你也一个人,回到家还去做饭,不觉得麻烦?不就吃顿饭嘛。"

　　玉秀让柱子这样一说,她也就留下不走了。饭是玉秀做的,面也是玉秀盛的,他们在堂屋里,围着一张小饭桌,面对面坐着吃饭。也不知是他的确饿了,抑或是玉秀饭做得特香,还是他眼下心情特别好,总之他整整吃了三满碗。

　　玉秀问他:"好吃不?"

　　柱子就爽快地回答:"好吃!"

　　玉秀问他:"有兰子妈做得好吃吗?"

　　柱子回答:"有!"再答,"比她做得好吃。"然后再加一句,"真的。"

　　玉秀忍俊不禁地笑了,他也跟着笑了!

玉秀看着他像个饿狼一样贪馋的样子,就高兴地对他说:"只要你喜欢吃我擀的面条,以后我还给你擀。"

柱子连头也不抬,腮帮子鼓鼓地说:"好!"

玉秀看他那可爱的样子,真的像个大孩子。

十二

玉秀打柱子家吃过饭,脚步匆匆地赶回来。看见四头小猪并排守在猪圈门口,她知道该喂猪了,就把提前浸泡好的猪食端到猪圈门口,然后把猪食倒进猪食盆,就身子半歪靠在猪栏上,看着猪吃食。她见四个小猪吃食都正常,便放心了,不再看着它们吃食了。她把头抬起来,这时她就看见院墙外边的一棵椿树上,有一片树叶子,在不停地摆动。她弄不明白,整个椿树上其他树叶子都不摆动,为啥单单只有那一片树叶子摆动的那么欢,真是邪了门了!

玉秀也是心中高兴,随着那片摆动的树叶子,心中有了一种节奏感,她跟着就产生一种强烈的想唱歌的欲望,开口就哼唱起来:"我想唱歌我就唱,唱起歌来,心情多么欢畅!"

玉秀才哼开个头儿,就听见她家一只大红公鸡,挺立在一块半截砖上,将脖子朝上伸出老长,竟也高歌了一声,好像跟玉秀在比歌声,看谁嗓音更响亮。玉秀便朝大红公鸡轰了一下,骂了一声:"讨厌!"

那大红公鸡讨了个没趣,本来正朝玉秀这边走,忽然掉转头,领着玉秀家另外七只母鸡,朝另外一个方向走去。白天打鸣不是它的主要任务,它的主要任务是给母鸡找食吃,大红公鸡冠子通红,昂首挺胸,显得很高傲。找了食果然自己不吃,都是放在地上,给母鸡争吃,那几只母鸡便众星捧月一般围拢着它。大红公鸡低头相中了一个羽毛丰满的黄母鸡，纵身跳到那只母鸡背上，用嘴叼住那只母鸡的头皮，尽情地跟那只黄母鸡交配，它整个神气都是那样不可一世，旁若无人，显得那样地霸道无比。

正在这当口，村子里由远而近，传来了鸡贩子的吆喝声。

玉秀就顺口朝着那只大红公鸡又喊骂了一句："看你个熊脏样子，这么狂，看我不把你卖给收鸡的，让人家吃你的肉！"

不想玉秀的这声喊，竟把那个鸡贩子招引了过来，他手里拿着一只网罩子，来到了玉秀家门口。"谁卖鸡，谁卖鸡，是不是你家卖鸡？"

玉秀本没打算卖那只公鸡，她突然想起这只公鸡的确是张狂无比。邻居家孩子打家门口过，它冷不防跳起来，就对孩子的额头进行攻击，另一方面，它还欲望很强跟一只正下蛋的母鸡进行频繁交配，弄得那只母鸡心惊肉跳，无法承受，四处逃窜，已经一连几天不下蛋了。

鸡贩子看见玉秀想卖还有些犹豫，他就乘机进行劝唆。因为鸡贩子相中了这只大红公鸡，便不停地朝上加价，又一口一口地叫大姐，玉秀终于坚定了自己的想法，卖鸡！

玉秀准备抓把粮食籽儿，把公鸡引到胡同里，她打算将那只公鸡捉住，卖给鸡贩子。

鸡贩子有鸡贩子的想法，他认为已经给了玉秀市场最高价，玉秀再一喂粮食籽儿，就自然增加鸡的重量。鸡把粮食籽儿一消化，变成一泡屎拉出来，他不但赚不着钱，弄不好还亏本儿。

玉秀就只好停下来，说："你不让我喂，你咋逮住它？我这只大红公鸡，可精着哩，你可不好逮。"

鸡贩子却轻视这只大红公鸡，不以为然地说："我常年下乡收鸡，啥样的鸡我没捉过，何况你大姐这只公鸡。"

玉秀家这只雄赳赳的大红公鸡的确，非同一般，精灵过人。它一看见院子里这个陌生人,手里还拿着个捉它的家伙,便立刻警觉,惊惧起来,对院子里这个陌生人,充满了防范和戒备。

鸡贩子半弯着腰,趋步一点一点朝它接近,以迅雷不及掩耳之势,抡起网罩,就朝大红公鸡猛罩下去。

没想到,大红公鸡就在网罩即将落到它身上的一瞬间,将身子朝后猛一退,网罩只罩在它的尾巴上,它猛地一挣,就顺利地挣脱了,让鸡贩子网了个空。

大红公鸡受了惊吓,便到处飞奔,情急之下,它就纵身跃上了猪圈,又从猪圈跃上了墙头,一纵身,就飞到墙头外边去了。

玉秀忽然心疼起她家这只大红公鸡来了,她联想到,如果将它卖给鸡贩子,鸡贩子再一转手,卖给人家,她家这只公鸡肯定避免不掉挨宰杀的命。然后被大卸八块,剁成肉丁,变成人家餐桌上的一道菜,世上从此再也找不到这只雄赳赳,气昂昂的大红公鸡了。她想到这里,便心疼坏了,她就后悔不打算卖了。

鸡贩子一听,就不干了:"你费了我好大会儿工夫,你已经答应过卖了,不卖不行。"

玉秀就退一步改口说:"不是我不卖公鸡,是你没本事逮住。"

鸡贩子就说:"一次没逮住,可以二次再逮。只要你不说不卖。"

玉秀被逼的没办法了,只好说:"卖,卖,你逮吧!"

鸡贩子把两手一摊说:"鸡已经逃出院子了,这无遮无拦的,你让我一个人咋逮?"

玉秀说:"那咋办?"

鸡贩子说:"你跟我一齐逮。"

玉秀说:"你买鸡,逮不逮,是你自己的事,不挨我的事。"

鸡贩子说:"你卖鸡,我买鸡,本身就是咱俩的事。"

玉秀说:"你说跟不说一个样,鸡跑那么快,我一个女子咋能追上,你是不是想把我累死?"

鸡贩子说:"你不帮着逮,就表明你是不卖。"

玉秀不想跟鸡贩子绕来绕去了,说:"你说是我不想卖,就是我不想卖了,我家的鸡,爱卖不卖。"

鸡贩子说:"不想卖也行呀,反正你先耽搁我这么长时间了,对生意人来说,时间就是金钱,你包赔给我时间上造成的损失也行啊!"

玉秀道,"没见过你这样的鸡贩子,不卖你还赖上了。我不卖鸡,也没损失赔你,难道你还敢把我吃了?"

鸡贩子马上换了一副笑脸:"这样好不好?你没能力帮我逮,你给我打你们村找个壮年人,帮我逮行不行?我看你是个好大姐。"

玉秀就瞪了鸡贩子一眼:"你这不是净瞎说,现在哪村的青壮年不出去打工,就是村里有一个两个,家里净干不完的活,忙不完的事,也没闲时间跟你去逮鸡呀!"

正说着,村里的二流子狗子凑了过来,人还没走到跟前,就赶忙打问:"啥事?"

鸡贩子上下打量了狗子一下,扭脸对玉秀说:"他也可以呀!"

玉秀说:"他可以,你就问他呀。"

没想到狗子一听,连连后退,摇着头说:"逮鸡,我又吃不着鸡肉,捞不着油水的事,让我白干,我可不干!"

鸡贩子眼珠一转,赶忙打衣兜里朝外掏香烟,抽一支递给狗子,用打火机给他点着:"这下整行了吧!逮了鸡,给你香烟吸!"

狗子吸着烟,打鼻孔朝外冒着烟气,却说:"只吸香烟不行,谁又不是没吸过香烟。"

鸡贩子有些迷惑:"那你还要怎么样?"

狗子就道:"别精明人净装糊涂,现在啥人是白用的?想用人还不拿钱说话。"

鸡贩子说:"那你想要钱,想要多少,五毛钱中不中?"

狗子说："五毛钱？你打发要饭的呀！眼下五毛钱还算钱吗？至少五块钱。"鸡贩子吓一跳："逮一只鸡，要五块钱呀！我把这只公鸡卖了，也不知道能不能赚到五块钱。"

狗子说："你赚钱亏本是你的事，我不懂你生意的事，反正不掏五块钱出来，这个忙我不帮，我的力气也是金贵的。"

鸡贩子没有退路了，一咬牙道："五块钱就五块钱，逮鸡！"

两个男人就围着玉秀家房屋转圈子，转了一圈又一圈，穷追不舍，直到把两个男人累得口里喘着粗气，眼睛直冒金星。好多次鸡贩子的网罩，眼看就要把大红公鸡罩住了，却都让它死里逃生。也不知那只大红公鸡怎么那么能跑，开始，围着玉秀家房屋跑，后来就进了村里，又从村里跑向了庄稼地里，直到消失得无影无踪！

鸡贩子没有逮住大红公鸡，便不想给狗子那五块钱，狗子气急了眼，抡拳就要跟鸡贩子打架。鸡贩子胆怯了，觉得跟一个二半吊子男人也纠缠不清，只好打衣兜里掏了五块钱给狗子，也只能算自己自找苦吃。

可鸡贩子却揪住玉秀不放，他觉得自己费了这大半天工夫，又累个半死，还赔了五块钱，他逼着玉秀到赶田野里去给他找大红公鸡。

玉秀这回真气恼了，说："你这人到底讲理不讲理？一开始上场我要给鸡唤屋里喂粮食籽，把大红公鸡引到屋里，然后我逮了给你，你不肯，一定要自己逮，我提醒过你，这只公鸡跟其他公鸡不一样，你也不相信。现在大红公鸡让你吓得跑进庄稼地，你逮不住，怎么又怪着我啦！"

鸡贩子说："你要不提出卖鸡，什么事也没有！"

玉秀说："你要不下乡买鸡，我也想不起来卖鸡！"

两个人争吵不休，难分难解，鸡贩子就是缠着玉秀不放手。

这时候，柱子闻讯赶来了，玉秀看见柱子，就好像看见救她的亲人,差点流出眼泪来。

还是柱子足智多谋,他询问卖鸡前后整个过程,回头一把抓住了鸡贩子:"你把人家的大红公鸡追到庄稼地里,给追没有了,这一惊吓,丢失不丢失,还难说哩,你还倒打一耙。那行,不说让你包赔大红公鸡,你把人家的大红公鸡给追得逃进了庄稼地里,你给我找回来总行吧!你若找不回来,就不要走你的人!"

鸡贩了一听,寒脸失色,再也不敢纠缠玉秀了,推上他的机动三轮车骑上拔腿就走。

柱子还在后边跺着脚,佯诈他说:"哎,还没找着鸡哩,你怎么逃去啦?不行不行!"

鸡贩子逃离村庄很远了,还不忘回头,察看一下柱子是不是追他不放哩!

玉秀这才长长叹了一口气,说:"柱子,女人总不比男人,这事多亏你解围。"

柱子无不担心地说:"那公鸡逃进庄稼地,能不能返回?不会丢失吧?"

玉秀这才对柱子说,那大红公鸡早就跑回来啦!一头钻进我家堂屋里床底下,那鸡贩子没有看见罢啦。

柱子说:"哟,大红公鸡是只什么鸡呀,这样成精呀?"

玉秀送走柱子,回到院里,她抬头又去看椿树上那片欢快摆动的树叶子,别的树叶都不动,为什么它偏偏摇摆地那样欢哩?她似乎有了答案,那就是那个树叶自己有了灵魂,成了精了!

十三

在淮土,小宝跟村里罗二嫂的孙子小强玩得最好。柱子整天干不完的活路，忙得东一头，西一头，没有多少时间管小宝的事，还总爱动不动把他朝爷爷奶奶家送。爷爷奶奶也经常下地干活，走到哪就把他带到哪，他们老两口只顾着干他们的活，又不陪他，让他自己在附近玩。他觉得没乐趣，也不自由，他就不想到爷爷奶奶家里去，他吃过饭就喜欢去村里找小强玩。小强在他家后边住，中间只隔两户人家，也没多远，他跑去时，只要跟爸爸打声招呼，爸爸知道他上哪里去了，也就放了心。

一天上午，小宝跟小强还在小强家门前的走廊下边玩变形金刚，忽然听到燕子清脆的叫声，两个孩子便停了手，循声一抬头，正好看见有两只好看的燕子飞到了小强家堂屋里来。

小强听他爸爸说过，燕子是南方的鸟雀，每年都是到春暖花开的时候，才大老远地从南方飞来。爸爸还告诉他，燕子是与人最亲近的鸟雀，都爱把鸟窝垒到人的家里。小强的爸爸妈妈都在南方长年打工，就是燕子飞来的方向。

燕子黑亮的羽毛，铜色的脸儿，白色的胸脯儿，两只剪刀似的尾巴，身子很轻盈，经常欢快地在空中飞翔，有时贴着庄稼飞，有时贴着水面飞。嗖一下一掠而过，若是飞累了，就停在田野里架设的电线上歇息，排成长长一溜儿。可小强最喜欢的还是飞到他家里垒窝的燕子，只要不吓着燕子，它们就会顺利把新窝垒在他家里。

尽管两个孩子没有惊动两只燕子，这两只刚飞来的燕子在他家停留的时间也不长，只是扭头这里看看，那里看看，然后，一架翅，便飞走了。

小宝看着飞远的燕子，有些失望地对小强说："它们为啥不在你家垒窝呀？"

小强却挺有信心地说："不用怕，过一会它俩还会飞回来的。"

果然，小强话刚落音，那两只燕子便又飞回来了。

看来这两只燕子是来察看垒窝的地方，只见它俩反反复复在小强家来来回回地飞,似乎还没有拿定主意。过了一会,又领来好几只燕子,给它俩做参考。一群燕子在小强家叽叽喳喳地叫着,像进行开会讨论一样,小强和小宝向上看着,感觉挺好玩,十分地热闹。

小宝就问小强:"燕子在说啥话?"

小强说:"你没听见吗?燕子说我家楼房建得又高又大,是垒窝的好地方。"

小宝说:"那燕子要在你家垒窝啦!"

小强说:"你没看见我家窗户连个缝都没有,它要是垒了窝,没法飞出去呀!"

小宝说:"你们家不是有门吗,白天你家门不是敞着吗?燕子不会从门口飞?"

小强眨一下眼,说:"等燕子在你家垒了窝,你让你奶奶出去,也不要关门呀!"

小宝说:"我奶奶可不听我的,人不在家,要是坏人进来了该咋办?"

小强说:"要是来了坏人也不用怕,你找根棍打他呀!"

小宝说:"打他们呀!那得等我长大呀,力气够壮才能把坏人打跑!"

小强说:"等你长大还得好长时间,燕子可不能等呀。"

小宝叹了一口气:"那我可就没办法留住小燕子啦!"

小强却一歪头,说:"怎么能没办法,要是你家敞门进坏人,我可以上前帮你打呀!"

两个孩子还这般说着,那两只燕子,却领着其他燕子又飞走了。

一连过了两天,也没见燕子上小强家来,两个孩子断定,那两只燕子看来是不准备在他家垒窝了。

没有想到,到了第三天,那两只燕子又重新飞回来了。可能是它们看到其他人家的门窗都一样,找不到合适垒窝的人家,只好又回到小强家来。也可能两只燕子看小强和小宝，对它们都很友善，属于好孩子，觉得在小强家垒窝应该会安全一些。所以决定，把它们的巢穴还是建在小强家吧！不过，因为进出不方便，两只小燕子就把燕子窝垒在了小强家楼房外边的楼檐下。这样出入也自由，还能与两个孩子做伴。

打那两只燕子开始衔泥在小强家垒窝起，小强和小宝就在他家楼房门口守着。他俩一边观察着燕子飞来飞去，一边在一起玩耍。自打小强的爸爸妈妈把挣回的钱给小强建了楼房之后，两口子就又一起外出打工去了。失去父母的小强留在家里跟奶奶在一起，他只要一想到自己的爸爸妈妈，就马上变得不快活了。小强不明白爸爸妈妈怎么能为了挣钱把自己的亲生骨肉舍弃。他心里并不想要楼房，他只想要爸爸妈妈。

小强心里不明白，就问小宝："你妈也跟我爸爸妈妈一样，把你丢在家里，出去挣钱，他们为啥都那么爱钱，不爱我们孩子？"

小宝也回答不上来，只是对小强说："我妈出去时嘱咐我，让我在家听爸爸话，不哭不闹，她挣钱回来给我盖楼房。"

小强跟着又问："那你是要妈妈，还是要楼房？"

小宝带着哭腔说："谁要楼房啦？楼房哪有妈妈好，我不想要楼房，我想要妈妈！"

真的，两只燕子垒好窝没多久，就孵出了四只小燕子。当四只小燕子渐渐长大，打窝里向外探头探脑时，小强和小宝看着，觉得可爱极了，又喊又叫，又跳又蹦。两个孩子特别喜欢看的是大燕子给小燕子喂食。小燕子把小嫩嘴大张着，大燕子把自己的嘴，对准小燕子的嘴，把头向下猛地一冲，就把食饵吐到小燕子的嘴里，然后转过身，一架翅，又飞了出去……

又有一天，刚吃过晌午饭，小宝不想待在自己家里，又跑到小强家找小强玩。刚赶去天还晴着，小宝只顾跟小强一块玩耍，也不知啥情况,天一下子就转阴了,变得黑沉,乌云翻滚,风呼呼狂刮。紧接着铜钱大的雨点,噼里啪啦,就落下来了,一眨眼儿,地上就下满了雨水。正在这当口,只见燕子的妈妈身上淋得透湿,仍然找食飞回来喂它们的孩子,这只刚飞走,那只又飞回来。两只燕子妈妈一直冒着狂风暴雨,给它们的孩子找吃的。可它们的小燕子已经长得快羽毛丰满,接近出窝了。它们的食量很大,面对这样的恶劣天气,燕子妈妈要想找到吃食,飞出去,再飞回来,该是多么不容易啊!可它们一直都在刮着狂风、下着暴雨的空中突行,每出去一趟,由于体力的消耗,间隔的时间也越来越长。可两只燕子妈妈,为了它们的孩子,仍是不畏风暴,不惧骤雨,一次又一次地在空中尽力前行。

小强和小宝,一直用手指头数着两只燕子进出来回的次数。小强说他数的那一只飞回来的趟数多,小宝不甘示弱,说他数的那只燕子比小强所数的那只飞回来的趟数多,两人争吵激烈,互不相让,要不是他两个是好朋友,差点都要打起来了。

小强由两只燕子妈妈,跟着思念起自己远方的爸爸妈妈。他不明白自己的父母咋只一门心思光想着挣钱,把他一个还没长大的孩子丢扔家里不管不顾,咋没有燕子这样疼爱自己的孩子。小宝跟着也说他的妈妈只顾自己打工,不要他。小强说:"等我长大了,我的爸爸妈妈不疼我,我也不疼他们!"小宝也说:"我将来长大了,也不疼我的妈妈!"

两个孩子共同的愿望,就是不想自己家的大人外出,想让大人留在身边照顾他们。他们需要的是爸爸妈妈对他们的关心和疼爱,就像燕子妈妈待它们的小燕子那样,时时把他们放在心上,无微不至地关心他们健康成长。

小强偶尔也跑到小宝家找小宝玩。

有一天,村里有个叫豹子的顽皮少年,星期天不上学,便在村里跑着玩。正好打小强家门口路过,抬头就看见了小强家楼檐下垒着的燕子窝。他发现了有四只正向外探头探脑的小燕子,就弯腰捡起个砖块,朝着楼檐下的燕子窝扔去,没有击中大燕,却把四只小燕子给惊飞了。

赶巧了,小强在小宝家玩耍了一会,此时,两个孩子正一块打小宝家往回走,正碰见豹子奔跑着在捉刚惊飞出窝、落到地面的燕子,他正捉得起劲。小强与小宝打后边扑奔过来,尽管两个孩子不是豹子的对手,但也不想让豹子如愿地逮到小燕子。他俩不顾一切打后边抓住豹子,就跟豹子厮打起来。尽管两个孩子让豹子按在地上,毒打了一顿,两个孩子却不退让,一人搂住豹子的一只腿死死不放。豹子脱不开身,也就没办法捉住小鸟。

值得庆幸的是,四只小燕,羽毛已经扎齐。再过两天也就出窝了,两只大燕在两个孩子的帮助下,成功地把四只小燕救走了。如今,小强家的楼檐下,只剩下一个空空荡荡的燕子窝啦!

小强和小宝看着没有了小燕子的窝巢就发了呆。

两个孩子没有了燕子做伴,他俩共同的心愿,就是强烈地想看见小燕子。小强心里边产生一个念头,奶奶跟他说过,他的父母就在燕子飞来的南方打工。既然燕子能飞去飞回,他也想学燕子,自个到南方去寻找爸妈,他相信他能找得到。

当小宝知道小强的这一想法后,他也要陪着小强一块前去。

小强说:"你的妈妈不是在北京打工吗? 你上南方干啥呀?"

小宝说:"我先陪你上南方找你爸妈,等找到你爸妈之后,你再陪我到北京找我妈妈呀!"

小强很赞成,就同意了,说了声:"好!"

罗二嫂发现家里不见了两个孩子,也没做多想,误当小强到小宝家玩耍去了。直到天擦黑,当罗二嫂赶来柱子家接孩子,却扑了空,这才知道孩子发生了意外。

于是,柱子也慌了神,领着罗二嫂在村子里寻找,整个淮土找过来,也没发现两个孩子的身影。

怎么办？只有出村找。

村里好多人都听说了,柱子五岁的儿子和罗二嫂六岁的孙子走迷失了这件事。玉秀等不少村人,便主动赶来,帮着这两家大人出村寻找孩子。

当他们途经村口刘福饭店的时候,刘福的老婆俊桃告诉他们:天半下午时,曾经看见小强扯着小宝,两孩子一道,打他们饭店门口向南走。当时她手头正忙,也没有拦住问,只当他俩一块没事跑着玩。

柱子、罗二嫂他们,总算知道了两个孩子走离的方向,他们便顺路一直往前追。路上,虽说柱子十分着急并充满了担心,但还能沉得住气。罗二嫂就不行了,不停地自责自己没能看好孩子,又不知道走出去的孩子能不能顺利找到。她更百思不解的是两个没多大的孩子,待在家里玩得好好的,为啥一下就往外乱跑?

柱子他们顺着这条南北大路,一直往前奔走地寻找着,直跑了一个多小时,走了十几里路,一直找到泉河边,才在河坡底下的草窝里,找到这两个累得睡熟了的孩子。

柱子背着孩子,罗二嫂怀抱孩子,后边跟玉秀一行村人又往回走。罗二嫂吓哭了,泪水哗哗朝下流,柱子忍不住也两眼湿润。孩子的失而复得,让丢失孩子的大人值得庆幸,也给二人敲响了警钟。柱子发誓,从今往后,他走一步就要带着孩子一步,让自己跟孩子寸步不离。同时,也越来越意识到,孩子的每一步成长中,亲情是多么重要,它丝毫都不能缺失。没有亲情的包裹,说不定会发生啥样的意外,产生什么难以想象的严重后果!为了不给孩子造成伤害,柱子和罗二嫂一直让孩子熟睡着,没有惊醒他们。

玉秀要替柱子背一下孩子,柱子不肯,她又走过去接替罗二嫂。尽管罗二嫂累得满头是汗,仍然紧紧地抱着孩子,不肯撒手,生怕把手一丢,孩子就不翼而飞了!

柱子和罗二嫂一行人,急急地走在往回返的路上,罗二嫂一时也弄不清孩子出走的原因,柱子却意识到孩子往外走是为了什么。当着村人,他嘴里没有说什么,却在心里愤愤地说:"我只当我这一辈子没娶老婆,只当我的小宝没有亲妈。"他越来越清醒地认识到兰子妈打工这一走,把他整天忙得顾此失彼。一个男人,扛起一个家,日子的确不是好过的,可他又没有啥更好的解决办法,只能硬着头皮把眼前的日子撑着过下去。想到这里,他把直往下坠的孩子,向上送送,迈开大步,又走了下去!

十四

人家年轻人刚结婚,心里高兴得像气吹的皮球,意气风发,精神振奋。而宝生娶了玉秀,却因为玉秀冷落他,宝生就像霜打的红芋叶子,蔫不奢拉的,他觉得结婚一点乐趣也没有,人活着一点意思也没有。

正因为他对新婚的玉秀不满,在家里过得很烦闷,就觉得煎熬不下去。按照父母的安排,是让他跟玉秀怀上孩子才走出来的,可他觉得自己的日子过得就这样不舒展,要不要孩子都是一回事。他弄一块土地,不撒种子,就让土地开着荒。他避开父母,逮着一个机会,就重新踏上了打工的征程。

宝生进城之后,仍然干他的老本行——蹬他的三轮车拉客,就像骆驼祥子一样,穿行在大街小巷中间,挣他的苦力钱。

宝生头两个月,一点也不想家,到了第三个月,他开始想父母了。因为他跟玉秀感情冷淡,就没多少牵挂,他朝家里打电话,主要就是跟父母说话,问问家中情况和父母的身体情况,最后捎带着才问一问媳妇玉秀。他并不是让玉秀接他电话,都是让他爹代传,问完了,他想不到还有啥该说的就挂了电话。话虽然很短,但双方都了解了各自的情况,也就都放心了。

宝生这次外出打工,心情一直都不是很好。想起玉秀,就越发郁闷,情绪低落。他心中就想:人家男孩都能出门自个谈对象,我怎么就遇不到这样一个对我中意的姑娘。

有一天下午,他朝郊区拉了一趟客,往回返时,已经是三点钟光景。他看见有个年轻女人,在路边低着头,很伤心的样子。善良的他,便放缓了车速,频频朝她看去。

就在宝生经过她跟前,眼看要过去时,她像从梦中刚醒来一样,向宝生招了一下手,口中哎了一声。

宝生赶忙停住车,问她是不是要坐车,她说是。宝生又问是不是去城里,她说是。宝生也没跟她咋讲价钱,就让她上了车。

宝生把她拉到城里了,问她打哪下车,她说她不知道。宝生只好把她朝前又拉了一段,说:"我就把你拉到这里了,你就打这地方下车吧。"

那年轻女人却不肯下车,苦巴着脸对宝生说:"你让我打这下车,我没地方去啊!"

宝生一听,心里吓了一跳,他再也不敢拉了,怕拉个累赘,就对那个年轻女人说:"你没地方去,也不能在我车上不下来呀,我还要拉客挣钱呢。"

那个年轻女人,仍然迟迟不肯下车。

宝生便急了,只好对她说:"你看这样好不好,你就从这里下去,车钱我也不跟你要了,算我白拉你这一趟。"

那个年轻女人忽然哭了,她苦苦哀求宝生说:"大兄弟,我算是遇到好心人了。你看天都快黑了,我身上也没有钱了,我来这里,人生地疏,走投无路,你忍心让我露宿街头吗?"

宝生让她苦求得有些心软,他上下打量了一下那年轻女人:"你要是真没有钱,我给你拿二十元的住宿费,你到旅馆住一夜,这下行了吧?"那个年轻女人听宝生这么一说,眼泪流淌得更多了:"你何必难为我呢?再说谁挣钱都不容易,你跟我一样都是苦命人,你就把我拉到你住的地方住一宿。"

　　宝生就对她说:"我就租住一间房子,一张床,你又是个女的,男女咋能住一块儿呢!"

　　那个年轻女人说:"看大兄弟这话说得,我都不怕你,你还有啥顾虑的呢?只要人端正,男女住一块又有个什么呢?"

　　宝生到了这份上,也是出于对她遇到难处的同情,就按照她说的,把她拉到了自己租住的地方。

　　那天夜里,宝生开始要求她躺在床上,自己就坐在板凳上,凑合一夜。那个年轻女人不同意,说:"要睡咱都睡,只要夜里安安静静,谁都不胡思乱想,不什么事也没有吗?"

　　宝生蹬了一天三轮,人很疲累,很快就睡着了。那个年轻女人,可能也是多日没有好好休息了,跟着也睡着了。

　　宝生第二天醒来,又要起床去蹬三轮了。让那个女人离开,可那个女人却不肯离开,她对宝生说:"我看大兄弟是个难遇的大好人,我就实话对你说,我是让我狠心的丈夫抛弃的女人,我跑出来时,分文也没带,你让我出去,只能流落街头。"

　　宝生只好无奈说:"我只是个蹬三轮的,我也没能力救你,你让我咋办?"

　　那个年轻女人说:"大兄弟,你看这样行不行,你也是单身一人在外,身边也没个女人照顾,蹬了三轮回来,还得自己烧饭洗衣。我就留下给你拾掇家务,照顾你。我跟你不要工钱,只要你管我吃住我就满足了。"

　　宝生不肯同意:"那咋行,我今年刚结婚,是家中有女人的男人。"

那个女人竟笑了,说:"你人都进了城,思想咋那样不开化呢?你结婚,我离婚,你家中老婆又不在你身边,我跟你在城里只是做个伴儿。"

宝生还是想不通:"这咋能行呢?我在城里又弄个女人在身边,算咋回事呢!我跟我媳妇又咋解释呢。"

那个年轻女人说:"这有啥不行的,家里有老婆出门有外遇的人多了,我只是跟你做个伴儿,又不是逼你跟家中老婆离婚,跟我结婚。"

宝生仍然犹豫,还是摇头:"我觉得这样做不妥,也不好!你还是走你的人吧!"

没想到,那个女人竟生了气:"不好就不好吧,我看你也不像个有胆的男人,我一个女人都不怕,对你甘心情愿,你还这样把我朝外推!你蹬你的三轮,我走我的人。"

当她提着一个包朝外走,打宝生身边经过时,宝生自己都不知道,他竟变成了一只豹子,猛扑上去,紧紧地搂抱住了那个年轻女人。

那个年轻女人让宝生紧紧抱着,开始还有些挣动,很快就不动了,她把脑袋俯在宝生肩膀上,痛哭流涕:"我早看出大兄弟是个软心人、好心人,不是狠心人、坏心人!"

宝生紧紧搂抱着那女人,他在心里说,玉秀你看不上我,有人看上我。我宝生从今天起,也在城里找了女人,还是一个主动送上门的女人,我离了你,一个样活。

接下来,宝生照常出去蹬三轮拉客,这个年轻女人便在他出租屋给他料理家务。

宝生渐渐心情好起来,精神焕发了,他蹬三轮腿上也有使不完的劲儿了。

不过，毕竟这是一件天上掉馅饼的事，宝生对她还是有戒备心的，夜晚躺床上，他克制着自己不碰她。白天他给她钱，让她出去买东西。原本只需要三十块钱，他给五十，找回的二十，她如数归还；需要五十块钱的，他给一百，找回五十，又回到他的腰包。

不仅是他们的日常生活开支，就是衣裳、鞋袜，他不提出给她购买，她从来也不向他提这方面的要求。她各个方面，所表现出的都是那种会过日子的女人。

宝生觉得自己再这样对她怀疑就不应该了。反过来想，就算她是个坏人，他一个蹬三轮的，她真骗也不至于拿他下手啊！这样，没过多久，他就对她解除了戒备心理，他上她的身，和她做了那事。规矩当然不是他破的，是她说她喜欢他，也跟他配合得很好。无论他咋折腾，她都任由他，一句责怪也没有，这让宝生获得了极大的满足。

她仍然一如既往对宝生好，从她的眼光中可以看出，她似乎把宝生当成她的依靠，当成她的男人。她对宝生细心照顾，对他越来越好。

宝生自从跟她肉体上有了结合后，他的感情也起了显著变化。他开始黏糊她，离不开她。不用她主动提出来，他已经有了自己的想法。如果她能长久地这样对他体贴、照顾，他就正式跟家里的玉秀提出离婚，没有了玉秀，他就跟这个女人过一辈子。

这样甜蜜、幸福的日子过了有两个月，那个年轻女人已经完全取得了宝生的信任。一天下午，宝生蹬三轮回来，看见她坐在床上，伤心落泪，宝生吃了一惊，就问她咋啦。她不说，宝生越问她越伤心。宝生急了，就抓着她身子使劲摇晃，说："你遇到难处，不跟我说，你还跟谁说，这个城里你还有第二个家吗？哭泣有什么用？"

那个年轻女人才告诉他，她的老母亲患了癌症，急需一笔钱做手术，可她手里又没有钱，只能眼睁睁让她苦命的娘病死了。

宝生连想也没想,就打银行把他挣下的三千元取回了给她,并说:"只要你真心实意跟我过,别说三千元,你要五千元、一万元,我都不让你作难,我都会给你想办法。"

那个年轻女人,就让宝生陪她一块去邮局,把那三千元寄走了。

这样,那个年轻女人,又跟宝生过了有一个星期。她一直夸宝生好说,她平生能遇到宝生这样的大善人,这一辈子终于寻找到了幸福。

宝生毕竟年轻,社会经验不足,只把这个年轻女人朝好处想,只把自己今后的生活朝好处想。当他有一天蹬三轮回来,看见房门紧锁,他再也找不见那个年轻女人。那个年轻女人就像从人间蒸发一样,从他生活中消失得无影无踪,他才知道自己中了她的圈套,受了她的欺骗,他再后悔也已经来不及了。

宝生人财两空,精神上背上了沉重的包袱,他蹬三轮时注意力做不到高度集中,总管不住自己胡思乱想,有时还有些神思恍惚。有一次送了客人,往回返时,迎面过来一辆车,他躲闪不及,就被撞倒了。

宝生住院做手术,需要一万多元,已经走投无路的他,只好向家中求助。

玉秀这才得知宝生因蹬三轮不小心出了车祸,她便痛哭不止。她把结婚时存下的五千元彩礼钱取了出来,公公又拿出三千元,另外两千是柱子主动借给她的。

接到电话的第二天,宝生爹和玉秀筹备了钱,爷俩一块坐车赶往宝生打工所在的那个城市去了。

柱子在家,就薅拔自家的高产红芋苗,把自家农活推在后边,将玉秀二分地的春红芋给栽上了。玉秀的婆婆因为看家走不脱,都由柱子一个人打水,一个人栽,自己承担下了。因为离水远,柱子整整用了一下午时间,回到家时,已经天昏地黑,看不见人影。

玉秀的婆婆向柱子说着感激话。

柱子还是那句老话："老少爷们，谁家不遇到难处。遇到难处，能帮帮一把，都是应该的！咱两家本来相处就好，一家人不说两家话。"

十五

宝生躺在病床上，看见玉秀，忍不住泪水滚滚。他不知道自己着了什么魔，他蹭车怎么就会碰上那么一个女人，那个女人怎么就盯上了他，他的心咋就稀里糊涂走到了邪路上，让她骗了个人财两空，自己还落个让车撞伤的下场！面对着带钱给他治伤，并伺候他的玉秀，想起他背着她干得那些不是人的事，他羞愧难当，把肠子都悔青了。他怎么张口去跟玉秀说？他只能一个劲地说："玉秀我错了。"

玉秀没有想到宝生有做下见不得人的事，她以为宝生所说的错，是他离家出来没有跟父母告别、没有等到她从娘家回来，他就走掉了这件事。玉秀就安慰他："过去就过去了，不用想那么多，我也不怪你，我也对你不好！"

在医院里，宝生脸肿着，嘴肿着，撞断了两根肋骨。刚做完手术，他也不能动，玉秀就端着饭碗，一口一口喂他吃。等宝生吃好了，她就用餐巾纸给他嘴巴轻轻擦干净。宝生一个姿势躺时间长了，无法忍受，需要动一动时，玉秀便给他翻身。不管大小便，玉秀都给他精心料理。

宝生让玉秀的真心真意打动，他越发感觉对不住玉秀。他犯了不可饶恕的过错，出了车祸，正是老天爷对他不道德的惩罚。他心里不好受，泪水又流淌了出来。

玉秀只好给他擦泪,将头俯在他耳边,柔声细语安慰他。玉秀说:"你还是幸运的,胳膊腿,都没有事,伤只是轻伤,慢慢调养,有我陪你。等伤好了,咱就不蹬三轮了,你跟我一块回家种地去。"

宝生充满感情地说:"玉秀,你真太好了,我没有想到你会待我这样好,你知道吗?我不是人!我对不起你!"

玉秀有些困惑:"宝生,你老是自谴自责的,你这是怎么啦?你出了意外,我不是一句也没说你啥吗?"

宝生一把抓住了玉秀的手:"玉秀,玉秀,你怎么就跟人家女人不一样,你怎么就不问问,我这两个月挣的钱弄哪去啦,难道你不清楚,我这两个月没给你汇钱吗?"

玉秀就道:"你是啥样个人,我又不是不知道。平日都是省吃俭用,不乱花一分钱,你挣钱没给我,难熬不会存在城市里的银行里吗?"

宝生急切地道:"我存城市银行里,我出了车祸,我还不拿出来花,我还让你和爹打家里拿钱?"

玉秀这才认真打量宝生:"那你钱弄哪里去了?"

宝生咬着嘴唇,将脸朝一边背着,躲避着玉秀的目光,说:"我这样提醒你,你才问我,你当我是多好的男人哩?"

玉秀瞪大了眼睛:"难道你在城里学坏啦,赌啦、嫖啦?"

宝生说:"我也没有赌,我也不是嫖,是我脑子进水,变得比嫖赌还坏。"

玉秀这回让宝生给惊到了!"那是哪样坏?"

宝生说:"是那种难说出口的坏,可我要是再不跟你说出来,还隐瞒你,我就实在对不起你,将来会遭大报应的。我就实话跟你说吧,我挣下的两个月三千块钱,让个女人给我骗走了!"

玉秀看着宝生,眼睛发直,人也发愣。

宝生就把他给陌生女人所骗经过,一五一十地讲给了玉秀,末了还补充一句:"要不,我也出不了车祸。"

玉秀听完宝生的讲述,她感觉无法承受,这打击太大了。她双手掩面,泪水直流。

宝生就默默躺在病床上,任玉秀哭泣。

玉秀哭着哭着,忽然止住了哭,她冲动地说:"想不到你这样脏,连跟我离婚,不要我的事情,你都想到了,我不伺候你了,我回家去了。"

宝生看见玉秀站起来,转身朝外走,他也没叫玉秀一声,没有挽留她,由着她去。他只是觉得他对不住玉秀,他就是这样死在医院,也是活该自找。

玉秀走出病房,没朝前走几步,就停下了脚步,想到公公前天才回家,自己把躺在病床上的宝生扔在这里,不声不响地走了,宝生怎么办? 纵使宝生千错万错,他也已经把背着她做下的错事,毫不隐瞒地向自己说了,难道自己还不能容忍他这一次? 咋说她已经嫁他,宝生是她的丈夫,她是他的妻子,把躺在病床上的宝生仍在这里,太不尽情理,玉秀不是一个狠心的女人。她思想激烈斗争了一会儿,还是心肠软下来,打算不和宝生一般见识,重新返回来了……

玉秀一直在城里伺候宝生两个多月,直到宝生伤完全好,玉秀才动了返回的心思。

就在返回不返回这件事情上,两人烽烟再起,矛盾激烈程度不可言喻。

按照玉秀主张,她让宝生不要继续在城里打工,尤其蹬三轮经常在路上奔走,风险相当大,她让宝生跟她一块回村种地去。

宝生死活不依从玉秀的,把头硬成鸡骨头。他说:"我打哪摔倒,就要打哪爬起来! 这么大个城市难道容不下我一人? 我在城里也不是蹬一年两年了,过去就没让车撞过,今后我要更加防备了。我背着你干下了那样不能见人的丢脸事,我要把损失再补回来。"

玉秀说:"你生有两只手,农村又不是没你施展的空间。只要人争气,到哪儿都一样活人。"

宝生说:"我在城里干下丢脸事,不能再把脸丢到乡下去,你让我回去,我人前抬不起头,我不干。"

玉秀说:"你干那些臭事,闷死在我心里,只要我不给你朝外说,村里就没人知道。"

宝生说:"农村有个啥奔头,巴掌大个地方,村前庄后转来转去,有个啥意思。乡下真有奔头,乡下也不会那么多人出来打工,像我这样的青壮年,有几个留在乡下的?"

玉秀说:"柱子不就留在乡下吗?"

宝生说:"我咋能和柱子比,他有知识有头脑,种地养猪,干啥都能耐,我没他那个本事,我也不喜欢种地。你还是别劝我回去了,再说,那么大个淮土,不就一个柱子?除了柱子,还有谁留下在家里干出点名堂的?"

玉秀说:"没跟你结婚之前,看你面相挺老实的,原来不是这样的!我看你的心是在城里打工打野了。回到乡下你也不用担心,有我在后边帮助你,咱向柱子踏踏实实学,心往一处想,劲往一处使,照样能发家致富。"

宝生说:"可我进了城,现在我已经适应了城里的生活。我觉得在城里能发挥我的长处,我不想回乡下,我想留在城里。"

玉秀说:"什么长处?不就蹬个三轮,还值得说。"

宝生说:"你管我干啥,只要能挣钱,城里就比乡下好。我要回到淮土,蹬三轮就挣不着钱。"

玉秀很不高兴了:"你在城里,做了那么大错事,我都不跟你计较,这几个月,我尽心尽力地伺候你,我本指望你回心转意,跟我一道回到乡下去,你左一个不回去,右一个不回去。你这样我受不了,你这样太伤我的心!"

宝生软了口气说:"我知道你为啥一个劲儿逼我回去了,我出了这档见不得人的事,是不是你对我人品有怀疑,对我这个人不放心?"

　　玉秀说:"你不要把话说反了,是我相信你,把你看重,才让你回去。我要有其他想法,我会极力主张让你跟我一块回去?我的话你不听,我对你一片真心你不理解。"

　　宝生说:"我跟你想法不一样,就算我不理解你,我请你再理解我一次,就让我留在城里吧!我蹬三轮挣下的钱,除去我的生活费,一分不留,全寄给你!"

　　玉秀说:"张口闭口就是蹬三轮,你蹬三轮还不是卖苦力?你就算蹬一辈子三轮,还不是个蹬三轮的?你蹬三轮,能蹬成个农民企业家吗?你为啥没有一点雄心壮志?正是你蹬三轮蹬得,挂个男人名,一点男人的气魄也没有。"

　　宝生感觉自己跟玉秀越来越疏远了:"你到底是个啥想法吗?没结婚之前,你嫌弃我,到现在你还是嫌弃我。你是不是觉得我摔断两根肋骨,又干下那丢脸事,认为我配不上你?那你就狠心舍弃我再找个好男人呀!"

　　玉秀实在忍无可忍,一巴掌甩在宝生脸上:"你不是个人,你就会朝我胸口扎针!"她一跺脚,再也不想搭理宝生:"我跟你砍一斧子锯一锯,对不上茬口。你不回去拉倒,城里好,你就死在城里,你不回去,我回去!"

　　宝生就在玉秀后边追玉秀,追着玉秀,向玉秀诅咒发誓:"这回我一定要好好干,一定好好挣钱,再也不干对不起你的事。我挣了钱就汇回去,我一月一汇。"

　　玉秀听宝生说话,感到很是俗不可耐,她是一句也听不进心里去。宝生根本就不能理解她的观念、活法,他跟她完全不一样。她双手掩耳,逃跑似的往前奔跑,就像在躲避什么。她气呼呼地对宝生说:"钱,钱,你就是认个钱,谁稀罕你的臭钱!"

宝生想把她送到车站,遭到了她的坚决拒绝。玉秀说:"既然你不打算回去,就不要送我。你在我身边我就感觉像只苍蝇,除了让我恶心,一丁点作用也不起。"

宝生好像没听见,一直跟在玉秀身后,把她朝车站的方向送。

玉秀真的气恼了,她停下来,怒气冲冲看着宝生说:"你到底还想跟我过不过! 我让你停下来,你还不停下来,车站在哪,难道我不知道? 离了你我回不了家呀!"

宝生这才不敢送了,站在了那里。

玉秀一直等到宝生走远,走得无影无踪,她才自己蹲在路边,放声痛哭起来,直哭得连头也抬不起来!

十六

柱子自己也不知道怎么回事,自打玉秀跟她公公一道进城走了,他的心似乎也让玉秀带走了,魂不守舍的,好像生活里缺少了啥,空出一大块来。玉秀进城没几天,柱子在村里出来进去,看不到玉秀,竟产生强烈的思念之情,让他克制都无法克制住。玉秀那明灿的笑容,那秀美的身影,不停出现在他的眼前。兰子妈出门打工,他都没有这样,玉秀又不是他的媳妇,他怎么会这样呢?

柱子打外边回到家里,感觉没意思极了,平日他听见猪哼羊叫,他对它们都充满了喜爱,现在听见,他认为是扰烦,是讨厌。他便骂了一句:"你们这些张嘴货,除了知道吃,还知道啥! 眼又没瞎,看不见我下地才回来吗? 我累得腰酸背疼,我不先歇歇胳膊、腿,我才不饲喂你们呢!"

柱子打开门进了屋,身子坐下来,却又坐不沉静,感觉屋里单调得很。他顺手打开电视,看了片刻,也看不下去,只好关了电视。又打屋里走出来,硬着头皮去喂猪喂羊喂长毛兔。上午饭是他陪着兰子吃的,小宝在他奶奶那边。他只是询问了一下兰子近阶段的学习情况,兰子就跟他讲了他们学校发生的一些有趣的事。兰子喋喋不休,他听得心不在焉,有一句没一句的插一言,他也不想多说话。

兰子上学刚走,他独自一人,立刻感觉家里沉闷,就好像处在牢笼之中。没心思在家里待,他就逃也似的打家里出来,匆匆忙忙下了地。

时令进入农历四月,地里小麦加速了成熟进度。满眼绿油油的景象已经看不到了,完全转成墨绿色,有些灰沉,颜色不那般好看了。就像怀孕的女人,肚子越闹腾,越没个身形,脸上雀斑、蝴蝶斑也明显增多,破坏了姑娘往日的光洁,缺乏了青春亮丽。麦子把一个春天积蓄的养分,都快速朝麦穗集中,麦穗很快变得沉甸甸了。当麦海开始转黄时,离收获的日子就不远了。

柱子的心情,就像地里的麦穗,显得沉重,脸色也有些难看,提不起精神。他不由自主,站在村口,向远处张望,盼着玉秀回来。村子里没有玉秀,他心里就产生一种空虚感。

当淮土的麦子遍地金黄,南方的鸟雀也飞到北方,在麦田上空轻轻地飞动着,发出悦耳的鸣叫时;当他看见有农人扛着新买的锨把、扫帚,打他身边经过时;当他看见出外打工的人也千里迢迢往家返时,他这才意识到时间的斗转星移,新一年的麦收季节,就逼到了眼前了。

柱子就到自家麦地里去察看小麦的成熟情况。他掐了一穗小麦,在手里揉了揉,将糠吹去,看到麦粒很饱满。虽说还都是胖仁子,可颜色百分之九十是嫩黄的,只有百分之十还是青黄的。

在村外麦田里,柱子也遇到了上地里察看小麦成熟程度的宝生爹,两个男人就互相打着招呼,互相品评着小麦长势,估计着小麦产量。宝生爹同时想起一件事,就跟柱子说:"每年到收麦时,大联合都是由你打山东联系的,玉秀进城照顾宝生又不在家,也不知道宝生麦收前能好啥样,玉秀到收麦时能不能返回来,今年收麦我要早作准备啊!我提前跟你打个招呼,你可要把我父子两家的麦收放在心上啊,咱爷俩的关系,可不能给我放慢水里呀!"

宝生爹这一提醒,柱子才想起自己这些天,头脑乱纷纷,还真没有把麦收这种大事放在心上。没做好充分准备,也没摆上议事日程,太马虎了。他心里暗道,看我这些天都想了些啥,不过他嘴上却说:"是,那是当然,我找大联合,当然把你家放在重点。"

宝生爹这才感到很满意,说:"我啥都相信你,今年麦种是你挑选的良种小麦,刚才我掐一穗察看,八十多个籽粒,粒粒饱满。我估一下产量,九百五十到一千斤,收成可是不坏,少见的高产小麦。"

柱子就自谦地说:"你家小麦能高产,功劳可不能算到我头上,这是河南小麦专家培育的种子好。要想小麦高产,种子是关键,农业的潜力大得很哩!只要你热爱种田,能沉下心来,种田还是很有意思的。"

宝生爹也感慨地说:"乡下青壮年,有你这样想法的人,是越来越少了。乡下离不开你这样的带头人,树一面红旗引领大家,可留住他们很难呀!如今时兴打工,他们宁愿将土地撂荒也朝城里跑,嫌地苦累、不挣钱,没有打工挣钱多、发财快。"

柱子发狠说:"那是因为他们没有看到农业的发展前景,没有一种创业精神,没有意识到自己卖的是苦力,是给别人做的嫁衣。"柱子看着一望无际、波浪起伏的金色麦田,说:"我一定要在土地上干出一番名堂,干出个样!只有比他们打工活得好,才能把他们吸引过来,形成凝聚力!这么多土地,只靠老弱病残,让人忧心啊!"

两个男人又说了一会话,柱子关切地问了一下宝生伤势治疗情况,又特别问到玉秀麦收能不能赶回来,然后两个人就在田野分了手。

　　柱子回到家,就开始翻找山东那些大联合机主留下的号码,重新抄写下来,揣进衣兜,就急急忙忙上村委会打电话去了。

　　因为柱子想到麦收前还有许多活需要他干,便有了一种紧迫感,他人一忙,心情这才变得好转起来。

　　因为麦子成熟集中,麦收繁忙而时间又短。尽管柱子打外边联系了四台大型联合收割机,可到了麦子完全成熟,大收割时,家家户户仍是都抢着收割。自从时兴起大联合,乡下人图快图省劲,打工腰包有钱,也不怕花钱,不用手也不用小收割机,都改用大型联合收割机,这就形成了僧多粥少、捉襟见肘的局面。

　　不管大联合进了那个庄,只要割开头,就再也出不来。想来了再开走,大联合前边能拦挡黑压压一片人,根本就开不走,只能沉住心留下来,继续割。

　　宝生爹不是提前跟柱子打了招呼吗?柱子不也答应好好的嘛,可提前跟柱子打招呼的何止宝生爹一个人。你也打招呼,他也打招呼,柱子任谁也都答应过了,老少爷们,柱子能给谁割不给谁割?能偏一个向一个吗?可答应了有用吗?大联合虽然是柱子找的,但只要进了地,柱子照样不当家,东割一块,西割一块,挣不到钱,机主也不干呀!

　　没有办法,宝生爹只能盯在大联合后边死等。陈庄离淮土二里半地,大联合起先是让陈庄来人找走的,就只能留在陈庄割,大联合在陈庄割麦,宝生爹就在陈庄南地等。陈庄南地所有大块地麦子割完,又转到陈庄北地割,宝生爹又赶到陈庄北地盯着等。他就这样连饭也顾不上吃,忍饥挨饿,在陈庄直等一天一夜,大联合才把陈庄麦子收割完毕。

　　按照柱子的打算,接下来就把大联合开回淮土,给宝生爹收割小麦。打陈庄开回淮土,叶庄是必经之路,可当大联合经过叶庄村边时,又遭到了叶庄村民的拦截,不割死活不让开走。叶庄又分东队和西队,也割一天一夜,宝生爹又多等两天两夜,才算如愿以偿地把大联合收割机等回来。

玉秀家的麦地跟宝生爹的麦地又不在一块地,宝生爹的麦子割了,玉秀家的麦子却没有割。因为大联合割到中途,收割机出了故障,只好开到街面上去修理,可这一开走,就变成肉包子打狗,回不来了。

宝生爹家的麦子割了,玉秀家的麦子没割,宝生爹就开始担心,怕天转阴落雨,玉秀家的麦子遭受损失,就是他长一百个嘴,回来也没法跟玉秀说。况且,他又娶了玉秀这样一个心善的儿媳妇,他不能做事对不起她呀!作为一个当老人的,一定得做事要合理呀,不能做事让村人议论呀!他心急如焚,可他只是个老实人,一般的村民,他又没有啥关系,没有解决办法,只好又求助柱子,让柱子想尽一切办法,也要将玉秀家的小麦割掉。他说玉秀家的小麦就长在他心上,不割他会急发疯的。

头天宝生爹是这样跟柱子说的,没想到第二天玉秀打城里匆匆忙忙返回来了。回来只走进院子,连家门也没进就赶到婆婆家,婆婆见到她,连宝生在城里伤好啥样也没问,开口第一句告诉她的话就是:"你家的麦子还在地里长着。"

玉秀就连忙问:"那你家的麦子呢?"

婆婆只好实话实说:"我家的麦子已经割过了。"

玉秀不由一阵愣怔:"那你家的割了,我家的麦子咋没有割呢?"

婆婆就把没有割的情形说给玉秀听,实话实说:"你公公为你家割麦的事都急疯了,他这会儿也不知又上哪去了。"

咋说玉秀也是个善心的儿媳妇呢,听完婆婆的叙述她没说啥,尽管她心里很着急。抬头看了一下头上的天,她就笑吟吟地安慰婆婆说:"大联合也不是自家的,哪能用着那样方便呢。麦子多,机子少,也怪不得公公啥,天不是晴得好好的,不碍事。"

婆婆看见玉秀没有恼气,多少放些心,这才顾上问玉秀:"宝生伤好啦?"

玉秀就简短回答婆婆:"好了,没事了,要是没好,我能脱身赶回来吗?"

婆婆这才把心完全放宽了,又问,那他咋没跟你一块返回来?

玉秀说,腿在他身上,他不想回,我有啥办法! 还不是想再蹬三轮,把损失的钱挣回来!

婆婆连连点头,只要没啥大事就好,出门在外,有个风吹草动,都能让人把心提到嗓子眼。

玉秀提起宝生回不回的事,她的泪就在眼圈打转,她赶忙扭过脸,用手把泪拭去,没让婆婆看见。她不想再提宝生,就换了话题:"那割麦我找柱子想办法去,老让麦子在地里长着,也不是个事儿。"

玉秀说完站起身,就快步朝院外走去。

宝生爹像个蚂蟥叮在柱子身边。村里不只玉秀一家小麦没割,还有几家小麦也在地里长着。随后,那些还没收割的人家,也纷纷来找柱子,把他给围在当中。

柱子就摊开两手说:"人家大联合大老远赶来就靠收割挣钱的,咱庄就剩下那十几亩,纵然机主是我找的,我再有面情,也不能强人所难对不对? 你们只有各想各家的办法。"

宝生爹满脸失望,无奈地说:"别的办法没有,只有用手拿镰刀割啦,过去人老几辈没有机械,还不是采用的这个办法。"

可村民们听宝生爹提出要用镰割,没有一个人积极响应的,其中那个雀斑脸女人还满口怨言说:"用手割,累死个人,我才不用手割哩。"

这时只见一个男人插一句:"我有点子了! 柱子,不如你把你家小型收割机抬出来,装在手扶上,把麦子割掉算了。"

他这一提,其他村民才积极响应:"这办法行,这是个好办法!"

只有宝生爹打岔:"就你们把事想得如意。兰子妈打工不在家,柱子家麦子种得又多,人家给你们收割,他家打下的麦子还要晒,还要扬,难道就不要了?用镰割麦嫌累人,懒得可以抽筋了,我不怕累,我不给柱子添麻烦!"说完气呼呼地往外就走。

"爹!"玉秀一声叫。

宝生爹迎面撞上玉秀,他的心立刻慌乱了,不知自己如何是好,就停住了脚步。

柱子说:"用小机子割,也没啥,可割了不还得用脱粒机,还不是省不掉费事。"

那个村民说:"脱粒机你家又不是没有,又不用你作难,已经到了这一步,我们也不怕费事。"

这时,村民们都把目光集中在柱子一人身上。

玉秀乘机也走到柱子面前,她就替大家求助柱子说:"柱子哥,你就答应给我们割吧,帮帮我们这个忙吧!"

玉秀在柱子面前的突然出现,又出面求他,柱子看着玉秀那恳切的目光,感觉与玉秀格外亲近。才两个月不见,中间好像相隔了多少年。玉秀的到来,就像刮过一股春风,让他看玉秀的目光充满一种喜悦感。他有些激动,就痛快地道:"那我就答应你们的要求,用小机子给你们割吧!"

这时,宝生爹插言说:"你给我们割麦,我们跟你工换工,我们帮你晒麦、扬场。鱼帮水,水就帮鱼么。"

大家就一块跟着道:"对,鱼帮水,水帮鱼!"

柱子看着眼前的场面,他的眼睛湿润了!

十七

麦收过后的一天,吃早饭的时辰,淮土村民又都聚拢在村口小桥吃饭了。这是多少年前就形成的一个老吃饭地点,只是村民们这些年来纷纷外出打工,村庄几乎走成一个空庄,吃饭场地也就稀稀落落没有啥人了。由于麦收大忙,外出村民从四面八方赶回来收麦,吃饭场地这才又重新聚拢了众多的村民。

连着几日的收打,紧张和劳累,让村民们的脸上带着一种疲惫。他们散乱成一大片,有盘腿席地,屁股下边垫着自己脱下的鞋子,面前放着饭碗和菜的;有把身子倚靠在树上,饭碗和菜都端在手中的;还有不坐也不站,跪在地上的。

他们一边吃着饭,一边说着话,集中议论的话题就是收过麦后,遗留在地里的麦秸和麦茬要不要放火烧掉的问题。

狗子说:"我敢打包票,今年地里麦秸别人敢不敢点,我不敢讲,反正老闷大叔,肯定不敢带头烧麦秸。"

因为老闷去年烧麦秸,让派出所下乡巡查的民警抓住,罚过五百元。

狗子这么一说,村民刷一下把目光移到老闷身上。看着因缺牙歪头吃饭的老闷,便发出一阵幸灾乐祸的笑声!

老闷腾地一下就涨红了脸,众人面前硬撑着不服:"谁说我不敢点?一朝被蛇咬,偏不怕井绳!只要别人敢烧,我照样烧。不就几百元,我出门再挣,半个月就挣回来了,我怕个熊!"

耙齿口中吃着馍说:"政府要是不管的话,能烧还是烧。一把火把麦秸、麦茬变成灰,不用装不用拉,也不用垛,地里干干净净。把下茬庄稼耧一番省事,提前出门两天,就多挣两天的钱。"

宝生爹喝了一口稀饭说:"反正你们谁爱烧谁烧,我还像往年一样,用架车拉,把麦秸垛在家里。我不跟你们比,我又不出门打工,用不着那么急。"

狗子用筷子敲着空碗说:"也不是你老叔打不打工,因为你们家喂养的有牛,拉麦秸能给牛吃。"

宝生爹就抬头看着狗子说:"喂牛是一方面,听柱子说烧麦秸害处大哩!他比谁家种的地都多,不管政府管不管,他每年都不烧麦秸,我听柱子的,我向他看齐。"

这时耙齿打地上站起来,去穿垫在屁股下边的鞋:"你不就是柱子的一个跟屁虫?条条样样都跟他学。他不打工,他种十几亩地?你咋不种十几亩地,他养几十头猪,你咋不养几十头猪?他不打工手里有钱花,我看这次你儿宝生让车撞了一下,你就跟别人借钱顾急。柱子有积蓄,你的积蓄呢?"

宝生爹就梗着脖子说:"你这话说得,让我跟你抬杠。手指头伸出来,还分长短哩,小手指赶不上拇指粗,我各方面是赶不上柱子,可我向他学习,总能得好处吧!远的不说,就说今年麦子,我种的麦种是柱子给我购买的,一亩地打一千斤,往年我种自己的,一亩才六百斤产量,中间相差四百斤。柱子不让烧麦秸,听柱子的话有好处,我凭啥不听柱子的。"

耙齿看见他差不多把宝生爹惹恼了,赶忙满脸转笑。吃柿子拣软的捏,戏谑狗子说:"对对对,还是老叔说得对,谁说得有好处就听谁的,千万别听狗子的,听狗子的就成懒汉二流子,麦子长得像毛。"

耙齿的话刚落音,饭场便发出一阵快活的笑。

整个淮土的村民都在摊麦、晒麦,赶到天晌,太阳变得火辣辣的,人们无事可干,就躲在荫凉里闲坐着。地里的麦秸,眼下没有谁愿意理睬它。

只有柱子还像往常一样,他把新麦拉到场里摊晒之后,并没有享清闲,而是用手扶拖拉机后边挂个车斗,开到地里去拉麦秸。

收过麦子之后的田野,显得很空旷,一望无际。裸露的都是扎眼的麦茬,还有一堆堆的麦秸,太阳一照,麦秸黄亮亮的。风不刮,树梢直直立着,天气热烘烘的,让人透不过气来。

柱子就在这样烤人的田野里,用个铁钗一叉一叉地挑着麦秸,朝他拖斗里装。他不慌不忙地干着,显得很有耐心。汗水顺着他的额头朝下流淌,鼓鼻梁上,更是汗珠点点,他的上衣很快让汗水浸透,紧紧贴在后背上。他干一阵活,就停一下,用毛巾擦一把满脸的汗水。他装一截地,就将手扶朝前开一截,再停下。拿着钗朝麦秸跟前走去时,他的口中还哼哼着流行歌曲:"天不下雨天不刮风天上有太阳,妹不开口妹不说话妹心怎么想。"他显得是那样能吃苦,不怕天气炎热,看他干得劲头十足那样,挺乐此不疲的。麦秸被一直不停地朝上装着,渐渐向高处堆起,满满当当的。他开着手扶走出田野,走上大路时,就好像拉着一座移动的小山。

麦收过后,连着几天都是大晴天。村里人正因为都存在一种观望思想,弄不清上边到底让不让烧麦秸,管得是松还是严。过去那种焚烧麦秸,已成习惯的做法,麦秸燃烧时升腾的熊熊烈火,一直在村民胸中燃烧着。只不过天还没有转阴,眼下他们只把摊晒新麦当成头等大事,至于地里的麦秸,既没人烧,也没人去拉。

耙齿看见柱子开着手扶拖拉机,在忙活不停地拉麦秸,树荫下乘凉的他,忽然心血来潮,闲着也是闲着,拉一架车,两架车,说不定日后能有个啥用。他就学着柱子,到地里装满一架车麦秸拉回来。

耙齿刚把车子放下,他媳妇看见,立刻就变了脸,两口子发生了激烈的争吵。

媳妇用手指着耙齿,气呼呼地说:"谁让你去拉麦秸的,大家都摽着劲,过两天天转阴了,好放火点,你没事闲着挠狗蛋,朝家拉麦秸干啥? 不是没事找事吗?"

耙齿就争辩说:"我不是看见柱子在拉麦秸吗?我就忍不住手,我拉两车,说不定日后能有啥用。"

媳妇就不依不饶地道:"村里有几个柱子,不就一个?人家都外出打工,偏他窝趴乡下。人都说他窝趴乡下能挣钱,我看也不一定。大前年他养猪,赶上猪大掉价,他比谁赔得都惨,他老婆不就生他的气,看他不肯打工,才外出打工的吗?"

耙齿嘴里就咕噜道:"谁跟他学了,不就跟他比着拉两车麦秸,他窝趴乡下,我不是常年在外打工嘛!"

媳妇仍板着脸:"柱子常年不出门,他家喂养的有牛,你家喂养的有吗?他把麦秸拉回家可以当饲草,你牛毛、羊毛断一根,你拉麦秸派啥用?垛在院子里,还多占地方,鸡扒狗挠的,扑腾得到处都是,你不嫌脏,我还嫌不干净哩!"

耙齿摊开两手说:"那我这麦秸已经拉回来了你看咋办呢?"

媳妇干脆说:"咋办,倒西湖沟里沤污泥。"

耙齿不情愿:"我不倒沟里,沤时间长了冒臭气。"

媳妇把眼一瞪,不倒留着给你吃,你能吃不能吃?

耙齿看见媳妇有些恼,就赶忙退缩了,换了口气说:"还是老婆说得对,家里不让放,我就拉抽到西湖沟沤污泥去。"

又连晴三天,转阴了,这时候的村民,已经都将新麦晒干,颗粒归仓,似乎万事俱备,只等东风了。

可天转阴只是一天,又转晴了,连晴两天之后,猛一下又转阴了。整个村庄就开始躁动起来,尤其那些特意打外边赶回来麦收的村民们,心里显得越发焦急。早一天把下茬作物安插下去,他们就可以万事大吉地早一天外出打工。早一天走出去,就能早挣一天的钱。

天这一回是越阴越重了,乌云陡暗,已经连晴一个麦季了,也该下一场透雨了。省电视台和中央电视台天气预报,都说今天夜里到明天,将有一次较为明显的降雨过程。不但淮土这一个村庄的村民变得心急火燎,急不可待,就连周边村庄的村民,也都蠢蠢欲动,在为焚烧麦秸、麦茬做准备。

这时候,只见乡里禁烧秸秆的宣传车,顺着公路一会儿一趟地跑着,大喇叭不停地在响亮地做着禁烧秸秆广播宣传。派出所民警,分片包干,全体出动,各自骑着摩托车,顺着乡村田埂土路,进行巡逻,严密监视。行政村全体干部,每人都有自己把守的点,上下联动,周密布置,确保禁烧工作能够做到万无一失。

村民们看见有那么多人,像走马灯一样,过来过去察看、把守。整个白天,哪个村庄也没有人敢冒风险、有胆量去点火,一切风平浪静。

夜幕降临,天渐渐黑沉下来。村民们就好像昼伏夜出的野兔,悄没声地摸黑跑到田野上来了,他们每个人衣兜里都装着一个打火机。他们在等待,等待一个绝佳机会,好将打火机掏出来,弯下腰身,啪哒一声,打火机上的火苗飞快朝干焦的麦秸一触,腾地火苗就蹿起来。只是眼下还没到时候,手插在衣兜里,将打火机攥在手中,手心里都已经是汗津津的了!

火着起来,不是从淮土开始的,村民们原先指派的最先放火人是狗子。反正狗子是个懒汉二流子,他是吃了上顿没下顿,家穷四壁,连个老婆也养不活,没等跟他离婚,就带着孩子跑到外村跟一个老光棍过去了。政府就是抓住他,也是干瞪眼,罚不着他一分钱。狗子上场前还捶胸顿足,信誓旦旦,可到了跟前,他自己却退缩了,耙齿生气踢了他两脚,他身子就抖得像筛糠,手哆嗦得打火机都打不着。

就在这时候,只见外村已经陆陆续续点着了火,借着风势火越烧越旺,蔓延成了一条长长的火线,很快火光就连成了一片。

时辰已经到了深夜,天又阴得这么重,人待田野里,只能看见一个黑影子,就算面对面,互相抱着也看不清脸。外村一放火,村民们心里的火苗腾地就燃烧起来。狗子节骨眼上装怂,不能指望他就不指望了,他们就把狗子给放弃了,那就自己靠自己吧!他们在暗处朝四下静静观察一下,没发现有啥异常,胆子一下变大了,纷纷弯下腰,身手敏捷地向自家的田地走去。

跟着,陆陆续续便点着了火。

漆黑的夜晚,遍地都是熊熊燃烧的大火,火借风势,风助火威,烈火吐着火舌,喷射着火头,卷噬着麦秸,肆无忌惮地燃烧起来。烟浪滚滚翻卷着、弥漫着,向天空升腾。由开始的一团扩大成一片,由一片继续向外扩展,互相联结,熊熊燃烧,最终形成火海,变成火的汪洋!

这一刻,乡派出所的警车,拉着警笛,一路鸣叫着,奔跑在乡村公路上,像是给村民庆祝放火成功。或许他们也是工作的需要,走个过场,走个形式而已。这么多村庄,这么多村民,同时在一个夜晚放火,他们纵有三头六臂,也是无能为力,制止不下来的!

村民们看见警车,已经没有了未放火之前的畏惧,熊熊大火壮了他们的胆,似乎已是熟视无睹。

到了明天,遍地麦秸、麦茬都将化为灰烬。等到这场透雨落下来,再放晴,村民们就能趁机播种,轻松顺利地将大豆、玉米、棉花、芝麻安插下去。只要庄稼进了地,夏收夏种就算告一段落,他们就能清闲下来了,外出打工的外出打工,该做生意买卖的转入生意买卖。剩余的该干啥行当的,还去干啥行当。过不了几天,田野里又是一片青绿的禾苗,乡下人又开始在这充满希望的期盼中,开始新一天的生活。

大火中只有柱子在他家田地上,奋力用个扫帚在扑着火,他耕种的十几亩田地,只剩下两亩地的麦秸,还没来得及拉完。他努力地不让近邻的大火蔓延到他家田地中来,可邻边的火势燃烧得太凶猛了,为了扑火,他的头发都给火苗烧焦了,他已经顾不了那么多,只想竭尽全力扑击。

大火中的柱子,打远处看,竟是那样的身单力薄,就好像一人在跳独脚舞,显得那样孤独而又力不从心。正在这当口,只见火光中又冲过来一个年轻女子,啊!竟是玉秀,她手中拿着一把扫帚,奔赶过来,帮着柱子扑火来了。

正因为玉秀人刚赶来,身上积蓄有力量,就像一股旋风,将扫帚举起落下,落下又举起,很快就把凶猛的火势压下去了。不大会儿,她就扑灭了一大片!本来已经累得精疲力竭的柱子,看见玉秀,身上又重新增添了很大的力量,两个人通过齐心协力的共同奋战,终于成功地阻止了大火,扑出了一条宽宽的隔离带。

火光中二人的面容被映得又亮又红,柱子看见玉秀呼呼喘着气,便感激地笑了!

两人扑灭了火,在田地头坐下来,柱子说:"我真没想到,你会来。"

玉秀亲切地看着柱子说:"我不是你的追随者吗?"柱子点下头,这才对玉秀说:"我家种了十七亩地小麦,就剩下这两亩的麦秸没拉。其余十五亩,没有麦秸,不怕它蔓延,也烧不起来。这两亩地的麦秸,通过扑打,也成功地保护下了。"

玉秀扭脸认真看着柱子:"只有你是跟村里其他人不一样的。"

柱子抬头看着遍地燃烧的明灿的火光,他脸上的笑突然消失了,他的神情悲戚下来,一下陷入了沉思。他在想,要是村民还像过去一样,都不外出打工,都在家里种地,家家户户都喂牛养羊,如果牛、羊价格能再贵一些的话,村民们还会这么热衷于放火焚烧麦秸吗?就算麦秸不当饲草,也能派上别的用途,麦秸不被当成废物,能变废为宝,像小麦一样能够卖钱,农民还会这么积极地焚烧麦秸吗?要是农民的文化水平再向上提高一步,认识到环境与人类生存的密切关系,能够充分认识到保护环境的重要性,农民还会这样肆无忌惮地焚烧麦秸吗?

玉秀看见柱子目视远方,久久也不说句话,就大声问他:"柱子哥,你在想什么?"

柱子这才把头扭向玉秀,对她说:"我在想这些麦秸的命运。它们既然是很好的燃料物质,就只能这样被当成废物白白烧掉吗? 就不能派上用场吗? 譬如用它发电。"

玉秀就仔细打量着他,说:"难怪村民把你当成怪人,也只有你才有这样的想法。"

柱子仍然很认真地说:"要是能把它变废为宝,它的身价倍增,金贵起来,你说,村民们还这样烧麦秸吗?"

玉秀就对柱子很理解地说:"也许吧,你的想法是对的,可能有一天,真能把你的想法变成现实吧!"

柱子坚定不移地说:"我这绝不是痴人说梦,如今科学技术突飞猛进,我这个想法,在不久的将来,一定会变成现实的,你相信不?"

玉秀说:"我信!"

十八

麦收过后,下了一场透雨,玉秀也顺利地把她下茬庄稼给播种上了。播种之后,封闭除草剂,也是柱子用机动喷雾器帮她打的。玉秀出栏了两头膘猪,又喂养了四头,采用了柱子的科学饲养方法。这四头膘猪,也已经提前半月出了栏。这回她又打柱子家进栏十头小猪仔。本身就是两个猪舍,一个猪舍五头,圈里的猪仔刚吃完食,便活蹦乱跳的,嫩嫩洋地看着很健壮。

玉秀拎着空食盆送回灶屋,转身出来把身上围巾解了,搭在当院晾衣绳上，走进堂屋，坐在床上发起了呆。想起宝生，心里很不是滋味，人家说小两口心往一处想，劲往一处使，那日子就能过得热腾腾的。这个宝生却跟玉秀拧犟着，两个人说不到一块去，想法也大相径庭。玉秀提出向南，宝生偏向北，两人明显合不来，为啥老天爷偏偏让他们二人结合在一起呢？玉秀心里边憋着委屈，泪水禁不住顺着她的面颊流淌下来！

玉秀坐了一会儿，擦了擦泪水，这才想起麦前借柱子的几本书已经看完，还没顾上送呢！现在已经到了农闲，该给柱子送过去了。

玉秀看书时，曾经掉出一个鞋样子，她看那鞋样尺寸大小，像是柱子的，她就留了心，将鞋样子给留了下来。

玉秀赶到柱子家，刚进院子，就听见有好几个人的说话声。她朝堂屋里探头一看，发现是村里的耙齿、方生几个男人。柱子坐在他们中间，手里拿着一张白纸，正陪着他们，玉秀也不知道他们在做什么事。

玉秀就站在院中央，不知道自己是走还是留。

耙齿几个男人，看见玉秀这样一个俊美的女子走进来，便探头跟玉秀热情地打招呼。这时，方生打屋里跑到玉秀面前来，竟跟玉秀开起了荤笑话："宝生可不在这里，赶来是找我的吧，我可比宝生强多啦，不信回来你品品。"

玉秀为人就这一点好，村里男人跟她开玩笑，不管话说得多粗鲁，她也不恼。尽管她听这样的话很刺耳，很不爱跟人开玩笑。她只是羞红了脸，把头低垂了下去。

柱子就跟这些男人不一样，他从来没跟玉秀开过玩笑，不只是玉秀，淮土其他女人，柱子也从不跟她们开玩笑，只是打个招呼，很有礼貌地走过去。柱子人品高，他对女性有他应有的尊重。他为人不粗俗，似乎他也不爱开玩笑，平时说话就不粗鲁的他，从来也不打嘴上占女人的便宜。

柱子看见玉秀，也打屋里热情地迎出来，他笑着对玉秀说："你来得正好，我打算留耙齿、方生他们几个搁我这喝酒，正发愁没人给做饭哩，你就留下帮我炒几个下酒菜，帮我一个忙吧。"

耙齿、方生就紧接着附和道："对，玉秀你就炒几个拿手菜，也让我们尝尝你的手艺，看你人长这么俏，手艺肯定也错不了。"

玉秀便愉快地答应下了，然后问柱子道："他们几个来你家干什么呀？"

柱子这才对玉秀说："我邀他们来家签土地流转合同。他们几家的地都不愿意种了，又不想撂荒，转包给我了。他们本是不想签的，说用嘴咬个牙印就行了，可我认为还是有个书面协议更正规。他们都等着出门，要是人走了，就没有这个机会了，我今天把他们几家的户主，全请过来了。"

玉秀这才对柱子钦佩地点点头，然后朝厨房走去，着手做午饭的准备。柱子重新走进堂屋去，挨个看了耙齿他们几个，说："那咱就着手签吧！"

耙齿说："签个熊，我上学认那俩字，早就馍吃完了。你让我签，我也摸不着头绪，也不知道咋签。"

柱子说："这没啥难，土地多少面积写出来，每亩地转租的具体价格写出来，说白了，就是多少钱一亩，转租多少年！"

耙齿一听，就笑着道："好好，就按你说的办。"

柱子说："你们也知道，外村一般都是转租一年，一百五十元一亩，我给你们一年一百八十元。像方生那几亩低洼地，赶在雨天多的年景，根本就没啥收成，我也给一年一百五十元一亩。不过有个事情，我要跟你单独议一议。"

方生就说："有话你只管说，对我而言没有锯不倒的树。"

柱子点点头："你那低洼地，转到我手以后，我要进行改造，我还要进行投入，将薄地改成沃田。比如我要修渠、架桥，还要上大量土杂肥。别等我把地治理好了,还没种一两年,你看有效益了,又要走了,那我就划不来了。"

方生认真听着,就问柱子说,那你的意思,这次流转年限几年。

柱子思忖了一下,答道:"他们三年,你至少五年。"

方生就说:"也就你柱子哥,把地看成命。这样,我跟你这一次合同签十年。一辈子不种地,我也不想种地,我就想解脱,不当农民。要是打工能打成城里人,我就阿弥陀佛了。"

柱子听了很高兴:"那照你这样说,你厚道我也大方,要签十年合同的话,我每亩每年承包费用也给你一百八十元。"

方生听了,就打腰里掏出一包"黄山"烟,挨个散一遍。他心里自然是很乐意。

柱子又扭脸对耙齿说:"还有你那三亩地能不能调过来,跟我的地并成大块。你爹跟我地挨地,父子爷俩的话好说,有这个便利条件。"

耙齿说:"你正好把话说反了,越是我爹的话越难说,你又不是不知道,他那个人的话难说。"

柱子说:"我现在是问你,不是问你爹,只要你同意,老叔的思想,我去做。"

耙齿说:"也就是你,换了二人就不容易说通,只要你能让我爹答应,我没啥意见的。"

到了天大半响午,玉秀开始下手做饭。没多大会儿,兰子放学回来,看见玉秀,就高兴地走进灶屋,口里"秀婶""秀娘"地叫着,跟玉秀打招呼。玉秀当她要来帮她烧火哩,谁知兰子却说:"我还要做作业哩。"

正在这当口,村里狗子娘上门来了,她径直朝厨房走去。打兰子身边过时,抚摸了一下兰子的头:"你做作业,让我给你秀婶烧火。"

狗子娘刚在锅门前一落座,就对玉秀说:"柱子可是个大好人,要不是他,我的日子真没法过。要不是他,怕我连人在这个世上也找不见了。"

玉秀一边干活一边说:"狗子就一点不过问你的事吗?"

狗子娘拿把柴火燃着火:"你别提狗子!我那还叫个儿子呀?他连老婆孩子都养不活,还指望他养我?天下难找好吃懒做的货。"

玉秀看了狗子娘一眼:"是呀,狗子人活得太懒惰了。"

狗子娘用手朝外指着说:"你说他人懒惰,他在刘福饭店扭来扭去的,只要有人上刘福饭店吃饭,他抹桌子,搬板凳,比谁都勤快,干得可麻利呢。"

玉秀有些不解:"那又是为啥哩?"

狗子娘说:"还不是图刘福给他一块骨头,两片子肉。"

玉秀就笑了:"狗子活得没人样,不争气。"

狗子娘说:"可不是咋,他要是手里有俩钱,屁股坐在麻将桌上,就再也挪不动了。我几次拿棍去打他,他拔腿就跑,就是记不住,打不改。"

玉秀很同情地说:"你生养个这样的儿子,不能依靠,可苦了你啦。"

狗子娘把锅下火烧旺:"谁说不是呢,要不我也不说柱子好啦。我房子漏雨,柱子出钱给我修缮;我冬天的棉袄,夏天的单衣,柱子也帮我买;我有了病,他也帮着给我看;过年我断粮,他买了一袋子面给我送过去。不是亲儿,胜过亲儿呀!"

狗子娘说到这里,她感激地泪水便流了下来!

玉秀第一次从狗子娘口中听到柱子所做的这些好事,她从另一个侧面对柱子有了更进一步的了解。说起来,柱子做这些事,并不大,可一般村民就没有这样高贵的品格,更做不出来这样的事。柱子在她心目中的印象变得更深刻了。

这时,兰子打外边跑进来问玉秀一道混合题,玉秀接过,看了会儿,就讲解给她听,在玉秀的开导下,兰子这才听懂了,拿着作业本就出去了。

狗子娘这才接着又说:"柱子喂这么多张嘴货,还种那么多的田地,又天天被人找,家里多需要一个女人呀。可兰子妈跟他说不一块去,赌气到北京当保姆去了。柱子又当爹又当妈,天天忙活得脚不点地,还操不完的心,日子过得也不容易啊!"

狗子娘话刚落音,兰子再一次地走进厨屋来,她向玉秀问完一道数学题,现在又问语文题,有一个造句,把她难住了。玉秀又对她进行启发,兰子点点头,脸上露出了笑:"秀婶,我知道造句咋造了,我现在就造一个给你听:我放学回家,不但要做作业,而且还要帮着家里割青草。"

玉秀就夸兰子说:"这个句子造得好,既贴切又生动,对,就这样造句。"

兰子获得玉秀的好评和鼓励,又高高兴兴跑出去了。狗子娘这才又接着刚才的话茬说:我没事就上柱子家看看,有我能做的活,我就帮一把,人敬我一尺,我还人一丈。柱子待我这般好,我没大本事,就帮个小忙,多少帮柱子减轻一点负担,我这心里也高兴。

玉秀很赞同狗子娘说的这些话,说:"我跟你想的一样,用我爹的话说,这叫水帮鱼、鱼帮水哩!"

那天上午,也是柱子心情高兴,再加上柱子为人厚道,他跟老少爷们难得一聚,便放开了喝。先猜拳,后打老虎、杠子,柱子感觉自己没有喝很多,可他已经喝醉了。送走东倒西歪的耙齿,方生他们,他摇摇晃晃回到屋里,一头扑到床上,连衣裳也没脱,被子也没盖,就睡死了过去。

玉秀上堂屋来收拾碗筷,这才发现像个蛤蟆趴睡床上的柱子。她的心情阵阵涌动,她对柱子心疼起来,赶忙过去吃力地将柱子上身抱起,将他上身扶正,把一条毯子盖在了柱子身上。她给柱子脱黄球鞋时,嗅闻到一股异味,这才朝床上察看,发现柱子穿得好几双都是买的球鞋,做的布鞋仅有两三双,且已经穿破。她拿起一双细看,做工很毛糙,做得也很难看,她判断这几双布鞋是兰子妈做的,看来兰子妈手艺不怎么样。玉秀扔了布鞋,又拿起球鞋,用手量了量,又看了眼柱子的脚,她就知道柱子穿多大的鞋了。玉秀心中产生一种强烈的愿望,那就是亲手给柱子做一双布鞋,尽管她知道,现在乡下男女,已经不时兴穿布鞋,都习惯到街面买鞋穿。做一双像模像样的布鞋,费工又费时,乡下女人已经手懒,图自在,闲在那里也不动那个针线。可是玉秀打定这主意,要给柱子做双传统的布鞋。她认为,布鞋穿着舒适、养脚,至关重要。而且还可以通过千针万线,将女人的情和爱,融入布鞋里边,让男人穿上,感觉到女人对他的温暖和体贴。玉秀要用一双布鞋来报答柱子,就像狗子娘说的,没有大本事,就帮个小忙。除此之外,玉秀心中还有一种想法,做双布鞋给柱子,让柱子见识一下她的手艺。

玉秀想到这里,脸上不禁露出了甜甜的微笑!

十九

玉秀坐在她家院门口,正式着手给她钦佩的男人做鞋了。她准备工作做得很充分,打袼褙她选的都是那些很结实的好布片,至少八成新。粘烫袼所用的糨糊,她用的是头遍白面,糨糊也是她下功夫搅拌的:稀了黏度不够,稠了抹不开、抹不平,只有不稀不稠,才摊得开、抹得均匀,晒干了粘成一个整体,硬邦邦的,有韧性。封底布她采用的是正儿八经的白粗布,这种白粗布,现如今已基本上看不到了,这是因为乡下女人都已经好多年不手工织土布了。她这块白粗土布,还是打娘家特意拿来的。这是前些年,她母亲织下的白粗布,留下一块藏放在箱底的。玉秀把鞋底子砌出来,这才正式纳线,她的手很灵巧,她纳线纳得很细心。所谓细心,就是她纳得很慢,慢工出巧匠,越慢做的活越精致。她每扎一针,针尖穿过来,她都看看扎得是不是地方,不是地方就重新扎,她每穿一线,都用手使劲拽紧。

玉秀尽管没亲眼看见过兰子妈给柱子做鞋,可兰子妈这个人她见过,粗手大脚,身子强壮得赛过男人。像这种女人,干田间活的确是个好手,要是做针线活,那样的粗手大脚,拿绣花针的话,就显得手笨别扭,也没有耐心。兰子妈给柱子做的鞋,她已经见到过,跟乡下巧手姑娘做的鞋子相比,相差十万八千里,三针稀,两针稠,好像一群麻雀空中飞。

玉秀一边纳着鞋底,不由得就想到一首正流行的歌曲,"妈妈做的千层底,站得正,走得稳,闯天下"什么的。什么叫千层底?当然那是一种夸张说法,真要把鞋底纳成一千层,怕是李白磨得钢针也扎不透。千层底的意思是说,一双耐穿的布鞋,至少要纳好多层,只要把鞋底纳得厚度够了,才能达到过硬的质量。

玉秀纳出的鞋底,呈一个水平面,横成行,竖成排,中间纳朵大梅花。每一针的间距都相一致,很匀称。整个鞋底看一遍,找不到半点瑕斑,既美观,又能体现出她的秀气。

当然,只纳出鞋底,才算完成整体工程的一部分。另外一部分是鞋帮,关键环节是鞋底与鞋帮做得要一致。换句话说,就是要搭配,既不能大,也不能小,无论大小,绱到鞋底上都要走样,大了咧成瓢,小了拧成麻花。这种鞋子做出来,耐穿不耐穿先放一边,关键是笨拙蹩脚,不好看。鞋底纳得好,鞋帮做得好,还存在个关键环节,那就是绱鞋时也要注意。绱鞋就好似给衣裳镶边,那每一针每一线,都是要严格讲究的,只有达到锦上添花的效果,这双鞋子才显得出手不凡,才算圆满。

玉秀内心还有一个不可言传的秘密,那就是不能弱了兰子妈。她要让柱子感觉到,她不是一个生活粗糙、粗俗的女性,她是一个对生活有强烈向往,非常爱美的女性。她在鞋底中间设计的一个梅花图案,寓含红梅傲雪怒放之意,就充分体现了这一点。她亲手所做的这双鞋,把她对柱子的那种高尚、纯洁的爱和她的柔情似水,以及对柱子的感激之情,都融入鞋里边了。

玉秀花费了很大心血和心思给柱子做了这双鞋,周周正正,太有鞋样啦,让人一看,赏心悦目,那简直就不叫鞋,而是一件工艺品。放在脚上穿,真是舍不得,那样太可惜了,只有摆在那里让人参观,才是恰到好处的选择。

玉秀给柱子送鞋,也做了一番安排,她要送得很随便,不当回事,像根本不在意一样。如果真要郑重其事地送,柱子会认为她太张扬,太炫耀自己。有些事,不声不响才显得自己有内涵,不低俗,才不让人轻视。有一种美是可感而不可观的,这种美是一种大美。

玉秀做好了鞋,还没给柱子送呢,柱子竟赶往她家来了。柱子赶往玉秀家有两个目的:第一个,他这两天在村里下地干活,都没有看见玉秀,竟起了思念之情,同时还有一种关心。玉秀这几天没出来,他想玉秀是上娘家去了,没有在家,或是她生病了,没法出来。就是为这个,他才想到玉秀家一趟,亲自察看一下究竟。第二个,要是玉秀在家,人又好好的,他就请玉秀到她家一趟,替他看护兰子。他发现玉秀好几次辅导兰子学习之后,兰子的进步就很大,原先考试都是考班里第五名,现在考了全班前三名。连兰子都亲口告诉他,有几道考试题,都是玉秀指导她做后她才会的。他发现兰子对玉秀印象很好,对她很依恋。兰子妈常年打工不在家,她想让兰子从玉秀身上获得一种母爱。

玉秀看见柱子来到她家,她脸上就带着一种欣喜。柱子首先察看了一下玉秀圈舍的猪,顺便对玉秀说:"我想起你上次病死猪的事了,你自身疾病防治没搞好,另一方面;另一方面,我分析跟狗子有关系。"

玉秀让柱子这样冷不丁一说,给说愣了:"我家猪生病,挨着狗子啥啦?他可很少到我家来。"

柱子紧接着说:"他很少到你家来,可他却经常到你婆婆家去,他经常爱买病死猪,杀病死猪,他身上少不了就带有某种猪身上的病菌。你又少不了到你婆婆家去,这样,你就有可能把病菌带回来,这就叫间接感染。"

玉秀就说:"那咋办?"

柱子说:"你跟你婆婆私下说,告诉她尽量不要让狗子到她家去闲串门。"

玉秀这才说:"我记下了!"

柱子看过猪,就顺便把自己的来意说了:"镇里下通知,让我到镇里去一趟,说县里管农业的副县长来了,要跟我见个面,主要跟我谈一下扩大养猪规模的事,你到我家去陪陪兰子,给兰子做顿饭可好?"

玉秀自然答应了。

柱子说完转身就要走,但看见玉秀待他很热情,似乎表情里有一种不想让他急着走,留下说会话的意思。他马上就想到玉秀跟自己一样。她的丈夫不在家,家中就只有她自己,难免心里过得孤单,他就很理解地停住了脚步,没有急着走。

玉秀知道柱子不吸烟,就给柱子倒碗茶,双手端到柱子手里,然后就请柱子进屋里坐,顺手就把电视打开了。她知道柱子爱看《在水一方》,她就调到那个台给柱子看。这样两人一边喝茶,一边看电视,显得也自然些。

柱子就把目光转到电视荧幕上,玉秀也坐在旁边陪着他看电视。可电视没放多大会儿,画面上就出现了一对男女搂抱在一起亲吻的镜头,而且拉成了近景。女的渐渐躺在了床上,男的就趴在了女的身上,而且近景还来个大特写只剩下一张嘴,亲吻得还格外狂烈。

柱子感到有些不自然,便把脸打屏幕上扭过来,这才没话找话地问玉秀:"宝生最近跟你打过电话吗? 他的伤口愈合得怎么样? 蹬三轮车没有妨碍吧!"

柱子不提宝生,玉秀心情还好过,一提宝生,玉秀立刻悲从中来。她的内心好像有很多委屈,便突然爆发一般,痛哭起来,好像柱子就是她的亲人。她一边流泪,一边对柱子说:"自打我从城里回来,心情就难受,你要是不问,我都强忍着不想跟你说。可我有话老憋在心里,也是很不好过的。今天你问了,我就兜个底儿跟你说了吧。"

玉秀一边哭,一边跟着柱子说话,把柱子听得一头雾水,不知玉秀说的是哪儿跟哪儿了,他就惊讶地问道:"咋,你上次进城还跟宝生发生了啥不愉快的事吗?"

玉秀就连连点着头,用手抹着泪说:"其实是件说不出口的事,要不是你,换了二人我也不想往外说。"

柱子赶忙问:"啥事?"

玉秀梳理了一下自己的头发,哭笑不得地说:"不怕你见笑,宝生拉车半路拉了个女人回家。他跟那女人又吃又住的,当成日子过,结果被那女人给骗了。他两个月挣下的三千块钱,让那女骗子骗个精光。他心情不好,又蹬三轮车,就让迎面过来的轿车撞了。"

柱子感到又好气又好笑:"哦,原来如此,偷鸡不着蚀把米,这个宝生!"

玉秀仍然流着泪说:"好不好吧,尽管我对他发生这样的事很生气,可我还是劝自己想开点。当今社会,男人在外打工,难免做错事,我也就原谅了他,没跟他计较。"

柱子就问:"既然这样,你还委屈啥?"

玉秀就说:"对他,我该咋伺候咋伺候,他在医院躺着,我给他喂饭,给他洗脸、擦身子,包括拉屎撒尿,都是我帮他弄。柱子哥,你说这样,我对他可够宽容,够真心了吧!等他伤好能走了,我只劝他听我一句话,可是他根本不听。"

柱子就说:"一句啥话?"

玉秀就很恼气地说:"我让他不要在城里打工了,回家跟我种地,可他头硬成钢钉,就是不回头。你说他这样不理解人,这样不讲夫妻情分,我们两个怎么也说不到一块儿去。他这样对我,让我伤心,让我心凉,你说我这样的婚姻死寂得就像坟墓,没一点生气。这样硬撑着,对我难道不是一种精神上的折磨吗?我和他这样貌合神离,过着还有啥意思嘛!"

玉秀说过,哭得更伤心了,肩膀在微微颤抖。柱子劝她,她好像没听见似的,只管一个人哭泣。

柱子无可奈何,只好放任她哭,把心里边的委屈都哭出来。

一直等到她不哭了,抓过毛巾擦脸的时候,电视剧播到中间精彩处,停了下来,插播了一段广告。这是件让人讨厌的事,可哪个电视台都这样,不想看也没有办法。

电视剧不放了,玉秀也不哭了,柱子坐在那里一时也无语。

过了一会儿,柱子这才想起,他还要上乡里。玉秀的伤心事也不是一句两句安慰话能解决的,他就跟玉秀匆匆告辞,打玉秀家里走了出来。

二十

柱子打乡里开会回来,精神很振奋。因为乡长让他在会上做了一个关于规模养猪经验,以及对今后的设想和前景展望的发言。他现身说法,讲得很生动,很贴切,很有启发性。县长在会上表扬了他,说他的猪养得很好,他的发言有前瞻性,很有说服力,很精彩,并说要把他的科学养猪以及育肥经验,向全县推广。县长说:"世上路千万条,不能只有打工一条出道路。像柱子这种固守田园,走种养结合,发展农业的道路,壮大自己,这种开拓精神就很好嘛。能坚持不盲从,这就难能可贵,农业并不是没有出路,农业的前景非常广阔。像柱子这样有自己独立想法的人,我们应该多扶植,多支持,他是我们建设社会主义新农村的坚强后盾。这样的人越多,我们的农业才越有希望。"

县长的这番话,博得了大家的掌声,柱子的巴掌都拍红了。

柱子走在回家的路上,有了一种强烈想放歌的欲望,唱首什么歌,最能抒发自己喜悦的心情呢? 柱子想到了一首,就张口大声唱了起来:"我们的家乡,在希望的田野上……"

柱子回返途中,经过自家耕种的承包地时,他就走过去,仔细察看。由于今年墒情好,基本上达到了一次性就出全苗了。只有个别地方,还有些缺苗断垄现象,需要补种一下。小苗刚出土还显细嫩、柔弱,可是放眼望去,星星点点,满眼是绿。柱子知道,夏天的庄稼生长是最旺盛的,过几天再过来观看,整个田野就会充满生机,像图画的美景,展现在你的眼前一样。

柱子就是怀着这样的好心情走进家门的。他顺便察看了一下猪,又察看一下羊、牛、长毛兔。只有一只小白兔精神不好,他检查了一下,诊断为胃炎,他就找了健胃消炎的小药片,然后把那只小白兔拿出来,将药灌喂进去,然后再把小白兔给放了进去。

柱子走到里屋时,无意中发现了床头柜中有双新布鞋。

柱子情不自禁地将那双新布鞋捧在手中,将鞋帮鞋底都仔细看了一遍。这鞋子做得太讲究了,每一针每一线,都是用了心的,缜密又秀巧,好看得简直没法说。柱子把目光落到鞋底当中那朵梅花图案上,他的眼前出现了迎雪怒放的红梅,想到红梅高贵而又脱俗的品格,柱子很快就想到了玉秀。他连猜也不用猜,这双布鞋肯定出自玉秀之手,只有玉秀这样美丽出众的女子,才能做出这样做工几近完美的布鞋。

柱子将脚打了肥皂,洗得干干净净之后,才去试穿那双新鞋。呀,不大不小,正合脚,很舒适。一股巨大的暖流传遍了柱子全身。这鞋子倾注了玉秀对他的情和爱,而且是那种纯洁美好、不可玷污的情和爱。

柱子感动得两眼湿润了!

这双由玉秀做给他的新布鞋,他珍贵得都舍不得穿了,又赶紧打脚上脱了下来。

柱子看着这双新布鞋,见物思情,他想着玉秀的种种美好。他通过鞋子嗅闻到了玉秀身上散发出来的那种令人沉醉的芳香,他开始心猿意马,坐在那里想了很多很多。他忽然发觉,自己对玉秀产生了一种深深的依恋,一种深深的爱!

柱子好久才把思绪收回,他被自己这样的情感吓了一跳,惊出一身冷汗。他和玉秀是啥关系呢?自己可是有老婆的人,玉秀也结了婚,有自己的丈夫,自己这种想法很危险呢!他原本是一个品格很好的端正男人,什么时候变得这般卑下了。

那玉秀为什么会给自己做这双鞋子呢?这双布鞋我应该不应该收下,应该不应该穿呢?这双鞋子意味着什么,象征着什么呢?

这时候,柱子眼前便跳出了兰子妈。虽说跟兰子妈是经人介绍而结合,他并没相中她的容貌。结婚之后,他跟兰子妈性格、思想也都不相投。他也不喜欢兰子妈这个人,虽说他和兰子妈已经生育了两个孩子,可他跟兰子妈从来也没情投意合过。但不管咋说,兰子妈毕竟是在他最困难的时候,挺身嫁给她的。那时他家穷得叮当响,哪里还顾上挑剔,兰子妈能嫁给他,就是对他最大的恩赐了。虽说他跟兰子妈没过上多少感情生活,可如今家中这一切,都是兰子妈带来的。如果他不结婚,不成家,可能他眼下又是另外一番景象。

　　柱子想,他平时跟兰子妈爱拌嘴,两人也有不少矛盾,可毕竟也没有大的冲突,也没有多严重的伤害。兰子妈性格很犟,还有些横,但只有两人吵起来时,他惹恼了兰子妈,兰子妈才会有些不管不顾的。一般情形下,兰子妈对他还是忍让的,对他这个人还是看重的。就说兰子妈现在出外打工,省吃俭用,挣的钱都存银行,打算着将来给小宝建楼房。她还是很顾家的,兰子妈是个传统的、本分的正派女人。

　　柱子要是背着兰子妈,收下了别的女人做的鞋子,这算不算是对兰子妈的一种伤害?这样做对得住兰子妈吗?把这双鞋子收下来,不等于自己在家不严格约束自己,放纵自己朝错路上走,胡乱混吗?自己有自己的女人,另外一个女人所做的鞋子,不是随随便便收的,收了日后就没有办法跟老婆说清楚,自己在老婆心目中的形象也会大受损害,老婆再也不会用正眼看自己、想自己,自己完好的一个家就会被破坏。尤其在乡下,像男女一类事,人们都如临大敌,经不起风吹草动,各种议论就满天飞。无论多好的人,一旦沾染上男女的事,在人们心目中,就会被看不起,会变成遭到指责的坏人!

　　想到这里,柱子眼前的那双布鞋,就变成了一团熊熊燃烧的火,让他不敢触不敢碰。

　　当他把鞋子装进一个纸袋里,搁手里提着,打算物归原主时,走到院门口,他心里又有些舍不得了。可他才往回走两步,心里又动摇了,觉得还是不能留。于是,他重新下了狠心,坚定了自己,便走出家院,上了村路。

　　这回柱子的脚步走得很急,不像是走,而像是逃,是打家里往外逃。他打家里朝外来时,就感觉身后好像有个人跟踪着,他难免心里有点忐忑,有些紧张。他快走的目的,就是不想让人看见,就是担心碰到村人,万一跟谁走个照面,对方对他手里拿着的鞋子发生了兴趣,如果要问:"柱子,你手里拿的那是啥东西?"

柱子答:"鞋子。"

对方又问:"可以打开给我看一眼么?"

对方接过打开:果然是双鞋子,是双新崭崭的、刚做好的布鞋。对方左看右看,便感到奇怪,也产生了疑问,抬头打量了一眼柱子,将眼直穿柱子内心:"这么好看的鞋子,是谁做的,是给谁做的,你这是拿着送给谁?"

柱子很快让对方一连串的问话,给问得支支吾吾难为住了。他只能照实回答:"是玉秀给我做的,我不能要,再送还给她,我就是上玉秀家哩!"柱子要是这样回答了,朝下很多问题都来了,就是让他长一百张嘴,也说不清楚了。这让柱子头皮发麻,头发梢发乍,心里一惊一惊的。

阿弥陀佛,柱子在村路上没有碰见人,原本村里边打工走得就跟个空庄差不多,留下的人不是看家就是下地干活。只有狗子是个闲人,可狗子喜欢上刘福饭店,喜欢钻麻将屋,没啥稀罕事一般狗子不出现。狗子喜欢看热闹,他独自一人,才不愿在村路上溜达呢,他觉得那样一点儿意思也没有。

柱子眼看就到玉秀家门口了,可他忽然停住了脚步。我提着鞋子,这样送还给玉秀,见到她,要是她问我,我应该咋说啊?他抓耳挠腮了半天,想不到一个恰到好处的理由来。自己要是说不好,这样硬心肠的,无故送回来,不是辜负了玉秀对他的一片心意吗?一个关键问题是,玉秀能想起给他做鞋子,这就充分表明他在她心目中有相当大的分量,她也是鼓足了勇气的,她这一举动也是难能可贵的。玉秀长得那么好,心地那么善,人又那么脱俗,那每一针每一线,都倾注了玉秀的深情和厚谊,自己咋能这样不领情,不知好歹呢？你以为自己是谁呢？还有啥了不起，高不可攀的呢？要那样，不成了好心当成驴肝肺了吗？把这双不同寻常的礼物收下，这可是他天大的荣光和难得的体面。柱子通过一番考虑，又停住了往前走的脚步。

柱子转回身重新往家走，他的心里仍在思考着，玉秀给他所做的这双鞋，是她主动给他做的，又不是他向她提出来，央求她做的。这就可以说自己没有什么歪想法，不算是那种有所企图的坏男人。玉秀呢，给他做了这双鞋，花了那么大的工夫和气力，所有做鞋布料都是她自己的，又没有跟他要回报，要好处，是她甘心情愿的，是出自她的一片真心。正因为他平日在她生活上遇到困难时，尽心尽力地帮助她，玉秀过意不去，才给他做一双鞋子，作为回报。这不正是宝生爹平常说的"水帮鱼，鱼帮水"么？玉秀就是一种好心好意，也没有啥企图，这本身就是乡里乡亲之间的一种正常交往，有什么大不了的？自己为啥把一件简单的事情想得那么复杂，想得那样多呢？自己何必那般低下呢？

柱子越想越觉得自己该理直气壮收下这双鞋子，收下玉秀的一片真心真情。他的眉头舒展了，浑身轻松了，他终于解脱了！想来想去，不就是一双鞋子嘛！

柱子坚定了收下玉秀这双布鞋的决心，他还决定不藏放，要穿出去，穿到玉秀面前，让她亲眼看到；他还要穿到村人们的面前，让村人亲眼看到；他还要上街穿，走亲戚穿。他要用这双布鞋将人们的目光吸引过来，对这双布鞋进行品评，夸赞。他同时有了一种自豪感。他能时刻处在一种被人关怀的温暖之中，笼罩在一种被女人关怀的情感之中了。脚上穿着像玉秀本人一样秀气的布鞋，身边被一缕温馨所萦绕。有了这双布鞋陪伴，他心中就能时刻感到一种美好，他就会焕发青春，增添力量，展现在他面前的生活也变得更加有意义，更加绚丽多彩，他活得也就更加昂扬向上，他向前迈的脚步就更加踏实,一往无前了!

柱子很快热血沸腾,他走到半道上,就把自己脚上的旧鞋脱扔了,将玉秀给他做的新鞋换穿到了脚上。兰子妈常年不在家带给他的那种缺失、那种空虚,不知不觉就消失了。他眼前又出现了玉秀,她还用赞许的目光看着他,柱子受到了感动,他的眼眶又湿润了,他感觉到眼前的明灿,他感觉到了玉秀的冰清玉洁。他活得很美好,一切一切,都是那么的美好!

柱子穿着玉秀给他做的这双新鞋,走在大路上,他身轻如燕,仿佛要飘起来,他开心而又无忧无虑地笑了,连他的笑都是生动的、阳光灿烂的。

二十一

有一天早晨吃过饭,玉秀下地察看庄稼,走在地头路上,三三两两站着几个村里女人,正拿柱子当话题,热烈议论着柱子眼下所干的一件新鲜事。

为什么柱子那么引人注目,总能成为村里人议论的中心?村里人爱拿他当话题,因为柱子所做的好多事,都与众不同,别出心裁,时刻引领着时代的新潮流。

比如说,他用地膜覆盖种春玉米,掰嫩玉米棒子,拉到城里卖。因为城里人爱吃鲜,也不怕花钱,柱子拉了满满一拖斗玉米棒子,刚一停下来,就被城里人围个水泄不通。柱子站在拖斗旁边,不到晌午就卖个精光。因为抢手,价码也贵,柱子不像是用东西卖钱,而像是弯腰捡钱,一亩地的春玉米就收入了上千元。接下来的茬口,还不耽误安插其他庄稼,用柱子的话讲,这就是打时间差。

柱子还搞间作套种,比如豌豆套棉花,棉花苗还小时,豌豆正好长起来,棉花开始往上长时,豌豆正好处在生长旺盛期。柱子当然不是收获老豌豆,他种的是一种改良的高产菜豌豆,可以采摘豌豆角卖。而且还不用他自己动手,他就在地头看着,让那些菜贩,自己上地里采摘,他只管待在地头称重,看着省事得很,不慌不忙就有收入。等卖过豌豆,将豌豆老秧拔了,棉花就旺盛生长起来了,这种磨刀砍柴两不误的模式,柱子称之为间作套种模式。

柱子种田手段可多了。青萝卜拔去种小青菜,小青菜拔去种麦茬黄瓜,麦茬黄瓜结束,种菠菜,这种模式,柱子称之为四种回收模式。柱子自己有手扶拖拉机,他又会开,朝车上一装,开着突突突就走,他脑子又灵活,卖下来就卖,卖不下来就兑给菜贩子,反正他是两头兼顾,从来不做捡芝麻丢西瓜的事儿。

眼下让村人所议论的,闻所未闻的是柱子竟然割庄稼喂兔子。所谓割庄稼,就是柱子栽下的麦茬红芋。他将氮肥上足,前期让藤秧子像仰头马般旺盛生长,他就专门割红秧嫩头儿,把它当成青草,饲喂长毛兔。这样无形之中,就节省了饲料,降低了成本。

等到把一块地的红秧嫩头割一遍,柱子就朝地里上一遍碎粪,再施一遍磷酸二氧钾,用喷灌机再洒一遍水。有些光秃的红芋地,只过一个礼拜,红芋秧藤就迅速生长起来,又见青绿一片了。接下来就由生理生长,转入生殖生长。因为前期割红秧嫩头,抑制了旺长,不但不影响生长,反而还增加产量!

村里的女人看着柱子割了红芋嫩头远去的身影,不由得连声感叹:"割庄稼喂兔子,真是少见,像这样一类不按常规耕作种田地的事情,只有柱子才做得出来。"

因此,柱子被村人视为怪人。因为常人对他的做法不理解,觉得很少见,当然就把他当成个怪人看。

玉秀对柱子就能理解,她对柱子所持的是一种赞赏的态度。见怪不怪,她认为柱子就是那种推动农业进步、农业发展的脚踏实地、敢想敢干的新型农民。用一句高调话说,农业的希望寄托在柱子这种在土地上坚守,又全心全意热爱事业,始终挺立在农业前沿的人身上。玉秀觉得柱子的所思所想,在当今乡下,都是难能可贵的!

玉秀由柱子想到了兰子妈,她觉得兰子妈就不该出远门,她要是兰子妈,她就坚定地守在柱子身边。柱子主要缺少的就是一个贤内助,要是有个女人待在身边一心一意支撑着他,他有了坚强的后盾,就会更加如鱼入水,大显身手,干出一片农业的广阔天地。

玉秀自从嫁到这个村,柱子就进入了她的视线,引起了她的注意,就像一股清新的风,吹起了她内心的情思。玉秀不知自己什么时候热爱上柱子的,并让柱子走进了她的内心,这种热爱排山倒海,非常强大,不可抗拒。

玉秀跟柱子的爱情就生长在她家的玉米地,她跟柱子的感情升华,也是在她家的玉米地。

由于夏天气温高,阳光充足,庄稼就生长得就很迅速。刚出土的小苗儿,转眼间就长起来,迅猛地朝上长,枝叶伸展开,很快就罩严地。尤其像玉米这种高秆作物,生命力更是蓬勃、旺盛,只用一个多月,就蹿了起来。一个高个子男人走进玉米地,在玉米叶的遮挡下,都看不见人影儿,玉米整整高出人一个头去。

这样生长旺盛的玉米,正是急需要补充养分的时候。可天气却怪了,六月正是下雷暴雨的季节,却一直持续晴好,连着二十几天,一珠雨未落,庄稼因严重缺水,叶片发黄、皱缩,软绵绵地垂耷了下来。

十天前,柱子用个喷灌机浇灌庄稼时,村里人还有些嘲笑他,说:"你是神仙吗? 刚一见旱你就浇水,是不是你会先知先觉,就断定老天不下雨吗?"

柱子把庄稼看得重,不管天下不下,只要见旱就浇,他浇得是及时水。

淮土一般村民,就跟柱子不一样啦,受传统思想的影响很严重,依赖老天爷,靠天等雨,他们不愿意浇,怕麻烦。

可老天爷偏偏不遂人愿,跟庄稼拧着劲,庄稼急需雨,该下却不下。这样持续干旱,如果再不抓紧时间浇水的话,庄稼就给枯死,造成严重减产了,甚至颗粒无收。村里人再也沉不住气了,一下慌了,这才行动起来,纷纷着手去浇水。

庄稼人浇水怕麻烦,是有一定客观原因的,一是青壮劳力都进城打工了,二是缺乏现成的浇灌机械。说是浇水,到了跟前却又抓瞎了。

柱子把他承包田的庄稼已经提前浇了一遍,现在他家机械放在家里正闲着。地里庄稼已经受到持续干旱的严重威胁了,村民们所谓的纷纷行动,就是聚拢到柱子家,来借喷灌机给他们浇水。柱子给村里一群年轻女人团团包围着,就像唐僧走进了女儿国,他的家院拥满了人。

几天前,玉秀让柳土坡她父亲捎信赶去帮着娘家抗旱浇水了。因为她娘家耕种土地多,哥嫂都到城里打工了,家里没有人,只有求助玉秀上门帮一把了。

玉秀把哥嫂家的几亩玉米、大豆刚浇一遍,她父亲的庄稼还没有开始浇,父亲就让她赶回来,说:"天旱得太狠了,你哥哥的两个孩子,我让你娘看着,我那二三亩地由我来浇,你赶回去浇你自己的吧!不能因为我们把你家的庄稼旱死了,那就没收成了。"

玉秀赶回来,就跑到她家玉米地察看,只见她家玉米也是旱得半死不活的。她心里急坏了,她第一个所想到的也是柱子,她只能求助柱子。她转过身就往他家奔赶,还是来迟了一步。只见柱子家围满了人,玉秀本身就柔弱,根本挤不到柱子跟前去,她心里再想浇庄稼,也没办法。她根本没有人家女人强势,不是人家的对手。她只能站在一群女人外围,垂着两只手,眼巴巴地向里瞧着。

而柱子呢，一群女人当中，他心里边把玉秀看得最重，把她家的庄稼也放在心上，他最为关注的就是她。按照他的打算，他把自家庄稼浇一遍，回头就打算去给玉秀家浇地的。可他连着两天都到她家找她，只见玉秀家关着门，就是找不见人。他刚打玉秀家返回来，村里人就把他给围住了。

　　柱子再想顾玉秀，有村里这些女人围着，他也只能按先来后到排着去浇灌了，他已经没办法先浇玉秀家的庄稼了，到了这工夫，他已经鞭长莫及了。他看见玉秀远远地站在人群外边，一副无奈被冷落的样子。他心里很不是滋味，但只能用温暖的目光安慰她，给她力量，他只能用自己的目光跟玉秀对话："玉秀，你把心装到肚子里吧！只要有我柱子在，咋着也不能让你家的庄稼给旱死，你就耐点心等待着吧！"

　　玉秀领会到柱子看她的目光所表达的意思了，压在她心头的一块沉甸甸的大石头，这才放下了。她对柱子充满了信赖，她知道柱子是看重她的。于是，她静悄悄地离开了柱子家。

　　柱子是个热心肠的男人，因为他是机主，又是个强壮男人，他这人特不爱闲着，除了看好机子，他看见有些体弱的女人，拉着水管吃力时，他就主动跑过去帮一把，这些女人对柱子充满了感激，见到柱子就显得很亲热。等到家里有人送饭时，就把油馍、鸡蛋硬塞给柱子吃。若是在玉米地里面，有个别泼辣、风情的女人，就会主动去拉柱子的手，甚至朝柱子胸脯抚摸一下，将身子朝柱子身上靠，把肥奶子朝柱子身上揉，那脸上笑成一朵盛开的倭瓜花，眼睛也变得火辣辣的，连看他的目光里，都带着一种勾人魂魄的钩子。柱子遇到这样的女人，早已经司空见惯，是一个有品的男人，他根本不为所动，心丝毫也不野，他反朝后一闪，转过身就迅速打玉米地退了出来。

　　村里那些年轻的女人对他有情意，他很领情，可他从不胡来，他跟她们都保持着一种正常的男女关系。

柱子心中知道，一个人要想在家人、村人跟前挺得起、立得住，不被别人议论，自己人品得端正。有那些人品不好的女人引诱着，自己必须经得起考验。

柱子跟兰子妈，结婚已经快十年了，尤其最近这几年，乡下时兴起打工潮，像他这种守在田园没外出的青壮男人，差不多已属凤毛麟角了。天遇大旱，女人们找他浇水，在庄稼的遮掩下，那些因丈夫务工不在家，忍耐不住内心焦渴、寂寞的女人，往往就乘机勾引柱子，不是遭到柱子拒绝，就是遭到柱子阻挡，就连那些女人见到柱子开的那些肉麻的玩笑，柱子也从不还嘴，保持他的洁身自好。

柱子虽经常有女人找，避免不掉跟她们打交道，他对她们每个人也都很热情，甚至说亲热，但却啥事也没有。不管柱子跟兰子妈合来合不来，有没有爱情，柱子都维护着他跟兰子妈的这桩婚姻，从来不做对不起兰子妈的事。

尽管兰子妈看见……她的丈夫经常待在女人堆里，被女人围拢，身子离得很近，她亲眼看见柱子待她们很亲热，很友好，便对柱子不满，说过柱子很多，可她就是从来没有说过柱子有男女之事，从来也没嫉妒过柱子，她完全相信柱子的为人是端正的。用兰子妈的话说："我家柱子，不是那种人！"

柱子在兰子妈的心目中，是完全能立得起来的！

二十二

柱子将他家的喷灌机开到地里，给人家浇灌着庄稼，可他心里一直惦记着玉秀家的庄稼。他尽量把浇灌玉秀家庄稼的时间往前排。等到把村里人的庄稼浇到中间，他就把喷灌机开到玉秀家的地头，然后让人给玉秀捎信。没等玉秀赶来，他就像干自家活一样，把浇水管子一趟一趟抱进玉秀家的玉米地里,从地这头摆到地那头,并且把接口一节一节全接好了。柱子给玉秀家浇庄稼,就像浇灌自家庄稼一样真心实意。玉米叶子很稠,由于干旱都朝下耷拉着,玉米叶片边缘又是有锯齿状的,人从中间蹚过,脸就被拉下一道道血印子。玉米棵上还沾有玉米粉,弄到脸上、脖子上、手上,让人浑身痒痒,特别不得劲。玉米连成片,密不透风,人站在里边,就像待在蒸笼中,很快就出一身汗,浸到拉伤的地方就火辣辣地疼,让人很难受。可给玉秀家浇玉米,柱子吃苦受累已是家常便饭,根本不在乎这些。他觉得他是个男人,玉秀是个柔弱女子,他理所应当保护她,心甘情愿多付出。他给玉秀家浇水,干得又欢实又起劲,苦中寻乐。等到玉秀得信打家里赶来的时候,柱子已经把机子摇开,手扶着水管,正热火朝天地给她家的玉米浇着哩。

玉秀猫着腰,扒着玉米叶子,钻进玉米地,来到柱子身边。看见柱子正帮她浇着水,就被他的真诚所打动,对他充满了感激。她走过去要柱子手中握着的喷水管,催促柱子说:"你快退地外边歇息去吧,让我自己浇。"

柱子连理也没理玉秀,仍然两手握着水管浇。玉秀见柱子不听她的,就上手夺,可连夺两次都没夺掉,还溅了柱子一脸水。柱子就留一只手扶水管,腾下一只手,用手臂擦了一把脸上的水。这才看了玉秀一眼,用很体己的口气说:"过去兰子妈跟我浇水,都是我扶水管,你难道不知道女人让水浸泡时间长了,对身体损害很大吗?你看看你的身子这般柔弱,跟我争个啥? 再说,我走了,你一个人扶管子,还要拉管子,你也受不了呀。"玉秀见柱子执意不肯,又跟她说了这样一番体己话,玉秀就像个妹妹一样,很依顺地停了手,不再跟柱子争执。她退到了柱子身后边,帮着架水管、拖水管,给柱子打下手,站在柱子旁边,看着他浇水。

柱子干活全神贯注,水管在手里来回摆动,水柱冲出管口,向外有力喷射着,发出哗哗的响声。柱子浇水很有经验,浇得又细致又均匀,力争把棵棵玉米都浇透,让干渴极了的玉米喝足水,他已经干得得心应手了。

忙中偷闲,才回头看一眼玉秀,扮个鬼脸,吐下舌头,目光是亲切的,充满了对玉秀的喜欢,他给玉秀浇水,心里是快乐的。

玉秀也仔细看柱子,尽管柱子是个身体强壮的男人,可经过这段时间的紧张忙累,柱子还是消瘦了。两颊脸色苍白,一双眼睛陷入眼窝,若不是他精神好,都快瘦得没模样了。玉秀看着看着,感情就涌动起来,她就像妹妹疼哥哥一样,产生了一种深深的疼爱之情。她忽然不顾一切扑向柱子,打后边紧紧搂抱住柱子,把脸紧紧贴在柱子背上,喃喃说道:"你这样帮着给我家浇庄稼,看把你累成啥样啦!"

柱子站在那里一动不动,通过身体,他强烈感受到女人的柔软,女人的温暖,还有玉秀身上那种好闻的体香和对他的那种深深的体贴和疼爱,都让他沉醉,不能抑制。他就像着了火,他的感情顷刻间爆发,他丢下水管,猛地一转身,就抱住了玉秀,忘情地在玉秀脸上、眉上、额头上、嘴唇上狂亲起来。本来就多情的玉秀,对柱子更加依顺,任他亲着,静静地接受着柱子热烈的爱,尽情享受着,她感到很幸福,也很甜蜜。她沉浸在这种浓烈的情爱之中,她悄悄把眼睛闭上了。

玉米干旱得要命,急需浇水,为了争分夺秒,加快浇水进度,柱子只能连续作战。浇到上午,也顾不上回家吃饭,玉秀就做了热腾腾的饭菜,直接送到玉米地里来。玉秀看着柱子大口大口吃饭,好像很好吃的样子,心里很满足。柱子连吃两碗饭,用手擦了嘴巴,告诉玉秀他吃饱了。

玉秀却不依从,又给他剥了两个熟鸡蛋,逼迫着柱子吃,看见柱子不肯,她又哄劝着柱子吃。她心疼地对柱子说:"人是铁,饭是钢,你不多吃点好好补补身子。兰子妈不在家,身边没有女人照顾你,你一定要学会自己照顾自己。"

柱子听着玉秀这关切、动情的话,他全身心都给玉秀这种深深的情和爱包裹着,他很受感动。他喜欢玉秀,玉秀同时也强烈地爱着他,他抬头凝视着玉秀,感觉玉秀是那么美丽动人,就像上苍派下来的一位陪伴他的天使。就在这玉米深处,这特殊的环境,这特定的场景下,再加上刚吃完饭,他体内热血蹦动。他就像只猛虎一般,把玉秀迎面扑倒在玉米地里。当他趴在玉秀身上,将手趟进玉秀身体,去解玉秀裤子时,玉秀抓住了他的手:"你等一下,下边还没垫东西呢。"

柱子听玉秀这么一说,就停止了动作,打玉秀身上爬了起来,他打玉米秆上拽了一些玉米叶,铺在了玉米行间的空地上。玉秀就用手试了试,感觉还不够厚,也帮着去打玉米叶。两个相爱的男女,就这样在玉米地里营造了一个爱巢。

玉秀这才将自己平躺下去,将赤裸的自己呈现在柱子面前,害羞地闭上了眼睛。她渴望着,等待着。

这时候,柱子眼前出现了一幅画,一幅动人美景的蜡笔画,他尽情地欣赏着,就把身子伏在了玉秀雪白美妙的身子上,两个人紧紧搂抱一团。玉秀用手擦着唾沫,揉抹在柱子额头上:"柱子哥,看你那又贪馋又猴急的样子,真惹人疼爱。"

柱子就赶忙接着玉秀话茬说:"玉秀,你人美、心善、多情,我感觉更可爱的是你呢,你雪白的身子更迷人。"

玉秀说:"没有想到,我俩的爱情生长在这玉米地!"

柱子说:"玉米地生长爱情,你躺在绿色的玉米叶上,待在玉米地里,这独特的氛围,才把你显得更美,咱俩的情爱才更充满意味和情趣!"

玉秀说:"我喜欢玉米地。"

柱子说:"我跟你一样喜欢!"

两人接着越搂抱越紧,就像藤缠树,如胶似漆。玉秀慢慢将身子打开了,舒展了,柱子全方位覆盖上去,急切地把嘴探过来,亲住了玉秀的嘴!

两个人的心顷刻间都融化在了一起!

过了片刻,柱子才说:"我生长这么大,平生第一次获得我真正的爱情!"

玉秀流淌着泪水说:"我也是,我得到你,才算从这个人世间,得到自己打心里边热爱的人。"

柱子跟着又说:"我跟你在玉米中间的这次爱,我将刻骨铭心。"

玉秀说:"谁说不是呢,你在玉米地给我的这次爱,我也不会忘记。"

这时候,丢在一边的水管,只能固定在一个地方哗哗地流淌着,随心所欲,四下蔓延,把那一片玉米地浇灌得很透,已经积了很深的水流。那一片的玉米,很快焕发了活力,恢复了生机,长长的叶片伸展开来,让风一吹,便有力地摆动,发出一阵哗哗的响声。

二十三

抗旱行动终于告一段落,累得疲惫不堪的柱子,这才捞到睡觉的机会。他就像条狗那样趴在床上,身子刚躺下,就呼呼大睡,睡他个天昏地暗,睡他个不管不顾。

玉秀就特意赶来柱子家,她给柱子轻轻关上房门,就连院门也打里边挂了锁。她要让柱子有一个安静的环境,不让受到外界任何打扰,痛痛快快地睡一觉,好好休息休息,好好歇歇胳膊腿!

这些天来,柱子只顾抗旱浇水,家里都有些凌乱了。玉秀进行了一番归整,然后就找把扫帚,把落到院里的树叶子和落满地的尘土,干干净净地清扫了一遍。

接下来猪饿了,她提食喂猪,羊饿了她添草喂羊,她还走进兔舍,挨个把长毛兔喂了一遍。尽量不让猪、羊发出叫声,不让长毛兔扒兔笼,免得把柱子惊醒。

天当晌了,兰子放学回来了。玉秀听见院外兰子叫门,就走过去把院门打开了。兰子就像只小鸟雀一样飞进来,人还没走进堂屋,就打身上取书包大声喊叫着:"爸爸,爸爸!"

玉秀赶忙轻步走到兰子跟前,把兰子拉了过来,告诉兰子说:"这些天你爸爸抗旱累坏了,正躺在堂屋床上休息呢,你不要再喊了,别把你爸爸惊醒了,让他好好休息一下,睡个好觉。"

兰子懂事地点点头,只哭丧着脸说:"爸爸睡觉了,家里连个跟我做伴的人也没有。"

玉秀就连忙告诉兰子说:"我不在你家么,今天上午,我留下来不走,我来陪你好吗?"

兰子这才高兴了:"好呀,有秀婶陪我,我就不急啦。"

玉秀就问兰子:"你有作业做吗?我指导你作业。"

兰子灵机一动:"我今天上午没有作业,我画蜡笔画,你看我画得好不好吧?"

玉秀就对兰子说:"那你就画吧,我先给你做饭,等你画好了,我再过来给你仔细看。"

兰子就答应了,玉秀走进厨屋去了,兰子就打书包里掏出图画本,趴在板凳上,专心致志地画了起来。

等到玉秀把饭做好走出来,兰子用铅笔已经画出了三幅图画的轮廓,她就一一拿给玉秀看。

玉秀拿起第一幅,是小猫上树,又看第二幅,是小狗看家,又看第三幅,这是什么呀?

兰子就把头探过来,这一幅是小朋友在放风筝!

玉秀仔细观赏一下,哦了一声:"这是蜻蜓风筝,可你没画风筝线,这风筝也画得太死板了,没有动感呀! 要让风筝在天空高高地飞起来才好。"

玉秀这么说着,就用笔给兰子做着改动,一边改一边跟兰子讲解:"风筝应该向上飘着,不能让它朝下趴着。尾巴的线也不能这么直,应该有弧度,让它弯曲着,只有这样,风筝的飘动感才强!"

玉秀看过图画,然后又看兰子上色,有的图画已经上过色,有的还没有涂,玉秀就找来蜡笔,指点着兰子说:"猫儿一般黄色的多,咱就给小猫涂成黄色,米色也行;小狗涂成黑色不太好看,可以涂成橙色,图画允许夸张。"

兰子听了赶忙打书包里,掏出一张她过去画的蜡笔画:"秀婶,你看我这幅画,颜色涂得对吗?"

玉秀接过来看了一会儿,对兰子说:"这幅画画得是胡萝卜,胡萝卜只有缨子是青绿的,可胡萝卜也涂成青色就不对了。颜色相差太大,就让人看着不真实,不认为那是胡萝卜了呀。"

兰子就笑了:"我就是不喜欢胡萝卜的红,我就喜欢萝卜的青。"

玉秀听了,就笑了说:"这就叫兰子心目中的胡萝卜。"

兰子跟着又说:"秀婶,你知道我为啥要画一幅风筝吗? 因为我妈妈离开我出门打工了,我怕我爸爸也跟妈妈一样出去打工,我不想让我爸爸也像一只小鸟,长翅膀飞了。我就让他只能是一只风筝,上边长着一根线让我拉着,让爸爸离不开我,只能在家陪伴我。"

玉秀看见兰子眼里有泪花流出来,就轻轻安慰她,对兰子说:"你妈妈也是为了给你们挣钱,将来供你上学,养你长大! 你要理解妈妈。"

兰子就说:"我妈妈走了我不管,我不喜欢她,我喜欢我爸爸,只要我爸爸不像妈妈学着出门打工,我就放心啦。"

玉秀看见兰子心情不好,就说:"兰子,咱把院门打开,我带你到院外走走玩一下,好吗?"

兰子就高兴地拍起了手,跟着玉秀一块走出来,两人走到村边路上,看见了村路旁正紧忙着架线的移动公司的工人,他们有站在电线杆下边的,也有爬到半空摆弄电线的。

兰子一边看一边问玉秀:"秀婶,他们这是干什么的呀?"

玉秀故意不回答,而把脸转向了架线工人,提高了声音说:"我的师傅们,我们村的兰子不知道你们这是忙着干什么呢,你们能告诉她一下吗?"

那几个架线师傅,就朝兰子快活地嘿嘿乐了:"不知道我们这是干什么的? 小朋友,我问你,你们家有人在外边打工吗?"

兰子听不明白,就照实回答:"有呀,是我妈妈。"

那几个架线师傅就笑着对兰子说:"那你爸爸在家里,你妈妈在外面,中间相隔很远很远,就像天上的牛郎织女,够不着说话对不对?"

兰子就眨眨眼睛,说:"我妈妈在北京当保姆,离家很远很远,咋能够得着说话呀?"

其中一个架线师傅说:"我们就是给你爸爸和妈妈中间连接架线的人,让移动电话进农家。要是你想妈妈了,在家里就可以听到妈妈说话。"

兰子把眼睛瞪得又大又圆,她仰着脸问玉秀道:"秀婶,是真的吗? 我在家里就能跟妈妈说话吗?"

玉秀就认真点了点头,对兰子说:"他们说的是真的,兰子,你说叔叔、伯伯辛苦,谢谢你们!"

兰子就脆生生地说:"叔叔,伯伯辛苦,谢谢你们!"

那几个架线的师傅,都开心地笑了。

兰子想起什么,忽然抬头对玉秀说:"秀婶,他们架线是为了让我跟妈妈说上话,我想回家画蜡笔画,我要画他们架线。"

玉秀听了,蹲下身子在兰子红扑扑的脸蛋上亲了一下,夸奖孩子说:"兰子真懂事,这么小的年纪,懂得感恩啦,你想得太好了,我们应该给师傅,给这些好心人画一幅画。"

由于刚才兰子亲眼看见电信工人架线,有了感性认识,又有玉秀在跟前指点,鼓励着,她的热情很高,信心十足。一幅工人师傅吊在半空紧忙着架线的生动图画,就给画出来了。

接下来该玉秀用蜡笔涂色了,玉秀说:"他们像你爸爸种庄稼一样,经常生活在绿色田野上,绿色的田野就是希望的田野。他们架线,把我们的日子跟外边联结,也给我们的生活带来了希望,我们就把架线师傅的衣着,涂成墨绿色的。"

兰子捧着小脸问:"秀婶,那脸儿涂成什么颜色呢?"

玉秀想了一下说:"他们也跟你爸爸一样,整天在地里干活,风刮日晒,脸儿是古铜色的。他们是给我们做好事、谋幸福的,他们心里是快乐而充满阳光的,所以他们脸上的色调应该是明快温暖的。"

兰子把玉秀帮她涂好色的这幅蜡笔画,捧在手里看啊看啊,忽然高兴地对玉秀说:"我看这笑模样不像架线伯伯,有些像我爸。"

玉秀探头过来,细看了一下:"是有点像,你看这剑眉这虎眼,还有他这开心的笑,都跟你爸一模一样呀!"

兰子抬起头又道:"赶明儿个我给我爸爸画一幅蜡笔画,就画他在玉米地里浇水。兰子说着,还做了一个用手扶着水管浇庄稼的动作。"

兰子的可爱,把玉秀给逗笑了,说:"我相信兰子这样聪明伶俐,画爸爸的时候肯定会倾注更多感情,一定把他画得很美很英气。"

兰子忽然叹了一口气,又对玉秀说:"秀婶,你真好,我喜欢你。你识的字又多,可以教我做作业,还能教我画画,你要是我妈妈就好了。"

玉秀没想到兰子会这么说,她不由想起她跟柱子在玉米地的那一幕,她的脸有些羞红。她对兰子说:"秀婶可不敢跟你妈妈相比,秀婶哪有你妈妈好,你不要瞎说。"

兰子却不高兴地说:"我妈妈不识字,不会教我做作业,也不会指点我画画,就会鼓鼻子、瞪眼睛跟爸爸吵架,朝屁股打我,她样子可凶了!"

说着,她就学着她妈妈的样子,把手放在腰上,眼睛一翻一翻的:"就这副死模样,你说烦人不烦人。"

玉秀教育兰子说:"小孩子可不能这样说大人,这样对妈妈没礼貌,可不算个好孩子。你妈妈生养了你也是不容易的,她在外边打工,也是辛苦的,她是为了你和小宝将来过上更好的生活,才出去打工的。"接着又问,"难道你不想你妈妈吗?"

兰子就对玉秀说:"有时想,有时不想。"

玉秀没听明白,就问兰子道:"怎么会有时想,有时不想呢?"

兰子眨巴一下眼睛:"我自己放学回来,看不见我爸爸,我就想妈妈,要是你来我家有空陪伴我,我就不想她。"

玉秀不由哦了一声:"原来是这样啊!"

二十四

虽说这一年夏季,天遇大旱,用机器浇过一遍水后,没过几天,天就转阴了,跟着又下了场喜人的透雨,地里的庄稼恢复了生机,蓬勃生长了起来。玉米顺利地受上粉之后,玉米棒子就拼了命地长。真的是一天一个样:粗粗大大,饱饱满满,好像牛角一样。

淮土就数柱子这个被村人视为能让眼泪往上淌的怪人,庄稼长得超常。由于他家有喷灌机械,数他浇水下手早,庄稼根本没受到波折。旱天光照又充足,庄稼获得了充分的吸收和利用。到了秋收时,四处一看,谁家也没有他家庄稼长得壮,差不多一亩能顶人家一亩半的收成。

柱子走进他家玉米地里收玉米,不用掰多大一片,就装了满满一手扶拖斗。好在有玉秀前来帮忙,他头两块地的玉米才如期掰完。要不是玉秀赶来帮他一把,只靠他一人自掰自装自拉还得自己卸得话,秋收只能远远地落在人家后边。

就在柱子紧忙着趁晴好天气,收获玉米的那几天里,玉秀几乎就没在家里吃过饭,整个人儿都待在柱子玉米地里。不但帮他干田间活,就连他家饭食也让玉秀给顶下来做。看那几天玉秀和柱子在一块干活的那劲道,两家人就成了一家人。

玉秀头顶一个花毛巾,为干活身上特意穿件旧衣裳,在玉米地里穿梭、忙活。她干活一点不惜力,不怕苦不怕累,额头一绺头发,总是湿漉漉的,光洁的额头,也是汗津津的。

柱子手上不停地掰着玉米,不时扭脸看一眼玉秀,他的心被打动了,对玉秀充满了感激。于是,他就关心地提醒玉秀说:"你千万不要累那么狠,那么不惜力地紧手干,馍是一口一口吃的,活是一点一点干的,一口吃不了胖子,啥也没有身体金贵,你可要顾惜你自己。"

玉秀总是淡淡一笑,手中忙个不停地掰着玉米,扭脸对柱子关切地说:"你不要总说我,你自己干活也别那么发急,悠着干,别把自己累坏了就行。我会把我照顾好的,你不用操我的心!"

柱子统共种了三大块地的玉米,头两块玉秀帮着他干完之后,便回家掰她自家地里的玉米去了。玉秀在临走时,柱子交代她说:"你只管掰就行了,等你把一块地的玉米掰完了,跟我打个招呼,我把手扶朝你家地头一开,装好拉运回去了就行了。"

玉秀就依顺地点点头,抬腿走了。

地里只剩柱子一人干活了,缺少了玉秀,他像缺少了啥。他一个人干活显得单调,特别是心里,感觉空落落的,老提不起劲,人也干着干着不沉气,怎么要求自己也不顶用。他只得走出玉米地,远远朝玉秀家玉米地张望片刻。看见玉秀的身影在她家地里一闪一闪,这一闪,柱子重新回到他家地里,他的心绪这才不那么烦躁了,人不那般孤单了,干活也沉静了下来。

　　柱子似乎找到治自己情绪不安的良方了:他感到心里着急时,就跑出玉米地,伸着脖子,仰着下巴,朝玉秀玉米地里张望一下,看见玉秀,他就获得慰藉。虽说两人不在一块田地干活,却能遥相呼应,干得默契,柱子感到这种干活方式真好!

　　柱子在他家玉米地正掰着玉米,有村人捎信过来,他娘让他给他家拉玉米。

　　柱子只得停下自己手中的活,赶了过去。

　　就在他一蛇皮袋一蛇皮袋的用,肩膀扛着往手扶后边拖斗里装时,他娘顺便对他提醒说:"玉秀掰了玉米,要让你帮她拉,你可不要去给她拉。她丈夫没在家,你一个男的上前帮忙,不好看哩!"

　　柱子心往下一沉,便呆愣了一会儿,好久才回过神,这才轻声问他娘:"你咋这样说,你听到啥啦?"

　　她娘就放低了声音说:"村里风言风语都在传,说她跟你走得近,两人有啥事哩。"然后叮嘱柱子说,"你也是有了老婆孩子的男人,兰子妈也没在家,你千万做事思量点! 人多嘴杂,可不能让人家嚼舌根。"

　　柱子脸就发起烧来,可他心里却不耐烦:"你这话是啥意思嘛?"

　　柱子娘冷着脸看儿子:"啥意思? 你恁精灵个人,还听不明白?不是有句老话:树叶再稠,不遮鹰眼。你要离玉秀远远的,千万别弄出啥是非。"

　　柱子很不高兴地说:"我好我孬我自己知道,人家谁想说啥让他说好了。这事也不挨着你,你不用管。"柱子爹闻到声也走过来,气哼哼地说:"真不挨着我们当父母的,才懒得管你的事,可你是我们的儿子,外人说长道短,活人哪有不顾及名声的。你不怕,我们还怕外人戳我们的脊梁骨哩!"

柱子让他爹走过来这么一说,他感到受不了了。他把扛到肩膀上的一袋玉米,索性朝地上猛一放,情绪立刻激愤起来。他有些委屈地说:"是的,你们搁村里是人品正派的人。你们要名声,可你们就不知道我日子咋过的。我种了这三大块地的玉米,十几亩地,玉秀不帮我,我不就一个人在地里像颗星星一样,没有人帮我干。我扑在地里,家里顾不上做饭。兰子妈,我不让她打工她不听,就是我人不吃,家里猪、羊、兔子,还不得我喂?里里外外,全靠我一人,让活快把我给累死了!"

柱子娘说:"看看你,提着簸箕米动弹,我们只是好心好意给你这么说说,你就扯起别的事啦?我们年纪一大把的人了,能够把自家活路强撑着干好,不给你添累赘,就不错了。你让我们咋帮你忙?你把小宝放在我们家,我们给你照顾着,这不叫帮你忙?"

柱子说:"一个巴掌拍不响,孤树难成林。我承包的地亩多,玉秀地亩少,她看我活太忙,有困难,她就好心好意上前帮扶我一把,你们就说说这那的。"

柱子爹说:"我们没说你,是村里有人议论说你跟玉秀走得近,背后说你闲话。"

柱子把头发一甩,满不在乎地说:"谁想说啥尽管说去,我不怕。玉秀真心实意待我好,不让我帮她,任谁也挡不住。"

柱子娘说:"儿大不由爷!反正你是有家有口的人啦,我们问不了不问,你上天入地随你便。只要你不怕兰子妈回来跟你闹就行,我们当父母的可不跟你过不去。"

柱子爹帮腔道:"你不怕把好好的一个家给弄散了,你就翻云覆雨去吧。"

柱子越听心里越赌，血往脑门冲："散就散，反正我跟她也没啥缘分，砍一斧子锯一锯，对不上茬口，爱过不过吧。"

柱子爹听见儿子越说越不像样，就听不下去了，说："你看看你都说些啥话，你现在变得像个啥？这也不怕，那也不怕，你就不怕毁了你自己，毁了你的家？难道你一对儿女也不放在心上？也不打算要了？你就忍心毁了他们？"

柱子就跟他爹针锋相对："我一个结过婚的男人，你们说我这那的，村里春玲、彩霞，那可是黄花大闺女，挂着打工的名头，实质上是当鸡接客做小姐。人家挣了钱，楼房都盖冲天高，咋没见谁说这说那？人家黄花大闺女都不怕丢脸。各人有各人的活法，谁爱说谁说，我啥都不怕。"

柱子脖子、脸涨得通红，恼怒之下，竟把已经装满半车斗的玉米，用肩膀一扛，全洒在地上，说："我这个儿子不好，别把你们当二老的脸上弄脏了，你们看谁家儿子好，让他给你们拉玉米去吧。"

柱子一鼓作气，把机子摇开，手里拿着摇把，咬牙切齿说："娘的，这闲言碎语到底都是谁传的，我不管他是谁，背着我爱说啥说啥，就是别让我亲耳听见！要是让我亲耳听见，看我不割了他的舌头，跟他拼命！"撂下这句狠话，柱子把手扶开着，一路走去。

柱子重新回到自家玉米地，一屁股坐在地头，再没心思干活了。他手里抓个泥土蛋，翻来覆去地摆弄，他越想心里越生气，就坐在那里生起闷气来了。

没多大会儿，玉秀打她自家玉米地赶来了。因为她心里装着活，把主要心思都放在了她家玉米上，没有在意柱子是啥表情。她走到柱子跟前，就跟柱子说："你把手扶开过去吧，我已经把我家玉米掰好了，装上拉运回家，就完事啦。我再腾开手，又可以帮你掰玉米啦！"柱子尽管情绪正败坏着，可他还是把苦恼埋在心中，立刻装出一副高兴的样子说:"你掰好了? 你干得还挺快的。那行,我这就把手扶开过去,给你把玉米装上拉回去。"

玉秀听了这句话,就把心放下了,不在这停留,转身便轻快地走去了。

柱子皱着眉头,看着玉秀远去的背影,在他心里边玉秀仍然是那样的美! 他看着玉秀,一种愉悦感油然而生,怎么也看不够。让她远离玉秀,他打感情上做不到。

柱子一直目送玉秀走远,这才跟着站起来,用摇把把机子摇开,"嘣嘣嘣"开着,就朝玉秀家那块玉米地开去。路上遇到干活村民跟他打招呼,他不管人家问没问"你这是把手扶开着往哪去"这一句,他就只管提高了嗓门:"我这是把机子开过去,给玉秀拉玉米!"

柱子身强力壮,干活又枪刀马快,尤其他还是给他喜欢的女子干活。在玉秀柔情似水的目光注视下,他干活更加强势,更不惜力。满满一蛇皮袋玉米,他用手一提,向上一撂,轻轻松松就上了肩,扛起就走,健步如飞。一块地一百多袋玉米棒子,他很快就利索地扛完装好,把这个手扶后斗装得又高又满,堆放成一座小山。

当用绳加固时,玉秀去帮忙,让他阻止了。他认为女人不是干这活的人,不得要领,也使不上劲,只能是多余,反添乱。他就一个人干,让玉秀闲在那里看着,欣赏他麻溜干活,打心眼里对他服气,让她把看他干活当成一种享受。

柱子把车子装好系紧,就开着往玉秀家拉送了,玉秀步行在后边跟着走。要放在平时,柱子也就不管了,可今天他偏执意让玉秀坐到后车斗上去。

玉秀就有些担心地说:"装那么满,又装那么高,没法坐人呀,坐也坐不稳呀。"

柱子却宽慰她说:"那不是绳子吗,你用手抓住绳子就没事啦。尽管放心吧,我开车稳着呐,不会让你打车上跌摔的。"

柱子心里的用意是:"我就是要用车拉着你,我就是要让你坐得高高的,我就是要让村里人看着,我们俩就是在一起,我们就是在他们目光注视下亲近的,就是要让他们看着心里感觉不得劲。"

柱子开得车速不快,开得小心又平稳。走在路上,柱子故意亮开嗓门,没话找话地跟玉秀说:"我用手扶帮你拉,省劲不省劲呀。"

玉秀只好如实回答:"省劲。"

柱子洋洋自得地又问:"那要是你用架车拉呢?"

玉秀想了一下,答道:"要用架车拉,至少五趟到六趟。"

柱子说:"活人就是要脑子灵活,事半功倍。就拿今年浇玉米来说,你家那一水浇得够透,玉米叶子才长得那样深绿、健壮,玉米棒子才长得粗,产量高。"

玉秀很感激地说:"我家玉米今年获得好收成,多亏你帮忙,我得好好谢谢你哩。"

柱子说:"你谢我没用,这是老天的功劳。有时天旱也不一定都是坏事,天旱也有天旱的好处,光照充足,光合作用强。要不咋说万物生长靠太阳呢!"

玉秀说:"当农民的,就是不能有靠天等雨的思想。要想收成好,一定要像你这样更新观念才成。"

柱子说:"社会在发展,一切都在变嘛!传统守旧观念,就是要敢去触碰。"

玉秀不知道柱子今天心情波动怎么这么大,说话就像演讲一样。不过她信服柱子,认为他说的话有道理,便赞同地道:"你在前边闯呀,我是坚定支持你的人。"

柱子就这样开着机子,神采飞扬地大着嗓门跟玉秀说着话往前走着。他好像是说给玉秀听,又好像是说给路两边干活的村民听。他显得是那样地兴致勃勃,他快活地嘿嘿笑着,接着,他又吹起了口哨。他开着他的手扶拖拉机,一直行驶在路两边正在干活的村民眼皮底下,拉着玉米和高高坐在上边的玉秀,一直向前开着朝村里驶去!

二十五

秋季早茬作物收获告一段落,玉秀把自行车打屋里推了出来,她要去赶集。她家洗衣粉、卫生纸、牙膏都用完了,吃的食盐、十三香也没有了。另外她还要买两双新袜子,还要买一条新裤子。

也不是玉秀一个,乡下好多因秋收而好长一段时间没顾上赶集的人,进到街面不是急着买,而是到处逛,不把整个街面逛过来,好像就过不了赶集的瘾,一个一个显得悠然得很。

玉秀自己家里的农活算是全部干完了,要说搁街面闲转悠,她也完全可以转悠一上午才返家。可她心里还装着事,那就是柱子家的晚茬作物还没收完,她还要帮着柱子去干活。也不知为什么,现在她把柱子看得很重,柱子时刻就装在她心里。她把柱子家的农活,当成了她自己的农活,柱子家地里庄稼不收完,她就放心不下。不知不觉,她已将柱子与她连为一体。柱子对她好,她就时刻想着对柱子好,帮柱子减轻一些活路负担,不让柱子受那么多苦和累。这里的乡下,把自己有丈夫,还去对别的男人好的女人,说成不要脸。玉秀心里不想那么多,也不管人家说她啥,她就是甘心情愿地对柱子好,而且还是只求付出,不求回报的那种好。不过,她不承认自己是那种让人指责、让人嘲笑的烂女人、坏女人,她认为她是一个品性很好的人。她喜欢柱子这个人,甚至她把自己献给柱子,她认为那是她从柱子身上得到的属于她的一份纯洁的爱情。

只要想起她在玉米地里跟柱子肉体结合,她就激动得满脸羞红,心里就像有股清泉滋润,感到很甜美、很快乐,马上精神焕发,变成另外一种模样的女人！那是她的秘密，又是她宝贵的回忆。

玉秀进街就买，把她要买的东西全部买完，推着自行车就出了集。她是吃过早饭，八点钟光景上的集。到了九点钟光景，她就出了集。她骑着自行车飞驰着往回返的时候，只见成群结队的乡下人才开始上街！

时令到了深秋，天空显得很高远，深蓝得就像天上有一个天潭。在这样的大背景衬托下，秋天的水面也很清澈，水里的水草青青，茂盛地生长着。一只红蜻蜓在水面上盘旋着，落在一株草茎上，停了半天，重新飞起忽高忽低地，像在寻找新的停立处，均不如愿，于是它徘徊了一下，将身子飘起，一直朝着远处飞去。

玉秀骑车途经西湖沟，也就是跟准土相连的另外一段。她把自行车停在公路上，下到沟底来。她把水面当成镜子，洗净了脸上的尘土，就对着水面左顾右盼地孤芳自赏起来。她看到水中的自己有些消瘦，但仍然容光焕发。近一段时间，她特别爱打量自己，就像心中装着什么喜事。她是越来越爱自己了。她看着水中的自己，她就想起了柱子，希望自己出现在柱子面前的容颜是洁净的，清爽的。或许每个女人都是这样，她一旦爱上一个男人，就尽量在他面前展现最美好的一面，总想把他的目光吸引过来，让他像欣赏一朵鲜花一样欣赏她，并且像爱护鲜花一样，把自己珍藏在心间。

秋天的田野，已经没有了夏日的那种热浪翻滚，阳光已经变得柔和，照射到人身上，有一种惬意感。

柱子今年早茬作物获得了丰收，晚茬作物也同样长得不错。柱子的心情是喜悦的、充实的，同时还有一种满足的豪迈感。

柱子将钉耙扬举起来，奋力地落下去，将地下生长的红芋给扒了出来。在农活当中，柱子不喜欢收获玉米，因为收玉米，人走进玉米地，玉米叶上有一种粉污，弄到人的脸和脖子上满是脏污，还让人感觉痒痒的不好受。再者，把人伏在玉米棵里，风大了还好，风小了就吹不进来,让人感到很烦躁,有种憋闷感。伏在玉米地,视线被遮挡,朝远处又看不见,只看见眼前几株玉米,有种跟外界封闭、隔离的感觉,心情一点也舒畅不起来。收获麦茬红芋就不一样了,因为是藤状作物,匍匐在地面生长,没什么粉锈的东西落在身上,也不存在遮挡,人是自由的,视野是开阔的,当然心情也是愉快、舒爽的啦!

柱子用钉耙扒红芋都是一气儿扒,连着扒一阵,才停下缓口气。他扒得又快,只这一气儿扒的,就已扒出一大片红芋。尽管已到秋高气爽,他身上还是热烘烘的,外衣没法穿,他就脱下,顺手放到地上。这时候,只见他的身上,只剩下一件红色的秋衣,在这宽阔的田野上显得红彤彤的,格外鲜艳、醒目,把柱子整个人,也衬得充满蓬勃的活力。

柱子因为不打工,种的地又多,他才留出充裕的土地栽种像红芋这样的晚茬作物。那些常年在外打工的,本身种的地少,就只能安插像玉米、大豆这样收打都快的早茬作物。三下五除二,把成熟的玉米、大豆一收,将地用机子一耕翻,把下茬小麦顺利播种上,然后就又急匆匆出门打工挣钱去了。只有像狗子那样的懒汉二流子,才留在家里不出门。可他没工夫在田野上蹓跶,他的心思在麻将场上,从里到外,很少看到他的人。村里也有个别守家的女人,聚到某一户的家里,不是叙家常,就是打扑克。整个村庄都是寥落的,田野里很少有走动的人。柱子独自一人待在这样的田野上干活,就很显眼,也很单调。

好在柱子热爱土地,他又喜欢干扒红芋这样的农活,他把自己整个的精力都集中在他的活路上,他不感觉有什么累得,还干得蛮有乐趣。这也就叫每个人都有每个人的活法。

柱子由于这样不停手地干,干得又快又急,脱去外衣也解不了热,他的脸上很快汗珠点点,面孔也变得白里透红,整个人都透出一种朝气和活力,显得格外雄壮和年轻。柱子采取用钉耙扒红芋的这种做法原始又落后,可柱子乐意这样做。这种扒法,有一大好处,那就是在扒红芋的同时也深翻土层,破坏了板结,改良了土壤。一个真正热爱土地的人应该是把土地弄得肥沃,而不是图快图方便,去掠夺式的耕种。那将只会把地越种越薄,那是一种毁灭性做法,有百害而无一利。柱子既然热爱土地,就应该成为土地的保护神。

扒红芋对柱子来说轻车熟路。红芋是顺拢栽插的,在泥土中一膨大,垄面就像裂瓣石榴一样,撑裂出一道道裂纹。垄面裂缝大的红芋就长得大长得浅,能浅到朝上翘出半个头来,可以透过缝隙看见红芋粉红色的身子。红芋棵与棵之间是留有间距的,两棵红芋之间间隔处的明显标志就是不绽裂。没有裂缝的地方,正是下钉耙恰到好处的地方。柱子在割红芋秧子时,就已经给每棵红芋留下了藤枝儿,很明显地露在那个地方。

眼前一大块地的红芋,都由柱子独自一人来收,柱子就要想办法找窍门巧妙地干,以节省时间,加快劳动进度,不但要干出数量,还要干出质量。红芋长得很拥挤,每一棵都有细条相连着,细条又很柔韧,轻易又不断,一钉耙就把整株红芋给扒了出来。

柱子将钉耙高高拢举着,挟裹着一股风落下来,在进入地下的一瞬间,发出"噗"的一声响,三个钉耙齿满满地嵌了进去,紧跟着手握钉耙把儿,朝前猛一掀,朝上用力一提,一抖动,整珠相连的一窝堆红芋,就顺利地打地下给扒出来了。

凡扒过红芋的农人都有这样的亲身体验,红芋长得越大,人就越扒越高兴,也越扒得起劲,扒了这一棵,还急着想扒下一棵,越扒越有兴趣,再累也不感觉累。柱子正是这样,他干得又快又急,虽说累得满头汗,呼呼喘着粗气,可他却是快乐的!

不过,柱子也不能老这样一个劲儿扒,因为扒出的红芋都沾着泥土,需要把上边的泥土剔去,还要把藤头和细条,还有尾部这些多余的东西择去。必须扒了马上就择,要是停时间长了,让太阳一晒风一刮,把红芋上边湿泥吹成半干,就会由软变硬贴附在红芋上,就难剔除了,那样就弄巧成拙,费工费时了。

因为只有他一个人干,他只能扒一阵,择一阵。柱子喜欢扒红芋。还兴致很高地找窍门啥的。他扒红芋是很乐意干的,但他特别讨厌的是择红芋,因为择红芋必须将身子蹲下来,肢体是折叠的,只用两只手干轻活。虽说不用多少力气,可持续时间长了,就会拿捏得慌。除此之外,频繁接触红芋还弄两手红芋薄皮,沾两手红芋汁,把手弄得灰不溜、黏糊糊的。柱子干这样的活,就有种老黄牛掉进井里,有劲使不上的别扭感觉。

过去兰子妈妈在家时,每当扒红芋,他从来不择红芋,都是他来扒,兰子妈来择,两口子,一个前边扒一个后边择,搭配得十分协调一致。

现在家里只剩下他一个男人,没有办法,他不想干的活,也只得硬着头皮干。一个人要是强迫着自己干他不乐意干的活,他的心情就压抑,干得没劲,时间也显得漫长。整块地就他一个人干,就难免乏味,越干越难熬。

柱子择一阵,就看一下自己的脏手,人也窝憋难受,浑身不得劲。他就把一块红芋放下,站起身活动一下蹲酸了的腰和腿。不由抬头看一眼头顶越来越高的日头,看着远处的一棵树,看半空中飞着的一只鸟,看着看着脑中不禁突发奇想,觉得自己若是长两只翅膀多好,可以自由地飞到树上,飞到天上,想飞多高飞多高。想了一圈儿,迫不得已,才把思绪收回。知道那是不可能的事,只能弯下腰身,继续一块一块择他的红芋。直到耐着性子将扒下的这一片红芋择完,他才长出了一口气。接着,揉搓一下脏手,又拿起钉耙,扬举到半空去扒红芋。

柱子这样干着,不由思念起兰子妈。要是兰子妈在家,就用不着自己择红芋。一块地的活,由两个人干,干得就快一半。有兰子妈在跟前相陪着,两个人说着话,多繁重的农活也干得轻松了,这叫夫唱妇随,不知不觉,一块地的活儿也就干完了。可如今兰子妈不陪着他在家种地了,腿长长了,远走高飞到城里当工人,去过风不刮雨不淋的舒心日子了,单单把他一个男人扔在家里不管不问了。

柱子自己不愿意出去打工,可他一人也扭转不了打工的潮流。柱子不得不承认,农村太贫穷,农村太落后,打工也是农民改变自己命运,由穷变富的一种活法。只有在城市打工挣到钱,才能让日子起变化,才能慢慢过上富裕日子。兰子妈进城的最大愿望,就是挣钱建一座楼房。自己日子过得不好,让小宝将来能有好日子过。面对这样的社会现实,乡下人便蜂拥着去打工,就像平地掀起的一股强劲的风,兰子妈跟众多乡下人一样,被刮到了城里。柱子在这股强劲大风面前,显得那样无能为力。他只能守住自己坚守乡下不打工的念头,可他挡不住他自己的女人——兰子妈。

柱子面对这样的社会现实,认可也得认可,想不通也得想通,不能忍受也得默默忍受。他长长叹了一口气,心里变得沉甸甸的,就像坠了块大石头,一点干活的心思也没有了,四肢发软,连一点力气也没有了。

柱子便进入一种冷静的沉思状态:说一千道一万,还是兰子妈不理解自己,知识、性格、认识都差异太大。心想不到一块,劲也使不到一处,两个人朝两个方向走。按说,他在农村发展农业,搞种植养殖,虽说前面还有很多艰难和困苦,条件还不够好,可毕竟已迈出了脚步。他的设想,他绘制的蓝图,已经切实地展现在面前,正需要兰子妈留下来,跟他齐心协力,脚踏实地去苦干时,兰子妈却离开她,去逃避了。

柱子想到兰子妈,不由产生一种怨恨来——这样短见识,又随波逐流、不敢担当的女人,还是由她去,不想她了吧!

柱子眼前出现了玉秀,她就跟兰子妈不一样,自己需要她时,她就会留下来的,并且会义无反顾、坚定不移地支持自己。玉秀才是一个好女人,好妻子,可他偏偏不是兰子妈,她要是兰子妈就好了!

柱子这样想时,眼前就出现了美丽、善良,还有些柔弱的玉秀,他打感情上跟她越来越亲近了。玉秀就是他的知己,他有好多好多话要对她说。

二十六

就在这时候,玉秀穿过一片庄稼地在田野上出现了。她是朝着柱子家这块红芋地走的。她的身影越来越清晰,不声不响就走到柱子身后边来了。她并没有惊动正扒着红芋的柱子,而是蹲下身来,顺手拿起一块红芋择了起来,看那劲道,就像干自家的活儿一样。

因为赶路赶得急,到了家,她光洁的额头出了一层细汗,她连用毛巾擦一下都没有,就将自行车朝当院一扎。感觉有些口渴,就打屋里拿了个青萝卜,一边剥着,一边生吃着,扭身往外走着,就打村里走了出来。

玉秀身子柔弱,要是干田间重体力活,她干着吃力,肯定干不过那些粗手大脚、身体强壮的女人,要是干田间择红芋这一类轻活,却正好发挥了她的长处,她的巧手就派上了用场。她干得欢快又麻利,看她择红芋,一眨眼一块,拿起放下,就好似弄块红芋摆弄着耍玩,看她择红芋,就像蝴蝶闪翅膀,让人有些眼花缭乱啦。女人身子又柔软,她身子叠着并没有什么难受不适的感觉,对手中活也没有啥影响,所以她择起红芋来,就如鱼入水,得心应手又轻松自如。这又是给她喜欢的男人帮忙干活,她干得更欢心、愉快。玉秀干活不是那种毛糙的女人,不因为干得快,就马马虎虎。顺手拿起一块红芋察看一下吧,湿泥剔除得很净,光光溜溜的,她才不要给柱子留下

147

一点干活笨拙又不细致的印象呢。她的要求是力争干得既快又好，无可挑剔。她要用实际行动，让柱子明白，她不但在做鞋上有功夫，在某些农活上，也有出色的表现。她要让柱子看重她、欣赏她，承认她是一个好样的乡下女子！

柱子只顾低头扒红芋了，玉秀悄没声响地到来，他丝毫没有察觉。他并不知道他家红芋地里多了一个人，他的身边多了一个伴儿，一个好帮手。他一直都在忙活不停地干活，只留给玉秀一个后背。

玉秀手中择着红芋，两只眼睛顺便就可以打后边悄悄地尽情欣赏她喜欢的这个男人干活。她看他把钉耙高高扬举，有力地扒进土层去，他的体魄是那样强健而挺拔，浑身充满了力的美，充满了向上的朝气和活力。她这样看着，心中渐渐就泛起一种暖意，一股暖流流遍了她的全身，自然而然产生了一种亲近感。是啊，自打嫁到淮土跟柱子结识，两家有了往来之后，不但给她本人，还给她的家庭，都带来了不小的变化。她打柱子那里学到了不少有用的东西，物质上的变化是一个方面，精神上也有了显著变化。她从消极到积极，从空虚到充实，她的乐观向上，她的阳光灿烂，都是柱子这个男人带给她的。她看着柱子，她很感动，眼前的柱子就像一幅画呢？一幅什么画，一幅动人绚丽的蜡笔画。她不由泪眼迷蒙，一珠晶莹的泪珠便顺着面颊流淌下来，她的全身心都受到了感染。她不知不觉就沉醉了，痴迷了，不知不觉就入了神！

人的身上是长有第三只眼睛的。一个男人，暗中被一个女人这样发痴发呆、持久地盯看，竟给柱子发觉了。他蓦地转过身来，这才发现背后正干活的玉秀。一阵呆愣之后，接踵而来的就是惊喜。这就好比一个负重爬坡的人，正艰难、吃力地向上爬着，忽然有个人打后边助推了一把一样。柱子心头就像受到了雨露滋润，一股暖流涌满了心头。这真是有趣味，他心中渴盼谁，谁就在他面前及时地出现,就像做梦一样。可这不是做梦,这是真实的生活。看来他跟玉秀肉体上有结合,精神上也是有结合的啊!他不由想到情同手足这个词,他就是足,玉秀就是手,只有二人成为一个整体,才是完满统一的啊!命运让他跟玉秀有了联结,有了深深的爱,他只有跟玉秀相互搀扶着共同前行啦。玉秀的到来,给他精神上带来很大鼓舞,他的人虽然站着没动,但他的心已经跑过去亲热地拥抱了玉秀。刚才的疲倦和沮丧便一扫而光,他顿时浑身增添了很大的力量。他就像一只小老虎,挥舞着手中的钉耙,又更猛劲地干了起来。没用多大工夫,他的身后就扒了一大片红芋。

玉秀的到来,让柱子身边有了伴儿,两人就这样配合默契地干着活。不管是扒红芋的,还是择红芋的,二人的心情都很愉悦。柱子正有话强烈地要跟玉秀交谈,玉秀便如愿来到了他的身边,给了他一个大好的机会。柱子当然不是一般的拉家常,他的话题总是与农业有关。他弯腰提起一株红芋,举给玉秀看,这才开口道:"你看这一株,结薯集中大而多,我家这块地的红芋,为啥能长这么好?"

玉秀说:"那我还能不知道,你选用的都是改良品种,高产呗!像你这种紫红皮,结块一嘟噜一嘟噜的,在咱淮土哪有呀?"

柱子会心地笑了:"玉秀你说得对,这个品种是我亲自到河南农科院甘薯育种中心直接引种的,当时一株苗要一元钱呢!"

玉秀手中不停地拧着红芋肉泥,抬了下头说:"在淮土,偌大个村庄,也就出个你,换了二人也不会跑那么大老远,花这样大价钱买株红芋苗哩。"

柱子认同玉秀的说法,他道:"不只是农业,无论你干哪一行,没有这种痴迷的热情都是不行的,这就叫农业精神吧!要想把咱这一块农业带起来,不走改革、创新这条路,就没有出路。"

玉秀择完一堆红芋,又朝下扒扒,打碎土当中又扒出来一块红芋,放手中查看道:"现在人都外出打工,都不珍惜地了,像你这种热爱农业科技的人太少了。"

柱子连扒了两株红芋，对玉秀说："越是少越要身体力行领首干。比如使用芽前除草剂，淮土我是第一个带头用的。当时我背着药桶到光地里去喷打芽前除草剂，谁见了不说'没见过一株草芽，也没有朝白地上打药的啊！'认为我瞎忙活。当年人家田里草一片青，差不多让草把苗吃了，我家地里却是两重天，只长禾苗不见草，立竿见影。现在家家户户不都让我给带起来了？"

玉秀认真听着，停了一下手："可不是，关键就是有人带头，现身说法，进行推广。"

柱子越说话越多："我再给你举个身边的实例。就说用大联合收割小麦，不说人家，就说你公公吧。我头一年把大联合打山东引来的时候，他是极力反对者，嫌大联合轧地，嫌大联合割得麦茬深，嫌割丢麦子。人家使用，他还执意用手割，用牛打场。现在看吧，谁都没他用大联合积极，每年离麦熟还有一个月呢，他就跟我提前打招呼。到割麦时，为了找大联合，他饭不吃，觉不睡，就盯在我屁股后头转。这就是一个最生动的实例。"

玉秀亲耳听柱子这样说她公公，若不是柱子亲口说，她还真有些不相信："是吗？真的呀？有这样的事？"

柱子就说："要不，你亲口问一问你公公，看我说的话可有假？"

玉秀不由笑了："我听你说这，不像生活，像戏剧。"

柱子将目光朝远处眺望着，感慨地说："活人不能太自私，只为了钱打转。别人去打工，我坚持留下来，我觉得农村需要我这样的人，我能给他们生活上带来改变，我就觉得活得很有意义，我看到了我的价值。"

玉秀深情地瞥了柱子一眼："你就是乡下最美的人，最可爱的人！"

柱子却不好意思地说："你千万别这样说我，你这样拔高我，我也没有你说的那般好。我就是个普通人，实实在在的人，只能是有一分热，发一分光。我相信这样一句话，'星星之火，可以燎原，'我就是天空一颗闪烁的星星！"

玉秀却不这样认为，她对柱子说："谁拔高你啦？我没拔高你，我说的是我心里话。我说的都是我亲眼见的，我看到什么就说什么，没一句虚夸，再者说，虚夸对我有用吗？"

柱子把话题绕了一圈，又重新拉回来："我这引进的红芋品种，它的一大优点就是短蔓，不旺秧，养分能迅速朝地下集中，生理生长朝生殖生长转化快，而且喜密植，单块并不大，以每株结芋块多而高产。另外一大特点，就是不空棵，株株长红芋，而且含水分低，含淀粉高，切晒率也高。"

玉秀听着柱子说起他的高产红芋，如数家珍，头头是道，足见他对农业是那种不同寻常的热爱。在她眼里，柱子就是那种最美好、最可爱的男人，她打感情上跟他越来越亲近，越来越离不开他了。

柱子不停扒着红芋，又开口对玉秀说："当然要想作物高产，引进良种只是一个方面，另一方面怎么种也是关键。无论种什么作物，都以化肥为主，这对土地不是给予式耕种，而是掠夺式的。"

玉秀听柱子满口的新词，她这个高中生还是一下子弄不明白："啥叫给予式耕种，啥叫掠夺式耕种呀？"

柱子就停住了钉耙，扭过头对玉秀说："土地也需要营养啊！不但氮磷钾，还有硼、锌、锰、钙这些微量元素。要想充分改良土壤，种植一季庄稼，就要多上人粪、猪、牛这些粪便，还有腐烂的河塘泥和高温堆放的青棵、秸秆等。总之一句话，就是需要大量的有机肥，这就叫给予式耕作。"

玉秀听了点点头："那掠夺式耕作呢？"

柱子接着又道："那就是种田不上粪，只上化肥，只是旋耕，也不进行深翻，把田变成卫生田，板结地让田一年不如一年。"

玉秀听罢,这才深有同感地说:"可不是,现在农民种田,都是图省劲的懒汉做法,哪还有多少种地上粪的呀!"

　　柱子就忧虑地说:"这种掠夺式耕作,将带来连锁反应,产生一定的后果。虽然庄稼产量也高,可质量却严重下降。因为营养单一,品质也有很大下降。你看是不是这样?瓜不甜,菜不香,馍没馍味,饭没饭味,吃啥都寡口。尤其现如今的猪肉,更是没肉味,都是胡乱用催肥剂的缘故。那肉吃到嘴里,就跟嚼豆秸秆差不多,嚼不烂的肉丝塞满牙缝,净剔牙啦!"

　　玉秀更加认同地说:"是这样,是这样。前天我割二斤猪肉包饺子,就想咋没有过去的那种香呢?寡淡无味,一点都不好吃。"

　　柱子用劲将钉耙耙进土里,钉住了说:"并不只是好吃不好吃,还有更严重的后果,那就是各种粮食、蔬菜、瓜果、肉禽蛋奶营养单一,各种元素的缺乏,导致人的身体所需要营养也跟不上,各种各样的疾病就接踵而来了。前天我看科技报上说,我国人民亚健康趋势越来越严重啦!"

　　玉秀不由满脸忧愁,又十分焦急地说:"听你说得挺吓人的,像这种状况,什么时候能扭转过来呢?"

　　柱子将地下一棵红芋扒出来:"你能有这个认识就好!不然我怎么一再强调,乡下需要我这样的种田人啦?你我这样的人,在乡下能越来越多,这种状况不 就改变了吗?村里方生跟我说,他明年不准备打工了,回来和我承包土地种地。着急不顶用,只有慢慢来,至关重要的是身体力行。"

　　玉秀忽然惊问道,"真的呀?方生说他明年不打工,回来跟你种田啦?那你身边就多了一分力量了。"

　　柱子就点了点头,向玉秀摆摆手:"好了,不说了不说了,这话题太沉重,到此打住,换点轻松的吧!"他把整个红芋地观看一遍:"你估摸一下,我这一块地能扒多少红芋出来,每亩能产多少斤?"

玉秀就说："地是你种下的,亩栽多少棵我也不知道,能扒多少红芋,我估不出来呀!"

柱子就说："不用你费脑子啦,亩产六千斤,我这块地共有三亩二分地,差不多能出两万斤吧。"

"能出两万斤呀!"玉秀重复一句,便喜悦地笑了!

二十七

柱子在玉秀的帮助下把那一大块地的红芋收获完毕,趁墒情好就开始着手做播种晚茬小麦的准备了。柱子就算是买化肥,也跟乡下人两个样,他要买那种生物肥。他把手扶摇开打院里开出来,用手扶把它们拉回来。

玉秀在柱子的劝说下也拿出了八分地栽种麦茬红芋。柱子家栽插的麦茬红芋太多,她就帮着柱子家出红芋了。反正她只有那一亩地的晚茬作物,就朝后放一放,还没有摆上她的收获日程。不过,她种晚茬小麦的化肥还没有买。柱子上街,她就跟柱子一起提前去买,趁柱子的手扶一块拉回来。

柱子把院门锁好,将手扶开到村西头的大路上,停在那里等玉秀。

村里有几个女人去赶集,打柱子身边经过,看见柱子手扶后边带着拖斗,就提出趁柱子的手扶一块上街。尤其村里那个雀斑脸,其实她人嘴上总说她很正经,可她见了男人总表现得很风骚。她跟柱子说话,就站得离柱子很近,面对面贴着柱子的脸,脑袋都快碰到柱子的头了,让柱子对她不由自主产生了一种厌烦。可柱子又不好直接说出来,一村乡民,别失了和气。他强忍着不说什么,可身子却自动朝后退了两步。那个雀斑脸,好像不明就里,就朝前跟了两步,仍然离柱子这般近。她知道柱子好说话,不会拒绝,可她还是一遍一遍追问行不行。柱子实在没办法,就有些不高兴地说:"谁说不行了,不早答应你了吗?要去你就坐车上嘛!"

雀斑脸根本不理会,她看其他几个女人都坐到车上了,却仍然站在柱子面前,跟柱子没话找话地闲聊。她问柱子:"兰子妈打工,常年不在家,想不想兰子妈?夜里做梦见不见兰子妈?"还一个劲儿说:"猫断不掉吃腥哩,我就不相信兰子妈不在家,长时间不挨女人你就不急。"

柱子的脸让她问得通红,很是不自在。不过他懒得回答她的问话,只当没听见,并不停地朝村里边张望。

玉秀终于在他眼前出现,算是解了他的围。

没有想到的是,刚才那几个已经在车上坐好了的女人,看见柱子站在这里是等玉秀,一个个竟纷纷打拖斗上跳了下来,马上改变了主意,要自己走着去,不坐柱子的手扶了!

尤其是雀斑脸,醋意大发,当着柱子的面,就直接朝那几个女人挤眉弄眼做手势。好像意思是在说:"你们两个一男一女搁一块鬼混去,我们给你们腾空,让你们两个亲热去。"

柱子根本也不理睬,他就跑到车前,用摇把去摇手扶拖拉机。

趁这个机会,雀斑脸故意走到玉秀跟前,上下打量了一下她,扭头对那几个女人悄悄说:"是长得鲜哩,透着香哩,像个女妖精。要不,淮土那么多女人,柱子都看不上眼,咋把她相中了哩!迷得东西南北也不知道了!"

那几个女人就把目光投到玉秀身上,怪模怪样的。因为都是同村人,也不像雀斑脸那样口无遮拦,也就嘴上忍着没说出来。

玉秀就催促柱子赶快摇机子,她只当没看见,也没理会,自顾自地上了手扶拖斗,将脸扭到了一边。

柱子摇了两气,机子仍然没开,好像它也帮着那几个女人办玉

154

秀的难堪。

雀斑脸说走也不走,就站在机子头里,看柱子摇机子,她还趁机露骨地说:"怕夜晚把力气都耗完了吧,白天就没劲了。"

柱子这才生气了,拔下摇把,怒气冲冲朝雀斑脸跟前走。

这时,玉秀用话拦住了柱子:"你机子还开不开啦,肥料还买不买啦,要是不买,我就回去,你在这地方磨蹭个啥!"

柱子朝前走着的脚步一下停了下来。

那个雀斑脸吓了一身冷汗,这才有所收敛,赶忙趁机跑去了。

柱子回头这才摇开了手扶,拉着玉秀,冲一样地朝前开去。

只见扔在后边的那几个女人,仍然朝前指指点点,肯定是说柱子和玉秀的坏话。只是机子响着,又离得很远,她们具体说的什么,玉秀连一句尾巴也没听见!

柱子仍然开着手扶突突地在路上向前奔跑。

玉秀坐在拖斗里,心里边越想越感到羞恼,她忽然大声喊起来:"停下,你给我停下!"

柱子弄不清怎么回事,就把机子停在了路边,将头扭过来,看着玉秀。

玉秀就气呼呼地说:"今天这事就怪你,我本打算让你开车,我骑自行车,咱俩分开走,免得有人谈闲言。你偏执意不听,你看看那些女人都说的是啥?"

柱子憋了一肚子恼火,对玉秀毫不客气地说:"是不是你怕啦?你要是怕的话,你现在就下去。光头的不怕扇子扇,你不想跟我一块,你就尽管回去好了!"

玉秀从来没见过柱子这样向她发过火,也没有这样呵哧过,不知为什么,她竟心甘情愿向柱子服软了。是啊,已经走到这一步,有什么可怕的,就是怕也回不去了。她打心里边不承认跟柱子是鬼混,只当成是她的爱。可她在所爱的人面前,看见他发怒,她倒变得依顺了。

　　柱子仍然将手扶停在路边不走，等了一会儿，见玉秀坐着不动，这才消了气。他打手扶后座上跳下来去摇机子，一下将机子摇响，又拉着玉秀上了路，一直朝集上开去！

　　玉秀跟柱子一道开着手扶上街买化肥，这事没过去几天，一天上午，宝生爹打附近建筑工地收工回来，无意中听到雀斑脸跟村里几个女人对玉秀说长道短，他感到很生气。柱子的为人他知道，玉秀的人品他了解，他认为柱子和玉秀，都不像是雀斑脸说的那种人。可听见别人这样议论他儿媳妇，他心里总不是滋味。

　　宝生爹忍不住回到家，就把他打雀斑脸那里偷听来的话，跟宝生娘说了。

　　宝生娘也认为是雀斑脸胡嚼舌，无论如何也不相信儿媳妇是那种人，不相信玉秀和柱子会有那种出格的事。

　　老两口都感到异常气愤，宝生爹说：“你侧面问一下玉秀，了解了解。真要是无中生有，雀斑脸这样把屎盆子朝玉秀头上扣，我轻饶不了她。”

　　玉秀赶到婆婆这边来找东西，婆婆就把玉秀叫到里间屋，私下问起了玉秀：“到底跟柱子是咋回事？为啥外边把你和柱子乱风传？”

　　玉秀有口难辩，她能说跟柱子真有感情纠葛？当然不能。可要当着婆婆的面说话，说她跟柱子什么事也没有，是外人瞎编排，她说不出口，毕竟她跟柱子在玉米地里真的发生过那样的事情。这样的假话，说不出口，她就什么也不辩白。婆婆一问，她心里就觉得肚子委屈，当着婆婆的面只是默默地哭，任泪水无声地流淌下来！

　　婆婆对玉秀从来都是好印象，自打进了她家的门，她从来也没有因家财上的事情跟老两口拌过嘴。她人也很善良，是个相当好的孝顺媳妇，别说婆媳不和，玉秀连跟他们红过脸的事情都没做过。

玉秀这么一哭,当然她就很心疼,不由自主打感情上就偏向玉秀,认为玉秀如此伤心难过,是因为外人屈辱了她,她受不了,才落下泪来的。

等到玉秀走了之后,宝生爹一回来,宝生娘就对他说:"你说雀斑脸说玉秀那事,我已经盘问过玉秀了,都是雀斑脸吃饱了撑的没事干,她是看柱子不围着她转,对玉秀不满,有气恨,才无中生有,造玉秀的谣言。玉秀哭得可伤心啦,这么好个儿媳妇,咋着也不能让雀斑脸给欺负了! 宝生不在家,你是咱家顶梁柱,你可要给玉秀这口气争出来! 咋也不能放过雀斑脸,把她吃屎拉尿的臭骚嘴给堵死。"

宝生爹内心也是这样认为的。他不由想到了他打柱子身上得到的种种好处。不就是因为两家相处得好,来往密切吗? 柱子家地多,他老婆又不在家,困难大,玉秀心地善良,看过,就上去帮一把。她跟柱子在一起的趟数多,村里人看不惯,就多想,以为他们一男一女在一起发生啥事。能有啥呢? 不就是个鱼帮水,水帮鱼嘛!

宝生爹是越想越生气,越想越怒火攻心,他就直接找到雀斑脸家。一见雀斑脸,就用手指着雀斑脸:"你为啥无缘无故嚼我儿媳妇的舌根! 你这样作贱好人,败坏我儿媳妇的名声,你居心不良。你一定要当着我儿媳妇的面承认过错,赔礼道歉,把我儿媳妇的名声恢复过来,要不然,我不放过你!"

雀斑脸是谁? 雀斑脸的丈夫在郑州打工是一建筑工地的包工头儿,村里有几十个青壮农民,都是他招去的,靠着他挣钱。村里女人,都是围着她团团的转。只有柱子不打工,求不着她丈夫,才不把她放在眼里的。雀斑脸在村里属有权有势的女人,根本不是一盏省油灯,根本不是宝生爹这样老实巴交的一般村民能随便招惹的。跟她过不去,等于搬起石头砸自己的脚。雀斑脸没丝毫的服软,而且态度很强硬。她当着众人面,劈脸就给了宝生爹一巴掌,这一巴掌给宝生爹的嘴打得鲜血直流。然后，她双手叉腰，指着宝生爹："我血口喷人不喷人，你回去问问你家儿媳妇！俗话说无风不起浪，有风浪滔天，母狗不浪，公狗不上。你儿媳妇跟柱子的事，早已经不遮人眼睛了，早已满城风雨了，除了傻子，没有人不知道。你自己被蒙在鼓里，不回头管教你儿媳妇，还反过来找我事，跟我过不去，天底下有你这样的混账老东西吗？"

宝生爹是个老实巴交的人，像他这样的人，平日不生气，人就显得实诚窝囊。有些事，他本来就想不开，你偏来招惹他，他要是再受了欺侮，就会两眼发红，跟你拼命。尤其是雀斑脸一上场，二话不说，就一巴掌扇到他脸上，给他来了一个下马威，他哪里还受得了！他挣扎着打地上爬起来，扑过去就跟雀斑脸扭打在一起。

雀斑脸显然年轻，可宝生爹毕竟是个男人，两人难分难解地厮打在一起，好不容易才让人拉开，雀斑脸也没沾着便宜。

宝生爹也没吃啥亏，两人打了个平手。宝生爹整理了一下揉皱的裤子，打地上找着自己的鞋，临走怒冲冲地告诫雀斑脸说："下次再听见你道玉秀长短，败坏玉秀名声，我跟你两账作一账算！"

雀斑脸也是不肯示弱，一蹦三尺高地说："田地里跑草驴，不认好歹人！怕你儿媳妇跟人家一块偷着跑了，你还不知道，还跟我过不去。到了那一天，让你个老东西哭都没眼泪！"

不过，自从宝生爹直接找雀斑脸闹了这一场，好长一段时间，再没有人明目张胆议论玉秀跟柱子的事了。虽说明着不说了，可男女这一类事，在私下还是难免让人议论。似乎乡下人就是这样短见识，对男女这一类事，特别关注、好奇、感兴趣！

乡下就是乡下，这是没有办法的事。

二十八

　　玉秀心里烦躁不安，她从屋里走到院里，又从院里走到屋里，本想干啥活，摸摸却又放下。就连饭也不想做，她人也不饿，一点食欲也没有。虽说她跟柱子发生了感情上的交往，但她心里不承认自己有错，可这样的事情说出来，却没有谁会站在她这边。只能让人指戳和非议，在社会舆论面前，她感觉抬不起头来。

　　玉秀跟柱子的事，已然引起了村人的怀疑和猜测，尤其是宝生爹为了她跟雀斑脸一闹，不但没能把人们的议论压下去，反而私下散播得更远了。要是玉秀真的跟柱子属村邻交往，什么事情也没有的话，玉秀也许不怕，可事实上，她跟柱子做了不能对外人言传的事，咋说她也挺不直腰，话也硬不起来，只能有苦说不出。

　　玉秀怎么办呢？要是她直接对柱子说："你听村人对咱俩说这说那的，今后你不要跟我来往了。"这样直截了当的话，她又说不出来，情面上也过不去。要这样说的话，不但是伤害了她自己，也是对柱子很大的伤害。再者说，打她内心里，她还割不断跟柱子的感情，还下不了这个决心。柱子已经走进她的心灵深处，跟她有了千丝万缕的联系，如果分开，她就会剜心般难受。如果她生活中失去了柱子，她的眼前就会一片黑暗，马上变得走投无路，整个人也活不下去了。

　　玉秀想来想去，选择了自己离开。就像行船，眼前出现了风浪，赶紧避开躲一躲，让自己从人们的视线中消失一段时间，不再成为人们议论的话题，事情也许就会慢慢缓解下来。

　　玉秀打定了主意，她就来到了婆婆家，当然她不能说出她的真实想法，她就找了另外一个理由。她说："我回娘家一趟，我父亲给我捎信让我过去,他说我娘想我了。另外也好久没回娘家,我自己也有些事需要回去一趟,你就过去给我看几天门吧!"

婆婆就相信玉秀说的是真话,她并没有多想,只是顺口说:"你不还有一块地的晚红芋没出吗? 还要种麦,你走了咋办呀!"

玉秀就说:"反正就剩下那一块地的红芋了,等我回来再出吧,晚几天就晚几天,不打紧,你只要把我的家看好,猪、羊喂好就行了。"

柱子只顾忙着他家的收种,并不知道玉秀回娘家的事。玉秀忽然不来帮他做活了,他以为是玉秀家里有啥事,顾不上。可一连几天,在村里也看不见玉秀的身影,他心里就沉稳不住了。他抽个闲空,脚步匆忙地赶往玉秀家察看究竟。第一次去看见的是玉秀家院门上挂得把铁锁。隔一天,第二次再去,玉秀家敞着院门,他走进去就喊玉秀,没听见玉秀应声,他见到的竟是宝生娘。

宝生娘见到柱子还像过去那样亲热,她一点也没把柱子当不正经人看。她问柱子:"麦茬红芋出完了没有,麦子种啥样了?"她还跟柱子说:"兰子妈不在家,里里外外全靠你一人忙活,我有心想帮你,家里还得留人看门,抽不开身。"没用柱子开口问,她就顺带着把玉秀的去向说了出来:"你看这不,宝生媳妇又回她娘家去了。也不知有啥事,已经过去几天了,该回也不回。宝生爹还给人家干着建筑活,天明去,不到天黑不返回,让我一个老婆子,看两家门,从东到西来回跑。她那块麦茬红芋也没出,我看她是不打算要了。"

柱子打玉秀家跟宝生娘告辞走出来,人显得无精打采的。他没见到玉秀,心也凉了半截,他弄不清玉秀回娘家到底啥事,连住这么长时间,好几天也不见回来。看不见玉秀,他就觉得生活中缺少了什么,人也心神不宁,没着没落的。他已经对玉秀产生了强烈的思念之情,盼望着她早点回来。

玉秀好久没回娘家了,这猛地一回到娘家,见到亲生父母,她的心情挺高兴的。头一天,她过得还算愉快,可再过一天,兴奋一过,她就过得不踏实了。难怪说,嫁出门的女,泼出去的水,娘家再好,她都感觉不是她的家,她在娘家竟不适应了。硬强迫自己住在娘家,她的心里却难安宁。家里的猪、羊让她放心不下,还有一块地的麦茬红芋没出,也是她心里的一件事。尤其让她管束不住的,是她老想柱子,昼思夜想。不管她走到哪里,柱子好像都紧紧跟着她,始终不离不弃,就跟在她身旁一样。有一天夜里她做梦,梦见的也是柱子。她看见柱子跺着脚,着急地说:"你这些天也不返回,你家那块地的麦茬红芋,到底还要不要啦?"玉秀打梦中惊醒,翻来覆去,怎么也睡不着了。她跟柱子交往的一幕幕,就像电影一样,打她心里边过起来,她对柱子的思念变得越发强烈了。到了白天,如果她在娘家再住下去,就成了一种煎熬,她实在住不下去了,就打娘家返回。父母看闺女来娘家已经多日,家里还有活要干,也就没咋挽留,就让玉秀走了人。

玉秀打柳土坡回了淮土,她扛上钉耙就下了地,连着三天,她把自家那八分地的红芋全部出完了。留下三分地的进行贮藏,剩下半亩地的,她就用于晒红芋片。柱子说:"把晒干的红芋片拉到城里零卖,一斤能卖一块钱,很受城里人欢迎,而且还好卖。"

玉秀娘家,红芋的种植面积已经很小了,几乎不晒红芋片,栽一点也是留着冬日里做稀饭用。过去红芋面积栽插大时,都是玉秀大姐削红芋片。她那时还上着高中,到她下学时,虽然也削过红芋片,但并不娴熟,不说削得慢吧,客观地说,削得确实也不快!

宝生爹削红芋片也是找不到窍门,几乎是削不好。宝生娘倒是会削红芋片,可她年轻时干重活,累伤了手腕,不能削。

所以削红芋片,还是要靠玉秀,虽说进度不快,但她并不着急,很有耐心。

虽然玉秀不着急,但宝生爹却很着急。因为宝生爹在本地的建筑工地干木工,一天能挣三十多块,这样陪着儿媳妇慢慢地干,一天少挣几十块,实在划不来。宝生爹想要搬救兵,他自然想到了柱子,他知道柱子每年都大面积栽种红芋,他当然是削红芋片的行家能手。他亲眼见过柱子用两个工具左右开弓,让兰子妈只干一样递红芋的活,兰子妈还有些供不上。宝生爹说起风就是雨,他立马赶往柱子家,把柱子找来了。

柱子白天实在抽不开空,只有到了晚上才能腾出手。柱子打家里赶来时,已经接近天黑了。柱子削红芋片是个行家,他一赶来,就发现玉秀的修子定得不对,他就重新定,让两边保持平衡。任何一样农活都有技术,厚了,难晒干,薄了,晒干后又容易碎,碎了的话到市场就不好卖了,只有不薄不厚,才恰到好处。

宝生爹总是把柱子当成自己人,跟柱子也不见外,他让柱子自己来,而不是陪着一道来。他家的牛粪在屋里积了一大堆,他要出牛粪,还要给宝生娘烧火。他们请了柱子,就要让宝生娘炒几个下酒菜,他要像模像样地管柱子一顿饭,他好陪着柱子喝两盅。同时,好好跟柱子聊聊生产上的事。他喜欢听柱子讲有关科学种养的事情。

柱子赶来了,便把玉秀解救了。不大会儿工夫,柱子就削了一堆红芋片。玉秀腾出手,就把红芋片四下散开,很快地上就撒成了一片白,在皎洁的月亮地里,好像一地乱飞的白蝴蝶。

柱子的到来,从玉秀脸上看不出什么变化,可打她心里边还是喜悦的。尽管感情有些复杂,但还是抑制不住产生了一种渴望,产生了一种亲近感。只要她跟柱子在一起,她就感到轻松、愉快,眼前一片明灿,生活也有了色彩。

柱子干着干着就停了手,趁着夜色的掩护,他大胆地搂住玉秀,在她脸上亲了一口。玉秀感到害怕,就把身子退了一下,说:"你看,村里人议论纷纷,我公公跟人家还大吵了一场,他向着你,他把你找来帮我干活,不理会那些流言。我公公婆婆一直把你当好人,对你还是那样信任,你我今后可不要再做对不起两位老人的事了。"

柱子本来只想亲玉秀一下,听玉秀这般一说,他索性扔了红芋,朝玉秀扑了过来,一把就抱住了她。

玉秀让柱子抱住,并不情愿,就使劲把身子朝外挣脱,柱子仍然搂住玉秀不撒手,他的力气比玉秀大得多,玉秀根本就挣不脱。柱子乘机就把手探进了玉秀的胸脯,在她饱满的乳房上揉搓起来。

玉秀让柱子这样强行揉着揉着,她的身子就软了下来,就不挣动了,很快化成了一股水,把柱子包裹了,她的身子紧紧地贴在了柱子胸前,变得温顺极了!

柱子闻到了玉秀身上那种好闻的芳香,他接着又猛烈地亲吻起玉秀。玉秀的感情也让柱子亲吻得承受不住了,她已经没有理性了,她反过来迎合柱子,忘情地亲吻起他来。而且口中还发出呢喃声:"柱子,我离开你就没法活,我离开你就想你我该咋办呀?"

柱子就说:"谁说不是呢? 那我刚才亲你,你还躲个啥! 我对你的爱是发自内心的,不掺一点水分的,我们的爱是没有任何过错的。"

玉秀让柱子尽情亲着,颤着声道:"真的? 你说我跟你的爱是没有过错的? 可村里人都背后把你我指指点点,议论呢。"

柱子反问玉秀道:"那你怎么想? 认为我们的爱有过错啦?"

玉秀打柱子身上获得了力量,她理了一下头发,就对柱子说:"你说的都是对的,你说没有过错,就没有过错!"

柱子接着又问:"难道你把我、把你自己都当成坏人啦? 难道追求一种美好的感情还是坏人?"

玉秀诚挚地说:"在我心里,我从来没把你当坏人,我把你当成一个人品很好很好的人,世上难遇难求的好人。"

柱子说:"我不是坏人,你也不是坏人,只是我跟你的这种爱,不被外人接受罢了。我们又不是为别人而活,我们是为自己活的,管别人咋说、咋议论,你不理会就是了。"

玉秀说:"为自己而活?可话不像你说的那样啊!为自己而活也不容易,也是很难很难的。"

柱子就哄劝着玉秀:"是的,是不容易,是很难,正因如此,我们才应该珍惜我们的爱情,懂了吗?"

玉秀就把头放在柱子肩膀上:"我听你的,我就好好珍惜我们的爱情。"

柱子坚定地说:"不只是珍惜,还要坚决捍卫!"

玉秀却坚定不下来:"我们能捍卫得了我们的爱情吗?"

柱子就在玉秀额头上亲咬了一口:"好了,别想那么多了,也别忧心忡忡了,我做你坚强的后盾,坚决捍卫。"

两个人又重新分开了,又开始干起活儿来。好久,两人都没再说话,只是干活儿,直到把红芋削完,两人都没说一句话。

宝生爹到地里来喊他们吃晚饭来了,柱子和玉秀收了工,就跟在宝生爹后边朝回走。

饭桌上,宝生爹显得心情很高兴,一边跟柱子碰着酒,一边跟他说着话:"大侄子,我问你,这晚茬小麦与早茬小麦时间相差有半个月,对小麦产量影响大不大?"

柱子就喝了一口酒,把杯朝桌上一搁,这才对宝生爹说:"早茬小麦选用的是半冬性品种,晚茬小麦用的是春性品种,晚种早熟,只要底肥足,会管理,同样能获得高产。近几年气温偏高,早茬小麦也不能过早种,晚茬小麦播种迟,更适宜气候,产量也相差不大哩。"

宝生爹就说,照你这么说:"我的担心就解除了。明年我也栽几亩红芋,红芋、小麦双高产,两相宜。"

玉秀没有上桌,她端着饭碗,坐在旁边,一边听一边吃饭。柱子说话,她是最喜欢听的。

柱子兴冲冲地开口说:"老叔,你这想法对头哩,我们既然不出门打工,以种地为主,就不能跟着别人跑,要自己会动脑筋,有思路,会钻冷空子。"他说到这里用眼看了一下玉秀,接着说道,"多种红芋是好事,红芋全身都是宝,过去咱淮土的主要口粮就是红芋,对不对呀,老叔!"

宝生爹喝了一口酒,又倒满杯:"咋不是呢,红芋稀饭红芋馍,离了红芋命难活。一日三餐,顿顿少不了红芋。"

柱子端起酒杯,举起来说:"来,老叔,咱爷俩同端一杯。"喝过,柱子右手扳着左手手指说,"你看啊,旺季时红芋旺季秧头能饲喂长毛兔,还能作为猪的青饲料。"扳过小拇指,扳无名指道,"红芋叶冬天能当羊的饲料,红芋藤晒干可以喂牛,粉碎后还能作为老母猪的饲料,再好不过了。"再扳中指道,"最重要的还是红芋本身,不仅能晒成红芋片,还能加工粉面、粉丝,拉到城里买,都成了抢手货。现在扩大红芋栽种面积,以后的发展前景十分广阔。"

宝生爹听得心里热乎乎的,玉秀也听得热乎乎的。

柱子也许是因为喝了酒,变得很兴奋,话也越说越激动:"我的打算是明年继续扩大红芋栽插面积,我要号召大家,带动淮土更多的村民也扩大红芋栽插种植。"

玉秀从中插言说:"明年我和我爹我们两家也要多栽插红芋。我还要让我娘家,我大姐家,也多栽红芋。"

柱子说:"也不只局限于咱淮土,你娘家、你大姐这些家。"

玉秀说:"那就发动周边村里农户都栽种红芋。"

柱子让酒劲顶着,很豪壮地说:"不仅是周边村邻,我要去号召、带动淮土更多的村民扩大红芋种植面积。"

宝生爹不无担忧地说:"那红芋面积一下扩大那么多,到处都是,就不是宝了,销路就困难了。"

柱子一下站起身来,用手一拍胸脯,信心十足地说:"只有种植形成规模，才能形成市场。现在时兴特色经营，等条件成熟了，我成立专业种植合作社，形成拳头，就有了力量。"

宝生爹也受到了柱子话语的感染，心里边激动起来："我早就看出你不是宝生那样的木脑壳，他除了蹬三轮，出苦力，还知道啥？你说的话很有道理，你这话说到我老汉的心坎上了，你在前边走，我在后边跟。"

柱子点了点头，很气魄地说："红芋种植真正在这里发展起来之后，我们可以上加工项目，知道吗？农业的根本出路在哪里？农民真正挣脱落后面貌的办法在哪里？必须走农产品深加工、精加工这条道路，我可以申请创办一个红芋加工厂。四川就有一个红芋种植大王，都已经有红芋自动深加工一条龙生产线了。"

"当我的加工厂上马之后，村里人收获的红芋，不出村就可以就近卖给我，他们也不用天远地远地跑去外面，直接到我加工厂里来上班就行了。"

宝生爹听了叹了一口气："想法是好想法，可往往是嘴上说着轻巧，实际上办着难呀！办个加工厂可不是一件简单的事，别的不说，钱就是大难题，这需要一大笔钱，可钱打哪里来？没钱你办不了厂，还不是一句空话。"

柱子却没有畏难情绪，他胸有成竹地说："没有钱不用怕，白手起家的人不胜枚举，至关重要的是能想能干。我可以申请银行贷款，也可以打亲戚朋友那儿筹借，我写一份红芋种植可行性分析报告，递交给镇里，可以依靠政府的大力支持呀。发展乡镇企业，这是一件利国利民的大好事呀。"

宝生爹听了就说："照你这么说，你早就有这方面的打算啦？已经做到心中有数啦？"

柱子两眼放光地说："那可不，我初步申请贷款十万，我个人筹借资金十五万，先办一个小型红芋加工厂。干啥不都是由小到大、循序渐进吗？一口也吃不成个胖子。"

这个时候，不单单是柱子激动、宝生爹激动，就连玉秀的心情，也跟着激动起来。眼前的这个柱子，就是一个很有想法、很有胆量、很超常的男人，她对他又欣赏又钦佩。她主动对柱子说："你明年真要办厂的话，我第一个站出来支持你。我大姨家的表妹就在县农行里工作，到时候，我帮你找她去！"

柱子意想不到地说："真的？你还有这样的亲戚？"

玉秀娇嗔着道："你啥时候见我跟你说过假话，不都是实打实地说？"

柱子心里感到很高兴，此时此刻，他心目中的玉秀变得更加美丽动人了。他一字一句地说："有你这样的大力支持，我一定要把这个红芋加工厂办成！"

玉秀眼中的柱子，越来越可亲，越来越高大起来！

二十九

就连淮土像柱子这样的种地大户，秋种也已经接近尾声了。村里出门打工的，也走得干干净净。偏偏就在这个时候，人家往外走，兰子妈却打北京返回来了。她拎着大小包裹走在路上，面对村民惊诧的表情，她就满面笑容地对他们说："我这次回来，是特意给我家小宝建楼房的！"她每见一个人，面对他们的疑问，都提高了嗓门："是特意给小宝建楼房，才从北京返回来的。"

那么，兰子妈果真像她所说，连打几年工，手中挣下有钱了，特意回来给她儿子建楼房的吗？

兰子妈在村路上碰到村人，已经明显感觉到他们怪眉怪眼的目光了。

的确,正是因为她在北京打工,听说了丈夫与村里玉秀的种种传闻,她是为此事才打北京匆匆赶回来的。建楼房只是她自己找的理由,是种掩盖,是顾着她的面子,也是为了维护她和柱子的婚姻,为了她在村人面前不难为情。

说起来北京离淮土是千里遥远的,可现在的交通已十分方便,经常有人回来,经常有人前往,家里发生任何事,都能很快传到北京。何况现在,通讯也发展迅猛,有电话这条线,将淮土与北京相连接。可以说,在北京就和在家里一样,村里一旦发生任何事情,都能很快传到北京。甚至说有些事情,搁村里边还有隐瞒,可在外地,已经被毫无顾忌地议论了。

兰子妈起初听到柱子与玉秀有男女之事,她根本就不相信,因为她跟柱子又不是生活一年两年,她对柱子太了解了,柱子人品端正着呐。他根本就不是那种人,也干不出偷鸡配狗那样不能上台面的事。兰子妈在家时就知道,村里是有些男人常年不在家,耐不住寂寞的风骚女人,也偷偷打柱子的主意,想引柱子下水,可柱子根本不正眼瞧,也不理会。好几个女人都让柱子办了难堪,他是经受过女人考验的,就像柱子夜晚跟她躺一个被窝里自夸:"我可是经过八百年修炼,鬼媚狐仙都对我下不了手,我雷打不动,坐怀不乱。"

兰子妈进了北京,才感觉到自己淮土的小,简直巴掌大,根本没法比。一村人出来进去,碰鼻子蹭耳朵的,根本就没有啥新闻,只有他们捕风捉影制造出来一些新闻,进行散播,调剂一下他们那单调、枯燥的生活,根本不可听,也不可信。兰子妈又不是不知道,村里青壮年男人都外出打工了,家里只剩下个柱子。他本身就是个热心肠,家里农用机械设备齐全,今天让拉东西,明天又找机子浇水。还有村里有人家遇到了困难,遇到办不了的事,都免不了要求到柱子,柱子从来都不拒绝,都满口答应。像柱子被村里女人们围着,他就像女儿国的国王,这样的场面,兰子妈见得多了。可柱子从来也没有跟哪个女人发生过一档子啥事出来,让哪个女人勾引下水这样的事情,从来也没有在柱子身上发生过。谁愿意说谁说去,让谁说去,她从来不怀疑柱子。她反驳传言的人有一句有力的话:"我男人可不是那号的人!"所以,尽管传闻到了她的耳朵里,她都从不理会,也不朝心里去。

可到后来,她听到关于柱子的传言,不是越来越少,而是越传越多,越传越邪乎,尤其让她感觉不对头的是,所有传言都是说柱子与宝生媳妇的事。若是一个人这样说,一个人那样说的话,兰子妈可以全然不信,可十个人都跟她说是她丈夫与一个女人的事,她要是还不警醒,那她就是一个傻女人啦。渐渐地,她就被打家里传过来的消息给听得沉不住气了,心里像长了草,怎么待也待不下去了。不管是真是假,她都决定返家一趟,察看个究竟,弄个水落石出。她在外打工挣个金山银海,要是自己的家给弄散了,挣再多的钱也没有用啊!

家是根基,啥也没有她的家顶顶重要,她经过一番考虑,就向主家请了半个月的假,从北京返程回来了。

兰子妈一脚踏进自己门,将大包小包一放下,她就开始翻箱倒柜。好多东西都是她熟悉的,翻出一件新毛衣,是手工织成的,她从来没见过。另外还打鞋底翻出两双手工做的布鞋,布鞋做得有模有样,线纳得细密、匀称,做工很讲究,透出一种秀气。她知道自己没这样的巧手,这么好看的布鞋,她做不出来。她打箱底下又找出了两双穿过的,做工相同的布鞋。她不知道这到底是不是村里宝生媳妇,那个叫玉秀的女人给她丈夫做下的。

兰子妈进了屋,东翻西找,弄了满身尘土,头、脸和手也弄脏污了。她走回当院里,先用毛巾将自己身上的尘土拍打一遍,然后打压井里压了一盆清水,又去洗手和脸。

兰子妈正用毛巾擦着脸,吱扭一声院门开了,只见柱子扛着钉

169

耙,打地里收工回来了。他看见院中的兰子妈,竟吓了一跳,劈头就问一句:"你怎么这工夫回来了?"

兰子妈听柱子用这样的口气问她,不免心凉,柱子的惊在情理之中,可柱子惊过之后没有喜,就不近情理了。不过,兰子妈却不动声色,她心里想说:咋?这是我的家,我还不是想啥时回来,就啥时回来吗?难道我不回来,在外边打工一辈子?可她嘴上则说的是:"好长时间不回来,我想兰子和小宝想得夜里不能入睡,就向主家请了假,赶回来看看。"

柱子听兰子妈这样说,这才醒了神,马上改口说:"你回来得好,我巴不得你一辈子不打工,我也不想让你外出打工。"

兰子妈打柱子这话意,感觉柱子还是老样子,她也恢复了常态,用和缓的口气问道:"你扛个钉耙干啥活去啦?庄稼收完了没有,麦子种啥样啦?"

柱子说:"我去地里扒红芋了,只剩下一块地的红芋没扒,把红芋出掉,将这一块地的晚茬麦播种上,今年的秋收秋种就圆满结束,万事大吉了。"

兰子妈将目光一直看着柱子,没有发现啥异样,才又跟柱子说:"我这趟回来,还有一件大事。我要找人看看宅子,把砖头买回来,做好给小宝建盖楼房的准备。"

柱子听了不由腻烦,仍像过去一样不赞成:"建楼房,建楼房,你跟人家攀比个啥哩。小宝还小,社会变化又这么快,说不定孩子长大后前途有多远大哩!将来考上大学,出国留洋都不一定,一辈子不回来都不一定。孩子的前程,由他长大自己想,而不是由父母设想,难道你愿意让孩子将来像你一样窝憋在乡下当一辈子农民?"

兰子妈不由反唇相讥,她从来跟柱子都想不到一块去。她就道:"你不天天口口声声说当农民好吗?当农民如何如何吗?怎么现在又不想让小宝当农民啦?你啥事都想得高、想得远,要是小宝考不上大学呢？你说我爱跟人攀比，我就是跟人攀比，村里每年不都有人建盖楼房吗？挣钱不建盖楼房，挣钱弄啥？我才不甘落人后呢。"

柱子就跟兰子妈争辩起来："你打工挣的钱，也不是大水淌来的，就知道攀比、炫耀，将一堆活钱变成死钱。咋不知道把好钢用在刀刃上，把钱派上大用场，让钱活起来呢？"

兰子妈听不入耳柱子这样的话，啥叫好钢用在刀刃上？她认为给自己的儿子建盖楼房，就是好钢用在刀刃上。乡下人挣钱建楼房，哪个不是这样想的？天经地义。挣钱不去盖楼房，朝哪个地方开支都感到亏。

柱子见兰子妈手中挣了钱，拿钱壮胆，越说越理直气壮，他就泄了气，说："建楼房，建楼房，楼房就长在你心里。我看你这些年打工，那脑子还是那样不开窍，短见识，你这些年工是白打了！"

兰子妈就满脸不高兴地说："我脑子不开窍？我倒是想成个北京人，想一辈子住北京，那不是大白天做美梦吗？北京也不要我呀。"

柱子已经起腻，一点跟兰子妈争论的兴趣也没有了，说再多也索然无味，他就改口问："你好长时间不回一趟家，我也不想一见面就争吵不休。我肚子饿了，要吃饭了，吃过饭该干啥活还干啥活。"

兰子妈听柱子这样说，她才意识到自己不应该这样，这才语气柔和地说："其实，我也不想跟你吵嘴，谁知一见面就吵起来。我好长时间没见你，回来也是为了见见你呀！"

柱子这才接一句："谁说不是呢？你这么长时间不在家，我跟你一样也想你哩！"

兰子妈的目光转移到柱子身上，她这才发现柱子瘦了，脸上又添了皱纹，还有疲惫之色。她想到了柱子在家受的苦和累，操心和劳碌，活得也不容易。她就忙活着，给丈夫端洗脸水，找肥皂，拿毛巾,说:"我看你这辈子也别想吃胖了,人也比我上趟回来见你,更黑瘦黑瘦的了。"

兰子妈说完这句话,就主动进了厨房去给柱子做饭,柱子也忙着去喂猪喂羊,给长毛兔添草拌食,这是他每天收工回家必干的活。

兰子妈做熟了饭,就开始盛碗端饭,将饭菜端到堂屋里。

两口子坐在对面吃起了饭,兰子妈又接着刚才的话说:"乡下活是繁重又累人,在北京待习惯了,回到家看啥都不顺眼,都是别扭的。可再不好也是我的家呀,没办法哩。"

柱子不听兰子妈这般说,他心里还好受些,听兰子妈这般说,他心里就有情绪了。于是,就用揶揄的语调说:"北京是比家里好呀,不种麦,也不种玉米,不栽红芋,不养猪不养羊,也不喂长毛兔。北京条件多优裕,你当保姆,远比干农活轻松。你是一步到天堂,风不刮雨不淋日不晒,还越吃越白,越长越胖。我在地狱里,吃苦又受罪,怎会不越来越黑,越来越瘦?"兰子妈再说人进了城,可毕竟没文化,头脑还是反应迟钝,她没有听出来柱子这凉腔倒板话。她用手抚摸一下自己肉嘟嘟的面颊,喜滋滋地说:"你说的是实情话,家里咋说也赶不上北京好哩!"

柱子扫了兰子妈一眼:"圈里的猪也是吃饱等饿,一天几顿让人端吃端喝,也是越吃越膘满肉肥,可它就是不长脑子,就是不知道人饲养了它,是为了杀它的肉吃。它最终成了人餐桌上的美味佳肴,猪最大的悲哀,是它不知道,它只是一道菜,是人口中的牺牲品。"

兰子妈直到这时候,才听出柱子话味不对,这是挖苦她哩!她抓条毛巾就去打柱子,柱子闪身一躲,她就扑了空!

三十

到了晚上,兰子妈和柱子两口子躺倒在床上,兰子妈仰面躺着,把身子摊得很开,她在静等着柱子。人家说久别胜新婚,她在等着柱子勇猛地扑到她身上来,急不可耐的那一刻……

柱子躺在床上,却好久不见动静,他人虽没动,但他的头脑却翻江倒海。他在黑暗中悬着心在想兰子妈这趟到底是为啥,事先连个电话也没给他打,回来得这样突然!她是不是已经听到了村里传播他和玉秀的事?因为他不知道她回来,玉秀给他做的布鞋,织的线衣,他都没来得及拿到一边,藏到一个她找不见的地方。他越来越断定兰子妈回来得这样蹊跷,正是为了他和玉秀的事,特意给他来一个措手不及,这样方能识破他的庐山真面目。兰子妈肯定要问到鞋子和线衣的事,他在想着怎么策应,才能不引起兰子妈的怀疑。不管兰子妈问他任何事,只要牵涉玉秀,他都不能答出破绽,让她寻到蛛丝马迹。兰子妈是个老实横,惹恼了她,能闹塌天,说不定会发生啥样意想不到的事。他要挡在玉秀前边,他有责任保护玉秀。人家说捉奸捉双,反正他与玉秀的事,兰子妈又没亲眼看见。只要他一口咬定没这回事,兰子妈抓不住他的把柄,她也只能干瞪眼。

柱子把心思朝一边想去了,并没有朝肉体方面想,所以他对兰子妈没有渴望,他在生理上也就没有兴奋起来。

兰子妈躺在床上好大会儿,不见柱子有动静,她的心不由往下沉。按照往常的经验,柱子不是这样的,他的生理愿望还是很强烈的。只要中间搁两天没挨她身子,只要两口子躺在一张床上,柱子就猴急猴急的,对她的身子向往得狠,管都难把他管住,他的力气雄壮得狠。不要说她搁这么长时间,是打北京回来的,就是她走趟娘家,中间隔两三天时间,柱子看见她回来,人才刚走进屋,柱子扭身就关了门。根本容不得她脱衣上床,连走到床边都不行,柱子就把她弯腰抱起,将她朝床上横着一放,将她裤子扒开,就跟她把男女那档子事,痛痛快快地给做了。事后,她还用手使劲刮他的鼻梁羞他,柱子红头涨脸,就心满意足地嘿嘿笑了。

173

可这回她打北京返回来,他见着她,根本看不到他目光里有那种大男子汉的呼唤和向往。兰子妈吃过晚饭躺在床上,自己把身子摊开,已经向他发出了明显信号。等了好长时间,柱子仍显得无动于衷,一丁点感情冲动也没有。她怎么也按捺不住了,便伸手向他腿间试探那肉东西。这一触摸,她的心一下子凉透了,柱子的肉东西一点没发硬,软乎乎地皱着,搁腿裆里垂耷着,就像软面条一样。兰子妈脑袋嗡的一下就大了,她想起在北京听到的那些传言来,她越来越认定她的丈夫有外心,要不然绝不是这样的。

兰子妈想到这里,她怎么也平静不下去了,就搁床上翻起了身,她实在忍耐不住了,开始向柱子发问起来:"兰子爸,我回来就看见床底有别的女人做的鞋子,那是谁家女人给你赶做的呀!"

柱子早有准备,睡着没动,开口答得很爽快:"玉秀。"

兰子妈没有想到柱子回答得这样痛快,没有绕弯子隐瞒她,她相信柱子说的是实话,这个回答让她疑惑:要是他真的像外边传言的那样,跟玉秀有啥事,他肯定会遮遮掩掩,怎么还会这样直来直去呀?是不是自己对他多心,打门缝里低看了他?可她毕竟打工在外不在家,摸不清真实底细,她便接着又问,玉秀又不跟咱一家,她怎么平白无故想起给你做鞋子的。

柱子已经明显感觉到兰子妈的用意,他不慌不忙地回答:"谁说平白无故?她浇水拉不动水管,我主动上前帮她拉水管,帮她浇玉米;她拉玉米用我的手扶;她买化肥也用我的手扶。她觉得没有啥好感激的,就给我做了几双鞋子,织了一件毛衣。"

兰子妈听了,完全在情理之中,想开了做双鞋子织件毛衣这件事。她这个老婆又不在家,没人照顾他这也是理所应当,没啥大不了的。兰子妈接着又问:"一共做几双鞋子?"

柱子用平淡的口气道:"一共四双,穿过两双,另外两双放在箱子里边了。"

兰子妈听柱子回答得主动又坦白,鞋数与她翻箱查看的鞋数相吻合,她问不出什么也就不好乱说什么了。尽管她还是不相信柱子,也不放心柱子,可一时也没有什么办法。她已经盘问过了,她也不想继续再问,她就住了口,不了了之。

兰子妈不问了,柱子却对兰子妈不满意了,有想法了,他就来了个以守为攻:"怎么不问了? 接着还问呀! 你这样问我到底啥意思? 你是不是怀疑我? 在你眼中,我到底是个啥样的男人? 你把话给我说清楚!"

兰子妈见她惹柱子生了气,心里就觉得自己不应该,她只好自己给自己圆乎说:"你不要多想,我就是随便问问,你也别朝心里去。"

柱子怒气冲冲地说:"话不像你说得那么轻描淡写,本来你问得就让我没法不想。我在家里忙里忙外,给你带孩子,又当爹又当妈,你一点安慰也没有,还把我朝坏人上胡猜瞎想,你说你这样做法对不对? 怎么让人受得了?"

兰子妈让柱子问得无言答对,实在没了退路了,她心里一急,便道:"刚才问得都算我多想,那你腿间咋回事? 直到现在也硬不起来了?"

柱子见自己已经占据了小主动,就乘胜追击说:"你还这样不依不饶地问,亏你这话问的出口! 你一进家门,就喋喋不休跟我争吵,夜晚才躺下一会,你就对我问这问那像审贼一样。这一阶段抢收忙种,把我累成啥啦? 里外操心,把我操心成啥啦? 我还有那个闲心思吗? 你说我咋不想?"

兰子妈听柱子把话说得天衣无缝,都在情理之中,已经没法问了。她只好改了口,转移了话题,说:"好了,好了,我不胡闯八问了。现在我躺你身边了,你心里不想那事,我可想了好长日子了,你没沾我身子,我让你好好享受享受,你不行,让我来帮你。"

兰子妈就把手主动伸出来,放到柱子那肉东西上,轻轻摆弄、抚摸,她想借助她的手,帮柱子一把,让柱子的肉东西尽快硬起来。

柱子为了消除兰子妈对自己的怀疑,便配合着她,想让自己的家伙尽快威风起来。可他不知道他在心理上已经有了沉重的负担,自从玉秀在他生活中出现,已经替代了兰子妈,他心里边也不再想兰子妈了,他似乎跟兰子妈没有了爱,没有爱就没有激情。他见到兰子妈,就没有冲动,现在他想让他的家伙硬起来,可他已经召唤不动它。他心里越发急,心理压力越大,精神也变得紧张。这样他的心情是压抑的,这样就造成下边并没有多大反应,兴奋不起来。尽管兰子妈再帮助他,他心里再巴望着,可自己的家伙就是不听话,似乎故意跟他拧着劲,不肯配合。兰子妈揉了半天。柱子那肉东西,仍然是蔫皮耷耷地。

兰子妈用手抚摸柱子的肉东西,柱子没反应,她自己的欲望却起来了。她等不及了,她就让柱子直接上到她身上,让自己下身诱惑他的下身,看一看能不能成功。柱子也听话了,兰子妈的身体,他也压了,折腾了老半天,折腾了一身汗。整个被窝里都是燥热的,可结果还是不顶用,都是白搭。柱子只好很沮丧地打兰子妈身上翻了下来!

兰子妈恼恨地在柱子身上又捶又打,又掐又拧,跟着就咬牙切齿追问柱子:"你这到底咋回事!"

柱子躺在那里一动不动,像这样的生理现象从来也没有过,今天第一次在他身上发生,他一点精神准备也没有。他整个人都有些蒙,他在心里好奇地想,难道对一个人没有感情了,连做爱的能力也消失了吗?那一刻,他心里十分复杂,也十分难受。他实在找不出什么理由来回答兰子妈,他只好顺口说:"我也不知道,可能是一种病吧。"

兰子妈听了柱子的回答,感到很吃惊,她进了城之后,听说男人真有这种病,而且得这种病的人还特别多。有的是因为有外遇,纵欲过度,心理压力所造成的;有的纵是没有外遇,也得这种病。她当时还感到很庆幸,她觉得她家丈夫,不但没有这种病,而且这方面能力还非常强,有时还猛得让她招架不了,每一次都能给她带来满足,每一次都有新感受,眼下怎么就出了鬼呢? 让这种怪事忽然间就降临到她丈夫身上。她只好悲切地说:"你本来不是好好的么? 怎么就得了这个病了呢?"

柱子喘着粗气,有些不耐烦:"刚才我不已经回答过了吗? 我上哪里知道!"

兰子妈无奈,只好安慰柱子说:"那明天我陪你上医院看病去,你这样咱俩也不用瞎折腾了,睡吧!"

柱子好长时间睡不着,兰子妈的突然回来,好像一下打乱了他的生活。他乱七八糟想了很多,反正他坚决不相信他生理上有啥毛病。他悄悄地想,如果不是兰子妈,换了玉秀,他肯定充满激情! 直到夜很深了,他疲倦极了,方才睡去!

三十一

兰子妈本打算第二天跟柱子一块上医院给柱子看病的,可到了天蒙蒙亮,兰子妈睡醒,忍不住又把手伸到柱子下身去,才试着揉几下,柱子那东西就暴起来。同时,柱子也让她给惊醒了,感觉到自己的家伙挺起来了,便爬上了兰子妈的身!

尽管柱子这回如愿地跟兰子妈有了肉体结合,可跟过去大不相同,根本没能持续多久,就打兰子妈身上滚下来了!

这次肉体结合,仿佛就是一种肉体结合,兰子妈感觉不到柱子黏她了。

女人都是敏感的。她感到柱子精力不集中,他人伏在她身上,心里似乎还想着什么事,想着什么人,跟她好像在走过场,好像是在硬着头皮应付。最明显的变化是,柱子没有激情,就这样草草结束了。

尽管兰子妈打柱子口中问不出什么破绽,可是她打感情上,还是能明显感觉到柱子有变化。柱子不亲热她,心思不放在她身上,好像在想什么办法摆脱她,对她冷淡得很,时不时地皱眉头,好像她在这个家,成了一种多余。她断定魂不守舍的柱子,心里边装进了外边的女人,他的魂灵已经让另外一个女人给勾引走了。这绝对不是她听信传言,而是她作为女人的一种直觉。

这个女人到底是谁?是不是传言中的玉秀?或者别的女人?她暂时还没有确切的证据。

兰子妈盘问不了柱子,就不再去盘问,她自有她的办法。她装作相信了柱子的话,对他也不防备,并没有寸步不离地跟着柱子,而是让柱子该干啥干啥。

有一天,兰子妈借故回了娘家,说是住三天的,她实际上只住了一天,就返了回来。她没有直接回家,而是躲在暗中,悄悄盯着柱子的行踪。

那是一天当晌,地里已经看不见一个人,柱子在刚种好麦子的红芋茬地里,翻晒红芋秧子。他把红芋秧子摊晒完了,并没有往家走。他四处看看,竟下了西湖沟,顺着曲曲弯弯的沟坡,猫着腰快溜地往前走。来到一座桥下,就跟一个提前等在那里的年轻女人见了面!这个女人不是外人,正是玉秀。两人见面说了几句话,玉秀就扑到了柱子怀里,柱子就紧紧搂住了她,亲成一团,然后把她抱起,放到地上,把自己整个身子全覆盖到玉秀身上去⋯⋯

兰子妈发现了柱子的异常,可她吃得过胖跑得太慢,沟塘又高低不平,有心打岸上直接跑,又怕那样目标太大,让柱子看见,让事情泡了汤。只好高一脚低一脚地往前追。等她追到那座桥的桥底下,早已经不见了柱子和玉秀这两个幽会的人。只剩下一片凌乱的脚印,一团卫生纸,还有铺在桥下边的豆叶。风一吹,有几片豆叶,打桥底下,朝空中轻轻飘飞,水面上映出一片蓝天,还有几朵白云在轻轻飘动!

又过了两天,兰子妈睡到半夜,发现床上不见了柱子,她就赶忙爬起来,跑出去寻找。茫茫黑夜,她不知道自己应该朝哪个方向寻找。在外边胡乱地转了一圈,也没见着柱子人影,她怕自己在外边时间长了,家里别遭盗窃,就只好返了回来。看见床上仍然空着,柱子仍然不见回来,她心里还是沉稳不下来。

柱子突然站在兰子妈面前,顺口问:"你大半夜起来干啥?"

兰子妈反问他:"你三更半夜上哪去啦?"

柱子顺口答:"我上家后茅房解手去了。"

兰子妈也道:"我睡醒发现你不在,就走出来察看察看。"

柱子一口咬定他是上家后茅房解手去了,死不承认自己往院门外去了。

兰子妈知道柱子是往院门外去了,解手咋说也用不了这么久。可她又没子在柱子身背后盯着,柱子不承认,她也没办法。

可柱子也并不是事事都做得天衣无缝,他自认为他的大胆,他的回答,都让兰子妈抓不住把柄。

有一天夜里他睡着做梦,口中却喊着玉秀的名字。

又有一次,村里有人请他办事,他喝多了酒回来,夜里迷迷糊糊当中,喊叫的也是玉秀名字。

兰子妈第一次听见了,只是对柱子和玉秀充满了恼恨。第二次,她灵机一动,就想出了一个巧妙办法,她把自己扑到柱子怀里,学着玉秀说话的语调,温温柔柔对柱子说:"你咋啦,柱子哥,我就是玉秀,你想我了么?"

因为柱子酒没醒,人又处在混沌之中,他就抱住兰子妈一个劲儿亲,连泪都掉下来了。他有些口齿不清地说:"玉秀,我喝多了;玉秀,兰子妈这趟回来让我很心烦;玉秀,兰子妈回来了,我没有办法,我只能偷着见你。你知道吗?我是多么爱你呀!我想天天跟你在一起!"

兰子妈火冒三丈,实在听不下去了,忍无可忍,甩出巴掌,一耳刮子打在柱子脸上,一下将柱子打醒了。柱子这才意识到他搂着的是兰子妈,可他刚才说出口的浑话,却再也收不回了!

到了第二天,兰子妈什么活也没心思干,等柱子下地走了之后,她就守在自家院门口。到了早上吃清晨饭的时候,玉秀下地打村路上经过,正好路过柱子家院门口的时候,兰子妈一下就跳到了路中央,拦住了玉秀的去路,喝喊了一声:"宝生媳妇,你给我站住!"

玉秀抬头看见兰子妈气势汹汹,见势不妙,知道往前走过不去,只好转身往回走,她想打一边绕回去。

兰子妈哪容她脱身,还没等她掉转头,一伸手就把玉秀给揪住了,二话不说,就先吐了玉秀一脸唾沫,接着才用手指指着玉秀恶骂道:"你个臭不要脸的,你男人不在家,你急了、痒了,你耐不住,趁我不在家,你就勾引我家男人!"话刚落音,狠狠的一巴掌就劈在了玉秀的脸上!

只见柔弱的玉秀一个趔趄,鲜血立刻从鼻孔流淌了下来,同时,两眼泪水也流了下来。她本身就不是又高又胖的兰子妈的对手,而且也不占什么理,她一句也不争辩,只默默忍受着,让兰子妈惩罚!

兰子妈并不因此就善罢甘休,她已经对玉秀恼恨到了顶点,就是把玉秀一口咬死、嚼碎,也解不了她的心头之恨。她二次扑过来,抓住玉秀的头发,就把玉秀摁在了地上,迈腿骑在玉秀身上,拳头犹如雨点一般,没头没脑,与玉秀打起来!把积聚于心的羞恼与愤恨向玉秀发泄着!

玉秀被兰子妈沉重的身子压在下边,想爬也爬不起来,她的挣扎无济于事。兰子妈雨点般的拳头落在她头上,她无法忍受了,只好伸出胳膊去护头。

　　兰子妈就使劲扳住她的胳膊,用膝盖死死压住,不让她伸手。她别的地方不打,偏偏朝玉秀头上和脸上打。每一巴掌都攒足了劲,都带出响声,打一巴掌喝骂一句:"我让你勾引人家男人! 我打死你个不要脸的骚货!"

　　玉秀毕竟身子单薄,经受不住兰子妈这样凶狠的暴打和折磨,很快就躺在下边不动了。

　　可兰子妈并没有停手,仍然一下一下只管朝玉秀劈脸打着。

　　很快柱子家院墙外边的村路上,围拢了一大片看热闹的村民,他们都知道这一胖一瘦两个女人打架是为了那档子事。所以,村里人只是拉开了一定距离,冷漠地围观,无一人上前解劝、制止。

　　村里人对村里发生的其他任何事引起的纠纷,都会有人走出来解劝、拉架,唯独对男女这档事上,村民们像避讳着什么。大家只围观,不上前,每个人都显得无动于衷,感情变得麻木,都只装没看见。

　　只有最爱看热闹的狗子,表现得最活跃,转过来转过去地瞧。他想上前拉架,看别人都站着没动,他人都快走到跟前了,却没了胆量,重新把脚步退了回来!

　　村人虽然不上前,可那嘴巴却不肯闲着,大家七嘴八舌,议论纷纷,站在兰子妈立场上的就说:"打得好! 自家现成男人,还这样不守规矩,败坏门风,该打,挨打也不亏。"

　　有的人看见玉秀挨得太凄惨,就说:"像这类事也不能只是一个人的错,跟男人也有一定关系。自己没本事管住自家男人,把恼恨都发泄在人家女人身上,也是不对的。"

　　有的说:"柱子和玉秀又不是那种人品不好的人,两个人咋就勾搭到一块去了呢?"

有的说:"想自己男人守规矩,谁让你外出打工的呢? 自己在外地常年不在家,男人夜夜守空床,时间长了,谁能不急!"

有的说:"现如今时兴打工,男女这类事,没啥稀罕,乡下有,城里也有,咱村有,外村也有。谁让他俩太大胆,做过了头,不遮眼,不就出意外啦。"

有的说:"再说不稀罕,毕竟还是极少数,像柱子这样爱闹西洋景,玉秀就在屁股后边跟随的,就很少见。"

有的说:"这类男女事,本身就是你情我愿,哪能弄清谁是谁非?拉住打一顿,解解心头怨恨,哪能这样揪住不放,往死里打呢?"

有的说:"不是你女人,你心疼个啥? 要我说,这样伤风败俗的女人,就应该往死里整,不打顿狠的,皮肉不疼,轻来轻去打不改!"

有的说:"宝生爹呢,难道他就不知道?"

有的说:"柱子呢,柱子躲到哪里去了?"

村里人围观的越多,兰子妈心头怨恨越多,因为没人上前拉架,加上玉秀柔弱,不是她的对手,她抻开了劲,仍在发疯地捶打。尽管她打得已很累了,可仍不见她把手停下来。

谁都没有想到,柱子的女儿,兰子放学回来,打路上经过,看见妈妈骑在玉秀身上暴打玉秀,便不顾一切扑过来,竭尽全力去推她妈妈,并且呜呜大哭着替玉秀求情:"妈妈,你停手,你别打了,我不让你打秀婶。"

兰子妈看见自己的女儿不向着自己,而是向着玉秀说话,她的心有些发凉,便对兰子产生了怒气,将兰子朝旁边一推:"去! 滚一边去。小孩家,你懂个啥!"

兰子给她推出好远,差点跌坐在地,可她并没有退却,她又一次地扑了过来,流着眼泪,打书包里掏出她的图画本,向她妈妈哭诉着说:"我就不让你打秀婶,你出门不在家,秀婶待我可好啦,她给我洗衣,给我做饭,给我做鞋,还教我做作业,教我画蜡笔画。"

她倔强地将手中的图画本伸到妈妈面前："你看,你看,这是秀婶教我画的架线伯伯。她说,架线伯伯是好人,她说村里跟外边连上线了,我就可以跟你说上话啦!"

　　兰子乘机扑到玉秀身上,护住了玉秀,她仍是那样很倔强地对她妈妈说:"你再打秀婶,你就不是好妈妈!你啥也不懂,啥也不会,你就会把我扔在家里,自己出门打工。你不是打小宝,就是打我,现在你又回来打秀婶,你是个凶妈妈,不是个好妈妈,长大我也不待你好,我也不疼你!"

　　兰子抽抽噎噎,泪流满面。

　　兰子妈亲耳听见兰子说出这样狠心的话,根本不站在她那边,完全站在玉秀那边,替玉秀求情,帮玉秀说话,就像万箭穿心,她难过极了,心彻底寒凉了。不只是寒凉,简直是绝望。她的心情败坏极了,在这么多围观村人面前,她让小小的兰子自己的孩子给办了难堪。她终于停止了暴打玉秀,腾地站起身,劈头朝着兰子头上就是一巴掌,然后夺过兰子手中的图画本,用劲摔在地上,她气得脸铁青,用手指着躺在地上的玉秀,恶狠狠地说:"你不但勾引我男人,把我女儿也给拐坏了!你真是个可恶的坏女人!"说完这句话,她流着泪,逃也似的跑去了。

　　兰子使尽浑身力量将玉秀打地上抽坐起来,用手擦着玉秀脸上的血,然后便扑到玉秀怀里。看着玉秀被打肿了的脸,还有流淌的鲜血,她哭着对玉秀说:"秀婶你别委屈了,都是我妈妈不好。她最喜欢打人啦,她这样狠心对你,她是个坏妈妈,你是个好人!"

　　忽然刮过来一阵风,将兰子妈打兰子手中打落在地上的那幅蜡笔画吹了起来,吹到了空中,飘飘忽忽,一直朝半空飘去!

　　兰子看见了,赶忙去追,狗子也去追,但都没能追上。兰子就哭着说:"我的蜡笔画!"

　　狗子见状,就劝慰兰子说:"好美的蜡笔画,不过,吹走了也不要

183

紧,赶明儿个让你秀婶再帮你画!"

三十二

柱子天蒙蒙亮爬起床,就急急忙忙走出家院,跨过西湖沟那座小桥,上西北地干活去了。

按照往常,他到收工时就返回,兰子妈暴打玉秀这件事情,他完全能够撞上,事情也就不会闹得这么招摇。可兰子妈的忽然返回,搅扰的他心情烦乱。他不想回家,就把钉耙放在地上当座物,坐在地上东一想西一想,越想越心乱如麻。玉秀和兰子妈这两个女人在他心里交替出现,让他理不出个思绪,想着想着就发了呆。

家里发生兰子妈暴打玉秀的事,他却被蒙在鼓里,全然不知。

等他在地里蹲得没乐趣了,这才打地里站起身,扛着钉耙往回走。半路上让他爹给拦住了,他爹恼气地说:"说你一百回让你离玉秀远点,男女的事情说不清,你偏不听,不信这个邪,这下引火烧身了吧!"

柱子让他爹半路弄一棒槌,说得有些发怔,就迷惑地看着他爹:"你这说啥哩,丈二和尚摸不着头脑。"

柱子爹见状就一跺脚,更加气恼地说:"你搁这装什么迷糊,自己把屎拉哪啦,自己还能不知道?兰子妈在你家门口拦住宝生媳妇,正在跟宝生媳妇打架哩!村里那么多女人,她谁的茬不找,为啥跟宝生媳妇过不去?还不是跟你有关吗?弄得一村人乌泱泱地围着瞧热闹,就像看耍把戏的。你一言,他一语的,议论纷纷,让你爹这五尺大高的汉子,也陪着你抬不起头来,你看你跟宝生媳妇掺和这档子事丑不丑?"

柱子让爹说得头一下蒙大了,脸上也红一阵,白一阵。事情陡然发生,出乎他的意料,他对兰子妈所做的这事,非常生气,这样一闹,还不等于把他衣裳剥光,赤条条地让人观瞧?柱子咋说在淮土也是个人物,也是个堂堂正正立得住脚的男人。这样把事情弄得满城风雨,他的脸面还往哪搁?像雀斑脸那样的女人,不更抓住了他的把柄,幸灾乐祸地到处乱说,今后在村里还怎么做人,日子还怎么过?

柱子大步流星急急朝村里奔赶着,脑子里闪着兰子妈暴打玉秀的镜头。他的老婆这是啥也不管不顾了,她凭什么朝玉秀下手,她有什么资格去打玉秀!有本事冲着我来,跟我闹腾,不应该拿玉秀撒气,欺辱玉秀。他知道玉秀身子细瘦,人柔柔弱弱,兰子妈身高体壮,玉秀根本不是她的对手。就像老鹰叼鸡,受害的只能是玉秀。只是他人没在跟前,弄不清兰子妈这个母老虎样的女人,把玉秀暴打成啥样?

柱子头脑中乱纷纷地想着,脚步一刻不停地往前急奔。

兰子妈打过玉秀,正在家院门口坐着哩。她的脸色仍然阴沉着,乌云密布,她只等着柱子下地归来。

按说今天她拦住了玉秀,抱头暴打了她,出了一口恶气,解了心头之恨,她从心里应该好过些吧!

但其实并不是这样。她回想起刚才她丢开玉秀往回走时,围观的村人,纷纷朝两边躲闪,离她那么远,明显在跟她拉开距离,把她从众人中间隔离了出来。还有,刚才她跟玉秀打架,那么多人旁观,却没有一个人上前拉架。她知道,邻里之间互相产生纷争、打架,都会有人主动上前拉架,为什么这次她和玉秀打架,村人们单单不肯上前呢?这明显是她和玉秀打架这事牵涉到了男女之事,在乡下人的眼里,男女之事是最丢人的耻事,是能丢几辈人的事。所以,没人愿意掺和这样难说清谁是谁非的事。谁上前都怕把自己惹脏污了,洗不掉了,跟着也干净不起来了。如果这不是一件男女勾搭而起的

185

纷争的话，村人的态度就不会是这样，事情也完全不是这个情形。

兰子妈是越想越生气，平心而论，她在村里的为人虽然不是多好，赶不上柱子为人热情，乐于助人，她有些财心重，自顾自，可村里女人差不多都是这样，她的为人还是说得过去的。不管取或借，她都跟村邻相互来往着。就说她手拙，针线活做得粗，她做不好，就找村里哪个女人指点，别人都乐意相帮；还有邻里之间，人家包了饺子送给她一碗，到她家包饺子时，她也盛一碗送给人家，把碗比人家盛得还满；她去赶集，也是好几个女人相约着一块赶集，到了农闲，村里女人没事来到她家串门，跟她在一起拉家常。有时，她在家里坐急了，走到人家去串门，人家看见她，赶忙朝屋里迎接，给她搬凳子让她坐下说话。可能也是她身后有柱子这棵大树支撑，她背靠大树好乘凉！有不少回，她让村里一群女人围在当中，成了她们的圆心呢！有时她说什么话，村里人就随声附和，把她看得挺高挺重的。她哪次打工从北京回来，倘若她没看见人家，人家先看见她，都会主动热情跟她打招呼，挺把她当回事的。她在村里还是很如鱼得水的，她的人际关系还是挺好的。

哎呀呀，我的娘，我可是个清清白白、端端正正的好女人呀！我还不知道是唱的哪出戏呢，就让宝生媳妇这个小妖精闹得一不小心掉进了污水沟，惹一身腥脏，陪着这个臭不要脸的，也变成了一个污浊的人。

她的眼前像过镜头一样，反复出现村人冷眼旁观的目光，她心里不寒而栗，感觉受不了。现在人们看见她竟这样退避三舍，硬是将她从众人之中划开，将她无情地孤立了出来，就因为柱子是她丈夫；连累上自己，好像她也是个不洁的人，让她人前也矮三分去。她有口难辩，心里更加感觉自己受到了冷落，心里感到莫大的委屈。

她回到家，朝院门口一坐，把两手伸开，双手扶在膝盖上，把头一低一扬，放声大哭了起来。越哭心里越悲伤，越哭心里越悲愤，不但胸口发胀,就连小肚子也跟着忽然间疼痛起来,翻疙瘩,揪心揪肺地疼,疼得再没法哭,就用手使劲摁住,把哭声变成了抽泣!

她感到口渴得厉害,就喊兰子,喊了半天,兰子才不情愿地过来,小身子扔然扭奪着。她也没法跟她一般见识,她只是让兰子给她端碗热水过来,她暖暖肚子,止止疼。兰子这才回屋给她倒碗开水,端了来,递给她,扭身就走,连声妈也不叫,连多看她一眼也不看,仍然对她有抵触情绪,对她有不满,对她冷漠很。

兰子妈就别说在村里有人缘了,这一闹腾连她女儿的人缘也没有了。她的心里就像结了冰,身子凉到了极点。这一刻,她多想回到屋里,躺在床上睡一觉啊,可她为了等柱子,她就咬紧牙关,搂紧肚子,坐在院门口支撑着!

柱子打院门外气呼呼地回来,看见她就当没看见,一闪身就走进院子去了。看他脸色阴沉那样,刚才她暴打宝生媳妇,让他赶上的话,他决不会轻饶自己,真敢把自己撕撕吃了。

因为她心中积攒有恼恨,气不顺,肚子疼痛很难消除,她喝了一碗热水,也只是有所缓解,但仍在隐隐作痛。看见柱子,她又忍不住一怒一气,疼痛再次加剧。她本打算站起来,找柱子的麻烦,可她疼痛得站不起来,她就苦皱眉头,直视着柱子,眼睁睁看着柱子打她身边走了过去。

柱子把钉耙放在院子里,抬头冷眼看了兰子妈一眼,接着走进牛屋给牛添草;回头打院门口过时,又冷眼看了兰子妈一眼,接着给羊添草;回头又经过院门口,再次冷眼看了兰子妈一眼,又接着到猪圈去喂猪。把他眼下这些该干的活干一遍,他才到压井边压了一盆清水,挽了衣袖,去刷牙洗脸。兰子妈不给他好脸色,他也咬着牙,脸色更难看。

柱子刷罢牙,洗好脸,再朝堂屋走时,仍当兰子妈这个人不存在,再也不看她一眼。打堂屋出来,走进了厨屋,掀开锅去盛饭,他自己端着馍和饭菜,让兰子端着她自己的碗,在他身后相跟着。走到堂屋,爷俩一块吃饭去了,把兰子妈一个人晾在院门口。

兰子吃过饭,手中拿块馍,背着书包就跑走了,打她身边过时,只冷冷地看了她一眼,看她那小模样,仍然是对她心存不满呢。

兰子妈咬紧牙关,强撑着走进堂屋,气呼呼地来到柱子饭桌前,顺手端起一灶头馍全都倒扔在地上,有的就在脚前,有的滚得很远。似乎这样还不解气,她走过来又猛地夺过柱子的饭碗,将一碗饭全倒在了地上。

然后,她才搂着肚子,跑到里间床上睡觉去了。

柱子在板凳上傻坐了一会儿,忽然站起来,走进里间屋,来到床前,一下掀去了兰子妈的被子,大声质问道:"这是干什么,你不吃也不让我吃吗?"

兰子妈起身拉起被子重新盖上:"我没不让你吃,我只是不想让你吃我做的饭,想吃自己做!"

柱子说:"借口,我干一早上活,肚子正饿,我看你是故意不让我吃饭,想把我饿死!"兰子妈乘机道:"饿死正好,饿死活该,饿死少一个,都是你自找的。"

柱子见兰子妈这般咬牙切齿地说话,他就逼过来,再一次地将兰子妈被子拉去了,说:"你说这话啥意思嘛? 我看你是想上天,不像话! "

兰子妈寸步不让:"对,想上天的有一个,不像话的有一个,就是不知道他是谁?"

柱子更为恼火:"有话你明着说,阴阳怪气干什么?"

兰子妈冷腔冷调:"自己做事自己知,用不着让我来挑破,别当别人是傻子。"

柱子转悠了一圈,重新站在兰子妈面前:"我早就看出来,你这次大老远打北京回来,就是不怀好意,来者不善,故意找我茬的。"

兰子妈闻听更气不打一处来,她用双手,啪啪拍着大腿,扯开嗓子道:"对,是的,我拿着好日子不过,偏找你茬,是狗×的找你茬。你要做事是那样,谁找你茬? 谁不是吃粮食长大的人!"

柱子就打鼻孔哼了一声,用低低的声音说:"你瞧你这是干啥,你干号个啥,瞧你这个形,令人恶心。"

兰子妈忽然哈哈大笑:"这话说得好,这才是你的内心话! 正是你嫌我不好,看我碍眼,你才生二心,想找一个更好的取悦你。我现在在你跟前就是一泡臭狗屎!"说到这里,她把话锋一转,"她再好再美,她也是不能像我这样明着跟你过! 我把馍饭给你弄洒了,她就不敢明着给你上手做。她再好再美,也是瞎搭枉然。"

柱子见兰子妈旁敲侧击地伤害玉秀,他听得厌恶,不想再听,他也没心思跟兰子妈打嘴仗,就改口对兰子妈说:"是的,别人不敢上门给我做饭,只有你能给做饭。我饿了,你起来给我做饭去,我吃饱还有好多活要干!"

兰子妈抬眼翻了柱子一眼:"你想得美,今天让我给你做饭,我没心情! 不就上地扒个红芋嘛,也不是啥有功之臣!"

柱子一点也不想跟兰子妈磨嘴皮,又上前一步:"你别搁这里废话,你说你到底给不给做?"

兰子妈丝毫也不让步,她咬着牙说:"今天想让我给你做饭你休想,反正我也气饱了,要不吃都不吃。"

柱子一把抓住了兰子妈的胳膊:"不行,你不饿我饿,下来!"

兰子妈用大力挣脱,甩着手说:"你不是离得开我吗? 你不是认识有一个女的嘛? 你找她给你做呀!"

柱子已经让兰子妈反复伤害得浑身发抖,他只管用劲把兰子妈朝床下拖,终于将兰子妈拖下了床。他才开口说:"今天我就让你做饭,不做这顿饭就是不行!"

可兰子妈被柱子拖下床,却没能站起来。让柱子这样一折腾,她的肚子又开始翻滚着揪心般地疼。她弓着腰坚持着又重新爬上床,钻进了被窝。

柱子这才算放过了兰子妈,他转身往外走时,扔下一句话:"这次不搭理你,下次做一账算!"

三十三

自打兰子妈暴打了玉秀之后,柱子就对兰子妈产生了极强的厌烦心理,看见兰子妈,他就不想在家里待。他扛着钉耙下地扒红芋,他把心中的怒气都发泄在农活上。他一个人扒一个人择一个人拾一个人装。他就是一刻不停地忙干劳累,不到筋疲力尽,不到饥肠辘辘,实在累得受不了,饿得撑不住,他就不肯回家。

回到家里,看见兰子妈,就像看见一只苍蝇,看见也只当没看见。他忍着空肚子,坚持着又喂猪又喂牛、羊还有长毛兔。他就是要让自己忙忙碌碌,一刻也不想停歇,也不想说话。

操持完这一切,他才拍拍身手,走进厨屋。掀开锅盖,只见锅里放着上午吃过饭未刷洗的碗筷,还有半锅凉水。他知道这是兰子妈故意而为。怎么办呢?柱子不能不吃饭,他只好自己将锅碗刷洗了,自己动手烧、做,自己给自己弄饭吃。

柱子一边吃饭一边想,虽说兰子妈是他名正言顺娶的媳妇,可他只当那是一种形式上的夫妻,并不代表两人情投意合,有多深的感情。自打两个人结婚之后,夫妻之间过得寡淡无味,他从来也没有打兰子妈那里品尝到那种他向往的爱。

现如今兰子妈是一而再,再而三地伤害他和玉秀,破坏他和玉秀之间那种很愉悦的交往。他打心底里控制不住对兰子妈的厌恶。只是事情已经闹得满城风雨,他实在不想跟兰子妈再动干戈,再起风云,让人家外人见缝插针,拿他当话题谈闲言、看笑话。他也知道男女之间的事情是说不清的,他知道社会舆论也不会站到他这一边,所以他只能强忍着。

可兰子妈总是撒不完的气,他越忍让,她越不放过他,反而得寸进尺,变本加厉。好像是他做了亏心事,做了见不得人的事,于情于理都输给了她。在这个家,他只能夹着尾巴,她则可以旁若无人,横走竖行,张牙舞爪,变着法地整治他,折磨他,让他过得如针扎般受煎熬。

这不,他一碗稀饭还没喝完,兰子妈就带着满脸怒气,从外边冲进来,不由分说,伸手就夺过他的稀饭碗:"你把我弄这个样,你心情怪好哩!还吃得下饭,我就是不让你吃。你不让我有好日子过,我也不让你过上好日子。"

柱子只得丢了手,兰子妈这样闹腾,他这饭也没法吃,也吃不下去。他血往头上涌,大声喝问:"兰子妈,你这样三番五次跟我过不去,你说我究竟过错在哪地方?"

兰子妈怒气冲冲:"我不说,你自己说!"

柱子也实在气极了,忍无可忍,就豁出去了。他道:"我说就我说,你闹来闹去,不就是揪住我和玉秀那点事了吗?"

兰子妈没想到事情闹到这一步,柱子不悔过思过,竟敢厚起脸皮承认了!她不肯放过:"听你话说得轻描淡写,你跟宝生媳妇这么大的事,还算小事呀?还是多光彩的事呀?"

柱子一不做二不休:"你说不是小事,是天大的事,那就是!我脸上就是光彩,我得到了玉秀,我打玉秀身上找到了真正属于我的爱情,我跟她这属感情交往,我不承认那是偷鸡摸狗。"

兰子妈气得浑身发抖,差点背过气去:"你的脸皮真叫厚啊,比北京的城墙还厚!你真好意思把这样的话说出口。这些年我不在家,算是给你腾了空,你跟宝生媳妇搞破鞋,竟还说成你的爱情!你是变了,让那个小妖精拖下水了,没羞没躁了!"

柱子理直气壮地说:"我搞什么破鞋?我要搞早搞了,这样的机会有的是!你又不是不知道,村里想勾引我的女人多了,我又不是没有自知之明。但跟玉秀就完全不是,玉秀冰清玉洁,人品很高尚,正因为她人品好,我才追求她。我与玉秀相处,觉得我俩就是有话说,很合拍,我跟玉秀才叫珠联璧合。只可惜我结了婚,她嫁了人,我们前世的姻缘已错过。"

柱子的话句句戳在她心上,把她心扎得鲜血直流,她实在忍受不了了。她蓦地打地下站起来:"你真是不害臊,不羞耻。宝生媳妇这个臭不要脸的,我不在家,她钻空子,专门勾引人家男人搞破鞋!你还把她当朵香花捧在手心里,还说跟她有话说,跟她珠联璧合,那你去找她个臭不要脸的,去跟她过呀!"

柱子也挺身站了起来,用手指着兰子妈鼻子说:"你不要一句一个臭不要脸的说玉秀,我不允许你这样辱没她。请你不要把事情弄颠倒了,这件事挨不着玉秀,都是我主动追的她,要说你说我,要骂你骂我!"

兰子妈见事到如今柱子仍然这般向着玉秀,护着玉秀,她不能忍受,便一跳三尺高地说:"你们两个搁一块鬼混,搞见不得人的事,还不让我说。不让我说我偏说!她就是破鞋,就是臭不要脸的,我看谁敢掰我牙?"

柱子圆瞪着两只大眼睛,怒不可遏地说:"谁不知你是个母老虎,不是个东西!你早上已经动手打了玉秀,你还不解恨!你做啥事我都知道。"

兰子妈更是歇斯底里:"我就是打了宝生媳妇,我的手从来不打好人!她勾引我家男人,她臭不要脸的,我就是打了她,你再心疼,你再向着她,我看你还敢帮那臭女人出气,把我打一顿,给她接过来?"

柱子目露凶光,将拳头捏得嘎巴响,低沉地说了一句:"谁的恶都是自己积攒的,现在我不想搭理你,河坡下边搭戏台,走着瞧!"

他扔下这一句话,再不愿搭理兰子妈,转身出去就朝门外走,又上西北地扒他的红芋去了。

天黑透了,柱子不得不收工了,才没精打采地返回来。他累了一整天了,尤其是饿着肚子干活,人实在累得受不了了。人困马乏的他,一头趴到床上,倒头便睡,把身子面朝墙,给兰子妈一个脊背,头一挨枕头,就打起了呼噜。

他跟兰子妈一直争吵不休,他已经没有好心情了,跟兰子妈也争吵腻烦了,他已经懒得吵。回到家,他是见着兰子妈就躲,躲不过,兰子妈数落他,他就把自己当成哑巴,只丢给兰子妈一只耳朵。

不过,柱子不搭理兰子妈,他强力忍耐着,可他也有受不了的时候。尤其那天不干活了,柱子只在自家院子里走来走去。因为他本身就心情烦躁不安,就感觉自家院子的空间狭小,让他心里边很压抑。让他不能容忍的是,兰子妈时时刻刻都防着他,小心着他。就算他在家里,说不定走进哪间屋里,她一会看不见他的人,就让放学回来的兰子帮她一块儿寻找。就连他上茅房,她也要让兰子站在茅房外边看着。兰子正做作业,妈妈老是喊她,兰子就有些不情愿,才说一句"烦死了",她就手举多高,要打兰子。兰子没有办法,只好让妈妈逼着,硬着头皮去喊叫着找爸爸。

可他毕竟是个大活人,也不可能一步不离就待在家里。有时,他也要有自己的活动空间和自由。有时候,他需要出来走走,散散心,透透气,兰子妈在院里找不见他,她就慌了,跑到院外村庄里喊叫:"兰子爸,你上哪地方去啦?"

大白天就不说了,特别是那天夜里,他走出来一会,兰子妈就满村庄找他,边走边喊叫:"兰子爸你又钻哪去了,天黑了你也不在家里待,你又上哪乱跑了?你的心咋就不在家里,你的心到底在什么地方？该回来却老不见你回，你想把人气死吗？"

这让柱子是无法忍受的，兰子妈这不等于在他身背后装了一双眼睛，无时无刻都在看着他吗？白天就不说了，这夜里天，兰子妈满村里喊着找他，让柱子感觉到对他的自尊和脸面伤害很大。

他和玉秀这层窗户纸，本身是兰子妈直接挑破的，她当众暴打羞辱了玉秀，已经等于把他和玉秀剥得精赤条条，让他们之间的事情大白于天下。她这黑夜里慌里慌张把他喊叫着到处找，这不明明给村里人一种狗改不掉吃屎，不思悔改，仍然惦记着玉秀，又偷偷溜逃出来去找玉秀的错觉吗？兰子妈在家里怎么指责，煎熬他，只限于他们两口子之间，他还能强忍着。可出了家门，在村里到处喊叫，这情况就大不相同了。这不明显让他在人前有口难辩，抬不起来头吗？

说句实在话，自打兰子妈暴打了玉秀之后，他跟玉秀的来往就中断了。不但他避开玉秀，玉秀也躲避他。不管在村路上还是田间，只要两人无意间碰面，不但他避开玉秀，玉秀也躲避他，两人都会相互躲避。实在躲不掉，他停下，玉秀则打原路退回去，都是让彼此在对方视线里消失。可兰子妈偏不让他和玉秀这段婚外情消失，而是把他和玉秀的心，放在一条锯上，来回锯，不把两个人的伤口给锯得鲜血淋淋，她就不甘心，不肯罢休！

柱子跟兰子妈的矛盾进一步激化，就是由柱子夜晚随便外出引起的。其实柱子走出家院只站在离墙头两丈远的地方，兰子妈认为柱子走远了，她便从家院走出来，加上心里慌，她眼睛又只向前看，再加上人打灯影里刚走出来，还没有适应外边的夜晚。她明明是打柱子身边走过去的，但她却没发现他。她整个村庄喊叫着找一遍，没找见柱子人影，当她再返回来，又经过原处，柱子就一把抓住她的胳膊，将她拖进院子，随后关了院门。

一耳光带着风声就抽在了兰子妈的嘴上。然后，他就一发不可收拾,把这些天积蓄的羞愤、恼怒、气恨和憋屈,像火山喷岩浆一样,一股脑地发泄在兰子妈的身上。柱子挥舞着拳头,一边捶打一边低声喝骂:"我打死你,打死你! 叫你喊,叫你喊!"

兰子妈胖胖的身子,很快就像一堵墙,重重地跌倒在地上。柱子就像拖死猪一样,将兰子妈又拖进屋里,将屋门插了,自己骑在兰子妈身上,又接着把怒火朝兰子妈发泄。

兰子妈就拼命在下边扭动、挣扎,口中不停地喊叫着:"你个狗×的,打吧,我就让你使劲打! 不打死我你就是孬种。"

如果兰子妈不这样反抗,不这样泼口恶骂,或许柱子打两下,发泄一下心中的愤懑,也就罢休了。可兰子妈打死也不屈服,柱子就以硬制犟,一边打,一边喊:"就是打,打死你! 我看你不顺眼已经好几天了,肉皮欠揍!"

兰子妈见柱子这般毫不留情,下狠心往死里整治她,她更加不能忍受,更加感到屈辱。她恶狠狠地说:"你有种,我就让你把我活活打死! 我看你是跟那个野女人,那个小妖精铁了心了,你这是跟她合了劲想害死我。把我打死了,就拔去了你们的眼中钉,就给你们腾了空,你两个就可以像狼狗配母狗一样,把身子长在一块,就可以抻开劲偷欢啦!"

柱子的心让兰子妈这样恶毒的言语伤害得鲜血淋漓。他几乎发了疯,将暴雨般的拳头更猛烈地发泄在兰子妈的身上。直到他累得打不动,直到兰子妈被打得有气无力,软软地躺在地上像堆烂泥,哼也不哼一声!

兰子妈当晚遭到了柱子一顿暴打,吃了大亏,心中憋了恼恨,但她并不会因此罢休。到了第二天,她攒足了劲,趁柱子转身正往门外走时,她打后边用个棍,一下劈在了柱子的脑袋上,柱子受到沉重的攻击,眼前一黑,差点跌栽在地上。他强撑着趔趄几步,扭转身,兰子妈便猛扑上去,用手朝柱子脸上又抓又挠,把他脸上抓出一条条血道道。然后就扒上去，不顾一切地抱住柱子的胳膊就咬，一下就把柱子胳膊上的肉给咬下来一块。她满嘴带血，将一团肉吐在地上，发狠地说："你不想过，我也不想过，这个家散了算了。"

柱子用另一只手摁在另外一只胳膊疼痛难忍的伤口上。这时候，他不只是伤口痛，连心也疼痛难忍了。双方都已经绝情，他感觉两人的感情已经破裂，他们的婚姻已经走到了尽头，再想维系也维系不下去了。如果两人再这样无休止地互相打闹，只能是两败俱伤，丝毫意义也没有。

柱子就忍着没有发作，主动偃旗息鼓，正式向兰子妈摊牌："我看咱俩日子过不好了，也过不下去了，没法在一起生活了。我对你，对这样的活法，都厌倦透顶了，这样过下去，就是你不疯，我也会疯掉的，咱俩离婚吧！"

兰子妈也正顶在火气头上，也没有考虑柱子说出这样的字眼有多轻多重，两人的生活倒退到了什么程度。她一点也不服软，也不作退让。她只是认为自己常年出外没在家，自己的丈夫跟那个小妖精勾搭在一块，时间已不是一天两天了，他的人已经让那个小妖精迷住了，他的良心已经让狗吃了。柱子完全变成了一个对她绝情绝意的人了。她痛快地说："离就离，你离婚能吓着谁，我巴不得呢！离了婚，你就远走高飞，这个家不留你，我领着兰子、小宝，我们娘仨过。"她觉得这样说还不够狠，还没有威慑力，接着又加一句，"离婚是打你嘴里先吐出来的啊，谁不离谁后悔的话，谁就是驴生的！"

柱子就点点头，一句话也不再多说，拔腿就气呼呼地往外走！

兰子妈就在后边问："你这是上哪？"

柱子果断地吐出三个字："上法院！"

兰子妈也就没有犹豫，紧随其后往外走着。

两个人一前一后，打家院出来，走出村庄，过了西湖沟那座小桥，上了大路，一直向县法院走去！

尽管兰子妈跟柱子吵闹、打骂，可她从来就没有想过离婚，这方面的思想准备一点也没有。别看她刚出村脚步迈得怪坚定，其实，她是一时顶在气头上，正式上了路她的心就软了。其他不说，单是小宝和兰子，她就不知道该怎么办。要是真像她说的，离开柱子她一个人领着孩子过，生活的沉重和苦累，她能咬牙顶着。可是孩子没有了爸爸，就等于失去了一面遮风挡雨的墙，自己待他们再好，也取代不了他们的爸爸。女人再要强，也不如男人有力量，孩子心里会有委屈的。还有孩子的教育也是至关重要的一环，就她那个小学二年级的文化，根本辅导不了孩子。她已经出过门，见过世面，知道现在离开文化寸步难行。

　　兰子妈一边往前走，一边搁心里乱想，退一步回来，要真走到离婚这一步，柱子不一定答应把孩子给她，肯定会提出要孩子。孩子是她的骨肉，也是他的骨血，孩子对父母来说，谁都难割难舍。看兰子那劲道，就是她想要孩子，兰子也不会跟她走；小宝是男孩，男孩是男家的根，她更带不走。那她离了婚，避免不掉要跟柱子分开。本身这些年，她只顾挣钱打工，把孩子丢在家中，没有照顾好他们，现在一旦离了婚，她更对不起孩子，她让孩子在母爱上缺失得更多。孩子已经长大了，慢慢懂事了，她不能遇事只凭性子来，让好端端一个家，就这样支离破碎，给孩子幼小的心灵上留下一道抹不去的阴影。再说小宝现在还小，柱子一个男的，总没女人细心。她把小宝给他，她也不放心。女儿她割舍不掉，儿子她也割舍不掉，总之离婚不像在外打工那样简单，离婚对她今后的生活所造成的影响非常大。她对孩子留恋，对自己的这个家留恋，虽然对柱子感情上出轨这件事非常气恨，可为什么会有气恨？还不是因为自己看重他、对他还是有深深的爱嘛？她对柱子也是在乎的，打内心里说她也是割舍不了的，真要离了婚，她真就走投无路了，她真不知道自己下一步应该怎么过。

兰子妈因为心里这么想着,她越向前走,腿越发软,越走越疲乏无力。走到半路上,她的决心就动摇了,自己就打了退堂鼓,她只得软了口气对柱子说:"想离你自己离去吧,我不跟你去了,这个婚我不离了!"

柱子正在前面呼呼地走着,看他那劲道,想法坚定得狠。

猛然之间,听老婆说不离了,改变想法了,不同意离婚了,他的怒气就不打一处来,因为他是决意跟兰子妈离婚的。他扭转身揪住老婆衣裳袖子,说:"话哪有你说得那样轻巧!离婚是我问过你的,是经过你亲口答应的,不离不行,想反悔没门儿,我拖也把你拖到法院去!"

这样他一直把兰子妈向前拖拽了几丈远,兰子妈拼命朝后挣脱,将身子使劲朝下坠,最后索性一屁股坐在地上,柱子累得满头大汗,再也拖拽不动了。柱子实在没有办法,只好放弃。

三十四

柱子跟兰子妈婚没离成,转过头往回返时,天忽然转阴了。走到离村庄没多远时,天空开始飘落雾雨,走到村庄时,雨竟下大了。柱子身上很快给淋湿了一层,柱子用手抹了一把头上的水珠,抬头看了一眼茫茫天穹说了句:"天气预报不是说没雨么,你下个什么劲,你不能等老子回到家再下吗?"他用劲甩了一下头,顺便把目光朝田野里一看,看到一个正在冒雨捡拾红芋片的细瘦身影。这身影他太熟悉了,仔细定睛一看,果然那个细瘦的女子是玉秀。他这才想起,玉秀听了他的话,把红芋切晒成了红芋片。因为还没完全晒干,没有捡拾,现在遇到雨了,她不得不赶到雨地里去抢拾。

柱子的感情涌动得厉害,他这当口只想甩开兰子妈,斜插着直接打田野里穿过去,帮着玉秀捡拾红芋片子。可兰子妈在他身后跟着,他没办法这样直接赶去。他不能再那样感情用事了,尽管他看见她放不下,心里很想帮她一把,可他实在没法上前呀!他只好装作没看见,一直朝自己家中走去。

回到家里,兰子妈进屋去换淋湿了的衣裳,他也将身上的湿衣裳脱了,换了一身干净衣裳。在换衣裳时,他又看到了自己被兰子妈咬伤了的胳膊,他强忍着痛,告诉兰子妈他到村卫生所去一趟,把被她咬伤的伤口包扎上。

尽管兰子妈对柱子不放心,可她也不能不让他去。她换好了衣裳,就坐在堂屋门口坐着等他回来。

她算着柱子已经去了好长时间了,按说应该回来了。可她左等右等都不见柱子回来,实在等不下去了,只好起身到村卫生所察看究竟。

到了村卫生所,她没看见柱子的人影,她就问村医生:柱子来了没有?村医生说:"来了,他包扎好伤口就走了,怎么?没有回家吗?"

兰子妈只好转身往回走,她不知道柱子的去向,她在路上茫然了一会儿,也不知道自己该上哪去找。她泄了气,转念一想,就算把他人给找回来了,也找不回他的心,找了也是白找?

兰子妈回到家里半躺在床上,她人很疲倦,可就是睡不着。尽管她不知柱子的去向,可她还是不由自主地把他跟宝生媳妇往一起猜想,他十之八九就是找她去了。她认定柱子已经跟宝生媳妇分不开了,他不找她,又能去哪?

兰子妈这趟打工回来,发现她的丈夫已经完全变了,跟过去大不一样了,变得让她都很陌生了。他说是她的丈夫,可他已经不把这个家当家了,他的心也不在她的身上了,他的魂魄已经让宝生媳妇那个小妖精给勾跑了,她就是用再大劲也很难把他拉回来了。

她真是不能理解,她的丈夫过去是那样人品端正的一个男人,从来也没跟别的女人胡混过,怎么就让宝生媳妇给迷上了,把他变成如今这个样子?她到底哪地方待他不好了?她也知道她跟柱子感情有些不合,好多事上也说不到一块去,可她打心里边还是真心待他的,还是待他很好的呀!即便不说,柱子自己也能感觉到呀!柱子如今这样不待见她、讨厌她,不都是那个小妖精夹在他两口子中间才造成的吗?柱子如今就像粘膏药一样,不顾一切地去粘贴那个小妖精,宝生媳妇到底有哪般好,能让她的丈夫像掉了魂、着了魔一样?

兰子妈感到满腹心酸,又满腹委屈,不由想起她和柱子的过去,

兰子妈为姑娘时,婚姻不用说,走的是传统的方式,是经过媒人牵的线。男孩都是让媒人领着到女方家里先见面,第一步见得还不是姑娘本人,而是女方父母。只有女方父母把小伙看中了,问过了,对小伙点头认可了,才算过了第一关,下一步方可见待字闺中的姑娘。

兰子妈记不清柱子是她见过得等多少个小伙,没办法,女方就是有这个优先权:任意挑,随便选。不过,她见柱子第一眼,便觉眼前一亮。反正柱子是她所见过得男孩当中长得最好的,普通话就是长得是最帅、最英俊的。她心中一阵欢喜,正因为她看上了,她的心口怦怦跳,害羞得满脸通红。按照约定俗成,见面也就是走个过场,一般单独相见只是十几分钟,要是时间持续长了,怕人家说女方没规矩,没家教,说些闲话。不管一对男女看上没看上,父母都不让长待,就只有那么短短一会儿。如果两人还不打屋里走出来,父母就会直接往里喊。兰子妈就是让父母喊了两遍,母亲又亲自掀开门帘到屋里叫她,见面才被迫结束掉的。

兰子妈至今还清楚地记得,就在这短短十几分钟里,女方看上没看上,都要向男方明确表态。她没有扭怩,也没有犹豫,就连说出

口的话语都是规定好的场景话语。尽管她心情很紧张,但她说出口的话却是痛快的。她说:"我对你没意见。"说过之后,她应该等片刻才问男方的态度,可她似乎有些急,没等男方过多考虑,就跟着催问:"那你呢?"然后把目光集中在柱子脸上,心一下子提到了嗓子眼。一般来说,只要女方吐了口,男方是不会有啥意见的。用淮土话说,只有桶掉到井里,没有井掉到桶里的道理。只有女孩挑男孩,很少有男孩对女孩挑挑拣拣的。当然像那些乡下娃考上大学的,当上兵提拔军官的,如果对象是打乡下找的,就另当别论了。一般没有优越条件的男孩,说门亲,成个家,是很不容易的。或许柱子对兰子妈的初步印象并不是不满意,但是,他见姑娘吐了口,顺利走过了这一关,他的心里还是轻松的、高兴的。他用手抚摸了一下自己的头,立刻也做出了规定场景的回答:"要你是没有意见,我也没有意见!"

男女双方既然都吐了口,这就走过了第一步,接下来就走第二步,那就是女方父母要替闺女亲自到男方家去察看家庭情况,叫作相家,用时髦的说法,就是考察。让兰子妈没有想到的是,男方个人条件是达到了,家庭条件却没有达到要求。父母刚从男方家回来,兰子妈就赶忙跑上前去问,父亲代表母亲的回答是:"家庭太穷,这门亲事散了。"

兰子妈打心里边太喜欢柱子了,好几天心里都激动着。夜里躺在床上浮想联翩,眼前不停浮现出柱子那白净的面皮,还有那浓眉大眼。柱子第一次走进她一个村姑心中,这让她有一种满足感。

要想这门婚事有结果,必须要通过父母这一关。父母不同意,兰子妈反过来又解劝父母。当然,闺女这种对男方强烈喜欢的心情他们也理解,他们对男方本人也很满意,也同样舍不得。可男方家庭条件太差了,兰子妈一个劲催问:"咋个差?"父亲说:"不是一般的穷,要是不那么穷,我们当二老的还可以考虑,可是实在太穷了,穷得叮当响,家穷四壁空,你知道吗? 所以,这门婚事不能考虑。"

父母不能按照闺女的心愿走。他们是过来人,是有经历的人,他们遇事要全面考虑,要考虑周全。闺女是他们身上掉下的肉,婚事又是一辈子的大事,他们要对自己的闺女切实负责。他们要把闺女送进麦囤里,而不是糠窝里。他们要想方设法让闺女将来的日子过得幸福。再者说,他们给闺女配个太过穷困的家庭,会遭到外人嘲笑的,他们会在人前丢人,情面上也过不去的。

兰子妈见过不了父母这一关,她就想了个办法,她背着父母,自己偷着赶到媒人家,把她要说的话,表达给媒人,让媒人出面去做父母的思想工作。

然后,兰子妈上她大姨家走亲戚,当大姨问起她的亲事,她就叹气,表达对父母的不满;她上二姑家走亲戚,她就当着二姑的面,发二老的牢骚。

这样,她的行动就起了作用,当父母上大姨家看大姨时,大姨就说父母:"听妮子话音,她对这门婚事很满意,穷富都是她自愿的,你们何必做她的拦路石呢? 将来日子过啥样,她也不责怪你们。"当二姑上她家瞧看父母时,二姑也乘机对父母说:"孩子的婚事,还是依从孩子的,不能强当这个家。你们看中的,她不乐意,万一将来嫁过门,日子过不好,你们就落一辈子抱怨,成了她心中的罪人。"

这就叫麻多绳壮。由媒人打头,大姨二姑后边前推后拥,父母就慢慢改变了想法。她乘机在爹娘面前表明了态度。她掷地有声地说:"这门婚事能如我愿,将来我过好还是过不好,我决不埋怨你们。"

男女婚事正式确定下来,还要按照乡俗,男方给女方过彩礼。柱子给她也送去十块布料,灯芯绒花格尼啥的。按要求,十块布料质量都应该挑好的,可柱子哪有几块好布料,最多只有两块像样的,剩下的不鲜亮倒不说了,还灰不叽叽的,换了别人绝对拿不出手。

当时她娘还替她看,还没看完就停了手,她很不满意,就去跟她爹说,她爹听了立马就生气道:"这婚事刚上场,男家就这样把女家不看重,不当人看。这布料给他退回去,散了这门亲。"

兰子妈见状,自己又想办法,她瞒着父母,跑到媒人家,把她积攒的五十块钱给了媒人,又上街买了几块好布料,当成是男方补过重新买的,由媒人拿着送上家门,父母这才算消了气。

正式定亲之后,双方来往走动两年,男方提出迎娶,女方乘机开出条件:男方必须给女方翻盖三间青砖瓦房,买辆自行车或缝纫机。男方当时是满口答应,可到了跟前了,东拼西凑,才勉强将三间新房建起来。屁股后边欠下一大笔债,买缝纫机、自行车,就实在没有这个能力了。正是因为男方太穷,父亲才在闺女未嫁之前,逼着男方千方百计按照女方提出的条件去做,当然也只是他们力所能及的条件,并没有多苛刻,也不是故意为难男方。可男方仍然兑现不了女方的所有条件,严格来说,还相差好远。父亲一拍桌子,就放出狠话,不能满足女方要求,就休想谈迎娶之事。父亲之所以发狠,说白了,还不是为闺女婚后的日子着想,还不是为了她好。

关键时刻,还是她挺身站了出来,她为了男家向父亲求情说:"爹,我看男家买不起自行车、缝纫机就算了。公鸡下不了蛋,再逼不也还是下不了蛋?,我自己长有两只手,将来我嫁过门,难道还置不起一辆自行车,一台缝纫机吗?你看我在娘家这些姐妹群里,哪个有我力气壮,哪个干活有我能干,又有哪个能比过我!"

结过婚之后,男家除了三间空空荡荡的新房还像个样之外,其他再没有像样的东西了,还不是娘家陪送她的嫁妆所填满?当时分家,分口小罗缸,给了一个泥巴糊得四方囤。小罗缸里只分了半缸红芋片子,泥巴囤里只分两半袋子小麦。做饭蒸的红芋面馍,又黑又粘手,菜是辣椒水,一吃辣得嘴一吸溜,兰子连吃两顿就上火,嘴上起了泡。没办法,她只好又打娘家要了几袋子麦子,总算把日子维持下去了。刚结婚时,柱子几乎连一件见人的衣裳都没有,都是土织粗布,差不多还都带补丁,一件粗布棉袄,薄得透风不说,还不合体,就是不弯腰都露肉皮。还不都是兰子妈打娘家要钱,给置换的新的?缺吃少穿还没柴火烧,天冷了,兰子妈还要拿把笤帚去扫树叶子!

兰子妈既然心甘情愿嫁给柱子,就真心跟他过日子。兰子妈很争气,也没有怕穷。刚分家头一年,手里缺钱买化肥,家里喂的猪、羊都小,积攒得也没有土粪。没有办法,兰子妈就像个男人一样,挽起裤管,走下沟塘去挖塘泥。

挖到沟半坡,用筐朝岸上挑,扁担绳都挑断,肩膀都磨破,兰子妈还是咬着牙苦干。把两亩地整整铺了厚厚一层子塘泥,那些塘泥又都是落下的树叶子沤了多年沤成的,腐熟得很好,很壮地。地又是兰子妈跟柱子一钉耙一钉耙扒翻的。那一年的小麦长势,满眼都是绿油油,到了成熟的时候,颗粒又大又饱满,跟淮土哪家相比也不差,一点也没少打。

兰子妈嫁过门两年,家里就完全变了样,由村里的贫困户,变成了富裕户,由人后走到了人前。家里有了钱,柱子心气儿也高,后来又买了手扶、收割机、喷灌机等这些农用机械。从此也就渐渐立住了脚步,在淮土活得春风满面像个人物!

兰子妈回想到这里,再不愿朝下想,想得越多她越伤心。自己才走出去这几年,她想不通丈夫咋就变了心。如果前后仔细想起,上有老,下有小,中间有妻子,在村里人缘又好,威信又高的一个男人,怎么能做出这样的男女勾搭事,这样滑落到污水坑。你让一家老小,让你的女人,也跟你一起在人前抬不起头。就是不说别人,就连你自己也毁了自己。你怎么就不想一下咱俩的夫妻情?咋就不想一下我待你的好?你的良心难道让狗吃了吗?宝生媳妇就是天仙美女,你也不能去沾呀!你真变得让我感到可怕。柱子,你真伤我的心,让我伤透了心,让我在淮土人面前活得不像一个人。

三十五

　　柱子打村卫生所包扎了伤口,又往回走,但他却不是回家,自打兰了妈这次打工回来,无休无止跟他吵闹,搅扰得他没有好心绪,他只想着往外逃。他心里一直牵挂玉秀放不下,他方才不是看见了玉秀冒雨在田野抢拾红芋片了吗?他这就是打村路上返回,从西湖沟的小桥过去,一直朝西北地走。他当然不是跟玉秀幽会,而是去帮着玉秀捡拾红芋片的。他有了困难,玉秀总是上前帮他,现在玉秀有了困难,他怎么能不上前。多一个人就多一分力量,他去帮玉秀捡拾,就能减少玉秀经济上造成的损失。凡庄稼人,谁都不想将辛辛苦苦眼看就是收获到手的粮食,再白白丢扔掉!

　　柱子还没有走到西湖沟的小桥上,才走到村庄跟前,就碰上了宝生爹,他拉着空架车打家院急急忙忙往外走。看那劲道,他也是帮着玉秀朝家运红芋片的。他心里难免产生了负担,自己的确跟他儿媳妇发生了男女之间那样的事,为此,自己老婆又向他儿媳妇动了手,报复了他儿媳妇。宝生爹是个老实人,可他不是个木头人,他也是有血有肉有感情的。平日谁惹了他,怒火烧起来,都能跟你闹个鱼死网破,能把天闹塌,决不轻饶。可他似乎对柱子网开一面,事情已经发生好几天,他都没有直接赶来找柱子的麻烦,让柱子下不来台。他那一边好像什么事情也没有,一切都是风平浪静,柱子当然出来进去也免不了遇到宝生爹,不过,他都是尽量躲避着。

　　柱子躲避宝生爹,也不是他承认做了亏心事,觉得对不起宝生爹,无颜面见他。他只是觉得见了宝生爹不知道怎么开口好。像男女这一类事,不仅在淮土这里乡下,就是在全中国的乡下,都是说不清的事情。他能理直气壮地跟宝生爹说"我跟你儿媳妇有那种关系,我不承认我有过错,这是我们两人之间感情上的事吗?"这样的话吗?宝生爹那一辈的人能理解吗?能接受吗?万一弄不好,两人一见面发生了争吵,谁都不好看。因此,他选择的是躲避,躲就避免了节外生枝。

柱子今天采取的也是躲的老办法,他把头一低脸一背,装作没看见,就匆匆走过去了。

没有想到的是,这次,离宝生爹距离太近了,简直是狭路相逢,他躲不过去了。眼看就要跟宝生爹擦身而过的一瞬间,宝生爹看见了他,竟主动跟他开了口:"兰子爹,你这是打哪回来的,你是回家啊?"

柱子不得不将脚步停了下来。他在头脑中迅速地做着反应,心里揣摸着宝生爹的意思。他已经做了坏的选择,如果宝生爹乘机找他碴儿,跟他过不去的话,他坚决不作退让。咋说搁淮土他也不是个一般的人物,怎么能低宝生爹一头!他就算硬碰硬跟宝生爹挑战,不惜打一架,来个两败俱伤,也不能向宝生爹服软。他在宝生爹面前服了软,也就等于他在淮土老少爷们面前承认他做了对不起人的事。做了鸡鸣狗盗的没脸事,他在淮土树立的正面形象,也就跟着像一堵烂墙,稀里哗啦倒下来了!要那样的话,就等于他缴械投降,屈服了。同时,让兰子妈欺负玉秀占了理,他在兰子妈面前有了过错,他在村人、家人、所有人面前再难挺起腰杆,昂首挺胸,只能夹起尾巴做人。他深知,一个男人一旦倒下去,名声一旦臭下去,想再重新站起来,就困难得很,怕一辈子都不容易。尤其让柱子坚决不情愿的是,他并没有做到给玉秀当靠山,他害了自己,也害了他们的爱情,连累了玉秀,也把善良的玉秀给害了。仅此一点,为了玉秀,他也坚决不能那样做人。

柱子已经做好了应有的准备,而表情呈现的是凛然不惧,可他听宝生爹在问他的语气上,态度并不是气愤的,跟往常一样,仍然是亲热、温和的。这让他一下子摸不清宝生爹的头脑,有些尴尬地站在那里,豹子吃乌龟,有些愣怔地看着宝生爹。

宝生爹看见他站下了,就给了他一个温和的笑,然后就对他开口说:"好几天没见你了,走,上老叔家坐一会,老叔有几句话跟你说。"

柱子见宝生爹不但不找他的茬,还这样热情地把朝他家相邀,他没办法拒绝,只好硬着头皮,跟在宝生爹的后边,赶往宝生爹家。他实在想听听,宝生爹到底想跟他说些啥。

柱子来到宝生爹家,两人在堂屋当门口坐下来,宝生爹就开门见山地说:"咱两家,可以说是在村里处得最好的两家,不管大人孩子从来没拌过嘴,没红过脸,是很和谐的两家,你说我这话对不对!"

柱子只好点点头,承认说,对!

宝生爹接着又说,兰子妈迎头暴打了玉秀,下了狠手,兰子妈认为你有外心,勾搭了玉秀,是不是这样?

柱子只好又点点头,承认道:"是。"

宝生爹有苦难言地向柱子笑了一下:"人家都说兰子妈那样不留情地把玉秀往死里打,宝生没在家,我这个当老人的应该上前。实话跟你说,倘若不是兰子妈,换了二人,我拼了老命,也不轻饶。"

宝生爹咽了一口唾沫,又接着说:"为啥我没上前?原因就是我对兰子妈这样的举动能谅解,我不想再去添乱,不想咱两家失了和气,不想火上浇油,把事情闹大。"

柱子把眉头凝起来,一直看着宝生爹,他心里有些意外,有些起波澜。

宝生爹跟着又说:"我认为兰子妈这是误解。咋误解呢?因为她出外打工不在家,你家里活忙活多,我儿媳妇就常过去帮你干活。有时候你能忙得顾不上做饭,兰子又等着上学,我儿媳妇赶过去帮你做饭。这样兰子妈就认为玉秀跟你走得太近了,跟你发生了啥不正当的事啦! 再加上风言风语的,她就多想了,这不就把玉秀当成了替罪羊,朝玉秀身上泼脏水吗。"

柱子没说话,他不知道怎么接宝生爹的话,他心里矛盾极了,只好垂下头去。

宝生爹一直对着柱子,又说:"不管树梢咋摇晃,只要树根不动,树就倒不了。不管外人说啥,你媳妇心里又咋想,我都一直不相信你是那号人,我也不相信玉秀是那号人,你们也不会有那种事。我觉得你和玉秀都是被人冤枉的。"

柱子让宝生爹这样说得头低着更抬不起来了,脸一直在发烧。他忽然站起身,对着宝生爹说:"那要是我跟玉秀当真有啥事呢? "

宝生爹挺坦白,想得很开,就如实说:"你跟玉秀发生有啥事,老叔也不打门缝看你,把你当成人品不好的那种坏男人。"

柱子直戳地问:"那这又是为什么? "

宝生爹又朝柱子温和地笑了一下:"你听我说么,人不错能成神,马不错能成龙。人活在世间,没有不生病的,也没有不出错的。特别是在血气方刚的年龄,脑子一冲动,说不定发生啥事情。"

柱子想不到向来敦厚、老实的宝生爹,竟有这样的胸襟、心境。他这话说得简直是哲理了,让柱子对他充满感激,并肃然起敬。他真是世上一位难得的老叔!

宝生爹霍地站了起来,在屋里转了一圈,停在了柱子面前。接着又对柱子说,实不瞒你说:"在我爷爷身上就发生过这样的事。他年轻时在地主家当长工,他人高大,饭量也大,一顿能吃一篮子馍,活不用说,也很能干。地主在他很好,我他走出走进,就像待自己家一样。地主有个闺女,长得就像一朵金花,她喜欢上了我爷爷,我爷爷也看上了她。爷爷在老地主的牲口屋里睡,地主那闺女就到牲口屋里找他。那金花朵一样的闺女,背着她家父母跟爷爷躲在喂牛草的麦秸窝里偷情,直到把那闺女睡大了肚子,老地主才发现这档子事。地主闺女要死要活,又哭又闹地要嫁给爷爷,跟爷爷过一辈子。可那时爷爷已成家,膝下已经有了两个子女。没用地主赶他,爷爷已有自知之明,甘愿一年的工钱不要,主动净身离开了地主家!结果,还不是跟我奶奶白头到老过了一辈子。奶奶从来不提爷爷这件错事,爷爷也只得认了命,和和气气地过着他们的日子。"

柱子听了宝生爹跟他讲发生在他爷爷身上的这件事,他不知道是这个故事深深打动了他,还是对宝生爹能够这样对他宽谅而感动,他的眼睛竟湿润了。啊!从古至今,生活就像一台戏,你方唱罢我登场,日新月异,生生不息。每一茬人都有每一茬人的活法,但有一点是相同的,那就是少不了一个"情"字。得到的,得不到的,得到又失去的,活人永远难有个满足。只要付出了、品尝了,就足够了,只有把这份情永存心底了。他想到这里,感情异常激动地说了一句:"老叔,你是我在世上遇到的一位难得的长辈人,你讲得这个故事,震撼了我,使我明白了我今后应该怎么活着,应该怎么处理自己的感情生活,我在这里谢谢您!"

宝生爹便点点头,这才把话收回来:"我跟你讲,我爷爷这个例子,并不代表你跟我儿媳妇之间也发生了什么事。我和宝生娘一直都认为你的品性是很好的,不是歪瓜瘪枣那样的人。我儿媳妇人品也是端正的,你们之间不会有啥事。不管外人咋议论,我们啥时都是这样想的,一直都是相信你的。我们不想跟你起纷争,我们两家要闹翻脸,失了和气,那多不好啊!"

柱子一把抓住了宝生爹的手,说:"我懂你们二老的意思了,我要把根深扎泥土,踏踏实实。要是离开了地面,失去了养分,我的生命就会枯萎,就会失去生命的活力。"

宝生爹对柱子这个回答很满意,又跟柱子说:"现在外边还在下雨,我还要下地给我儿媳妇抢拾红芋片。现在不是说话的时候,日后我们得了空,再敞开了聊。"

柱子赶忙站起身,直截了当她对宝生爹说:"我这也是赶去西北地帮玉秀抢拾红芋片的,她在生活中遇到了难处,我不能看着不管。"

宝生爹点了点头,跟着又说:"那咱爷俩一块赶去吧。咱爷俩走在一起让村人瞧瞧,我们两家关系相处一直都是水帮鱼、鱼帮水,任谁也拆不破,一直都是很好的呀!你是淮土发家致富的带头人,我在养猪种田上都依靠你,一直都是你的追随者呀!"

三十六

玉秀一直都在雨地里冒雨抢拾着红芋片,她的衣裳已经淋湿透了。由于近些日子受到感情折磨和生活上的沉重打击,她本就单薄的身子,让湿衣裳朝身上一贴裹,把她人儿显得像根细芦苇,更加消瘦了。她的头发也给雨水淋得湿漉漉的,紧紧地贴在脸上。她的面孔有些苍白,嘴角也有些烂,下巴也更显尖削。她整个人儿都是憔悴的,让人看着难免动侧隐之心。

当她抬头看见柱子跟她公公一道冒雨朝这里奔赶时,真有些让她始料不及。仔细想想,她也释然了,在她心目中,她从来不认为柱子是那种人品不好的坏人,也不承认他们两人发生了男女之间那种关系,她和柱子就成了污浊的人。她已经好几日没有见柱子了,她打心里是想他的,是想跟他在一起的。只要跟柱子在一起,她就心情愉快,她就过得充实,浑身充满向上的力量。尤其是她抬头看见柱子能冒雨前来帮她拾拾红芋片,他又是顶着多大的心理压力来的呀。从此可以看出来,柱子还是惦记着她的,心里仍然装着她的啊!玉秀看着冒雨向她走来的柱子,她真是百感交集,又五味杂陈,有一种莫大的委屈涌上心头,同时又有一种强大的暖流,温暖了她的全身。

可玉秀内心所想,跟她实际所做,又是非常矛盾的。她想到兰子妈把她拦截、指戳、搂头暴打;她想到自己遭到村里人的冷眼围观和纷纷议论。她看到柱子不由就生出怒火。柱子刚刚走到地里,她就向柱子冲过来,竭尽全力将柱子朝回推,拒绝柱子帮她捡拾。冰冷着说:"你又不跟我一家,跟你一点关系也没有,我红芋片子淋不淋又挨不着你,我不需要你给我来捡拾,你走你的人!"

柱子就强力坚持着不愿走,他架着两只胳膊对玉秀说:"你看你这是干什么,没看见红芋片都快让雨水淋透了吗?再不抓紧抢拾,还能要吗?"

玉秀仍然那样阻拦着,她咬着嘴唇说:"我红芋片淋湿淋透,霉烂完,我甘心,我就不让你拾,你的好心我不稀罕!"

柱子仍然坚持着,充满感情地说:"我看见你东西淋我不忍心,你红芋片淋在雨中,我看见咋能袖手旁观。"

玉秀不但不为所动,反而恼了,跺着脚说:"让你走,你走不走?你要是不走,爹、娘,咱们走。红芋片子我不要了,让他一个人搁这拾。"

柱子才弯腰捡拾一个,让玉秀一把夺扔到地上。他见玉秀这样坚决拒绝的态度,只好退到路上。可他仍然不想走,又站在那儿说:"你看你这是咋回事嘛!"

玉秀听到,终于爆发了:"你说咋回事?明知故问!你们一家都是端端正正,干干净净的人,我是个邪恶又脏污的妖女人。你要是仍然跟我这样掺和在一块,我怕把你们的好人形象给玷污了,陪着我落下坏名声!"

宝生爹和宝生娘看见儿媳妇把话越说越难听,让柱子没有台阶下,人家的好心好意竟这样不领情,两老人就从中解劝道:"你别拦着了,让柱子帮着拾吧。有啥解不开的疙瘩,等以后再慢慢解吧,看雨越下越大,还是抢拾红芋片要紧。"

柱子乘机躲过玉秀,又执意往地中间走,只见玉秀重新扑过来阻挡,两老人的解劝,一点作用也没起。他也是急了,这时也暴发了:"你这是到底想咋着吗? 就算不为了你,为了老叔老婶,我也不能看着雨淋红芋片,而不管不顾呀? 无论你对我有啥样想法,啥样不满,将来你再找我算账。我拾红芋片没有错吧? 就是今天你把我照脸打一顿,就是吐一口唾沫在我脸上,今天这个红芋片,我也必须拾,坚决拾!"

玉秀看见柱子恼怒的满脸通红,这样狮子般地吼叫,信誓旦旦地一说,知道自己做事有些绝情了,对不住他了,她的态度这才软了下来。柱子对她一片真心,她没办法赶走他,也就只好退让一步,作罢了。

柱子这才越过玉秀走到宝生爹这边来,他故意离玉秀远一点,他跟宝生爹一个筐,玉秀和宝生娘一个筐。

一时间,四个人全力以赴拣拾红芋片,谁都不说一句话。宝生爹觉得这样沉闷着不大好,便打破了沉寂,说:"要是再隔两天不下雨,红芋片就晒干了。"

柱子这才接着说:"这破天,天气预报说是没有雨的,怎么就落了雨呢? 看这一地红芋片给雨淋得! 唉,都怪我,都是我主张切晒的,要是我不主张切晒,红芋片就不遭淋,也就不会造成损失了。"

宝生爹接话说:"瞧你咋说话哩,红芋片遭淋咋能怪罪你? 天气预报说没雨,可偏偏下了,谁也当不了老天爷的家,这也是谁也没想到的事。天气预报说没雨,我想也不一定能下大,到了明天天放晴了,我再帮玉秀弄出来晒。只要不连续阴天,损失也不会有多大,只是不少费事。"

玉秀生来的巧手,拣拾红芋片是她的强项,在这样的雨天,这样的境地里,她拣拾得更快更麻利。只见她两手并用,就像两只蝴蝶在田野翻飞,让人看着眼花缭乱,很是赏心悦目。只是在这样的雨天,谁也没有心情去欣赏。

柱子没有玉秀捡得快,但他也是两手双管齐下,一个劲地拣拾,比玉秀慢不了多少。

一辆空架车,很快就捡拾装满了。因为玉秀和柱子捡拾得快,两个年轻人就留在了地里,宝生爹老两口捡拾得慢,就开始朝家里拉运。

地里就剩下玉秀和柱子两个人了,这时,柱子抬头大胆地看了玉秀一眼,玉秀感觉到柱子看她了,这才抬头也看了柱子一眼,泪水顷刻间顺着玉秀消瘦的面颊流了下来。当柱子抬头看玉秀时,心中什么感情都有,当然更多的还是对玉秀的疼爱,他纵身就向玉秀猛扑过来,不顾一切地抱住了她。

玉秀见状,就拼命地挣脱,把柱子朝外推,拒绝柱子抱她。如今玉秀对柱子的感情,已经发生了很大变化,她是既渴望又害怕。可玉秀哪里有柱子劲头大,柱子的两只有力的胳膊,就像两只铁箍,紧紧地搂抱着她,玉秀无论如何也挣不脱。她让柱子搂在怀里,用他男人宽厚的怀抱,温暖着她冰凉的身子,并且越搂越紧,玉秀渐渐就对他的怀抱无法克制地产生了一种依恋,渐渐就不抗拒了,把整个身子依顺地贴在柱子胸脯上,不动了。

就在这样的雨天里,他们互相依靠一起的两颗心,都狂跳得厉害,他们的感情都涌动得厉害。一种巨大的爱的纽带,将他们二人紧紧地联结在一起。这一刻,他们多么渴望能这样地老天荒,相依相靠,相扶相持,永远地老去。玉秀抬头含情脉脉地看着柱子,泪水再次夺眶涌出,柱子就伸出一只手,轻轻地擦拭去她脸上的雨水,拭着流淌的泪水。玉秀情不自禁地叫了一声,"柱子!"……柱子就在玉秀额头亲了一下,动情地说:"玉秀,为了我,让你受连累了;为了我,让你受委屈了。"

玉秀多么渴望就这样安静地倚靠在柱子宽厚坚实的胸脯上,把自己的脸依顺地贴在柱子的胸口上,让这个强壮的男人给她遮风挡雨,好好地保护她, 她就可以无忧无虑地睡一个甜美的好觉。可如今她所渴望的这种宁静而甜美的生活,已经遭到了残忍的破坏。她没有像她心中所期盼的那样跟柱子在一起多久,她就极力打柱子胸前挣脱开来。她知道这里离村庄不是多远,尽管天还不停地下着雨,但她还是担心让村人看见,她实在不敢再招惹是非。她跟柱子把距离拉开,蹲下身去,接着捡拾她的红芋片。

柱子也完全理解玉秀这种矛盾的心情,他自己也有这方面的顾虑。他并没有更多地强求,就跟着将胳膊放开了,让玉秀打他怀里离开了。他现在赶来的主要目的,就是帮着玉秀捡拾红芋片的,他跟玉秀这事已经闹得够大,都已经闹到要跟兰子妈离婚的地步了,闹得整个淮土沸沸扬扬,如果再不克制,任感情泛滥,走极端的话,还不知会怎么样。

又捡拾一会儿,玉秀就让柱子离开这里,她说:"我家红芋片遭淋,你也赶过来抢拾了,你的好心好意我领了。你看,现在地里红芋片已拾得差不多了,你可以走了。"

柱子在捡拾红芋片这件事上,却跟玉秀想法不同:"你说不让抱在一起,这可以;你说拉开距离也可以,可我这是帮你抢拾红芋片呀,抢拾红芋片是人之常理的事情,难道这还有人说七说八吗? 如果连我帮个忙都要拿来当成话题,进行议论,那就议论好了,我不在乎。"

玉秀见柱子不肯走,就执意逼着让柱子走,她认为柱子跟她在一起不好。

柱子急了,很难受的样子:"你怎么变得这样胆小啦,这么经不起风吹草动。你就这么退缩吗? 你不能这样软弱下去,你这样畏首畏尾真不好,一点儿也不好!"

玉秀好像对柱子的埋怨没有听见,她只是一个劲儿催着柱子:"我让你马上走,赶快离开这里,你听见没有!难道你想让村里人看见,说我闲话,给我招惹是非,让我没有好日子过吗?你就是这样对我好的吗?"

柱子让玉秀连推多远,他有些不情愿,口中说:"我不,我……"

玉秀继续向前推柱子,她嘴唇紧咬,苍白的面孔有些泛青。她低着声音一字一句对柱子说:"不管你心中怎么想,打今天开始,无论我有啥活,我遇到多大的困难,你都装作没看见,我不要你再上前,也不要你再帮我。我要下狠心,从你的生活中消失,你过你的,我过我的,井水河水道两条,从此成为陌路人。"

柱子感到骇然:"玉秀,你怎么跟我这么说,难道你人真的变了吗?你可不是一个绝情的人呀,你这样说,我不能接受!"

玉秀见这情形,她急了,也恼了,她用眼睛直视着柱子说:"好,你不能接受。实话跟你说吧,这是我连着好几天睡不着觉,反复考虑之后做出的一个明确决定。难道你真想把我逼上绝境吗?难道你真想让我死吗?"

柱子听玉秀口气这样决绝,知道自己不依从不行了,不听玉秀的话,违背玉秀意愿就成反效果,那他就真不是对玉秀好了,是在害玉秀了。他就答应了玉秀,打玉秀身边离开了。临离开时,他又转过身嘱告玉秀说:"不管别人怎么说怎么看,你都不要朝心里去。不要胡思乱想,一定要坚强,一定要挺住,只要挺住!就能从困境中慢慢走出来的。我啥都不怕,你也要啥都不怕啊!"

这样把话说完,才转过身,依依不舍地离开玉秀,走了回去!

玉秀心里一阵发空,身上发冷,她不禁打了个寒噤。她闭上了眼,又把双手捂了上去。紧接着,她的双肩剧烈抽搐着,她的泪水打手指缝里又流淌了出来,顺着下巴滚落在地,跟雨水一道,浸入土里。

三十七

　　田野里只剩下玉秀独自一人了。雨还在不紧不慢地下着,玉秀站在雨地里,一点也不想回村去。她情绪低落,她不愿看见任何人,她就想这样站在雨地里,让雨水淋浇她。她全身上下都流淌着水,玉秀觉得她让这绵绵的秋雨一直淋浇着,心情才好受一点,她觉得这雨就是为她而下的。

　　她开始迈步朝田野外边走,因为鞋子也湿透了,鞋上沾了泥,一走脚窝就发出咯叽咯叽的响声。鞋子有些变大,不跟脚了,她只好把鞋子趿拉着,走得很缓慢。走到西湖沟边,停了一下,她走下河沟,伫立在水边。她站在那里久久发呆,低头看见了水中自己的倒影。她清晰地看到了自己的面容,她的心情很败坏,可水中的模样依然是那样的俊俏动人。她盯着水中的自己,越看越伤感,越看对自己越产生一种厌恶感,都是俏美惹的祸。她弯腰抓起一把泥土,朝水中扔去,平静的水面,立刻让她给破坏掉了。她水中的倒影跟着波浪模糊成一片,她看着就解气地开怀大笑了起来。

　　等到水面平静了,她的倒影又清晰地出现了,她便又抓起一把湿泥,朝水中的自己砸去:"砸死你,砸死你! 我不想看见你,我就让你一直模糊!"

　　她就这样抓了扔,扔了又抓,直至气喘吁吁才停手。

　　她看着水中顽固地又重新恢复了常态的自己的倒影,她感到烦恼极了。她用巴掌打自己的脸,撕自己的嘴,她咬着牙说:"谁让你长这么好看的? 不长这么好看,怎么会勾引男人? 不勾引男人,就没人把你当成小妖精,不当成小妖精,就不会变成一个脏女人、坏女人,就不会让人耻笑,看不起!"

她揪住自己的嘴,使劲往一边撕,把自己水中的面容,变成一副丑模样:"行,就这个样子好。"她一边撕一边瞅着水中的自己,模样一变丑,男人就不用正眼看,不吸引男人注意了。自己跟男人没有什么勾搭事了,在村里也就引不起轩然大波了。退出议论的中心,自己才可以过平淡的日子。

玉秀站在沟塘边,看着水中的自己,她觉得自己真的傻,傻极了。按说她已嫁了人,只是还没有生育孩子而已,可她还单纯得像个姑娘。柱子长得像自己高中时初恋的男同学,可那男同学考上大学变了心,他们也就错过了,到了时过境迁这时候,自己还圆什么年轻时的梦。自己是结过婚的女人,柱子也是有老婆孩子的男人,自己已不但喜欢上了柱子,还爱得像少女一样那么热烈、痴迷,一天不见就想,总想着跟他在一起,总巴盼着二人寸步不离。

若是自己爱得这样袒露,不知遮掩,不考虑后果,张狂过了头,事情也不至于这样显眼,也不会这么快败露,惹了一身祸端。兰子妈拦头怒打她,让她肉体遭受伤害只是一面。最主要的是,她当众遭受羞辱,那种怒打,跟当众被扒光衣服赤身裸体暴露在众人眼皮底下没有两样。那样迎头一怒打,让自己 脸面无处放,身子无处藏。立刻,村里人都知道她跟柱子有男女关系这件事。众目睽睽之下,她被视为跟别的男人有苟且之事的破鞋女人,遭到村民的嘲笑和奚落,让人们看见她,就指指点点、怪眉怪眼,再不使正眼瞧。真活得不是人,像个妖魔!

自打兰子妈怒打她之后,人们倘若看见她,都远远地躲着她,好像她身上有传染病似的,倘若一靠近就会被传染。她走到哪,都没有一个人上前跟她说句话,打声招呼。有一次,她实在忍受不住,硬朝一个朝她探头探脑张望的老男人冲过去,那个老男人连连后退,差点没把魂儿吓丢,因躲闪不及,差点儿跌栽到路沟里。

想想自己在此之前的人缘,村里谁家女人做鞋子,织线衣,还有其他针线活,不求助她这个出了名的巧手? 还有取借来往,她可以到人家去,人家可以到她家来。有的人家不是给她送油炸食品,就是哪天包了饺子,送一碗过来给她尝。谁对她都热情、都看重,她真是活得如鱼入水,无拘无束,欢畅开心。

　　自打她跟柱子这档子事让兰子妈当众戳穿之后,她家院门前便冷清下来,再没有人肯主动上她家来,也没有人愿意跟她在一起。好像跟她一接近,就把人家玷污了,陪着她一块丢人。就是有村人途经她门前,忽然看见她打屋里走出来,正朝前走着走着,转身赶忙又退了回去,就好像她家也遭了瘟疫,离很远就能传染到,慢一点,就躲闪不及了。

　　躲避就躲避吧,村里有不少人,总是把她当话题,议论来议论去,尤其村里那个雀斑脸。正因为这女人长得不咋样,所以对有姿色的女人更充满嫉妒心。倚仗着丈夫是包工头,村里有不少女人围着她团团转,像众星捧月一样捧着她。她嘴镶大金牙,手戴金戒指,显得很金贵的她,更高高在上了。

　　那天,她正打雀斑脸家院墙东头往前转过去,走到了雀斑脸院门口。可她刚走到院墙东南角,正好听见雀斑脸高腔大嗓地正在议论她。雀斑脸说:"我也是守家的女人,我为人就本分。男人一不在家,就像发情的母狗,见了男人就往上贴,那样下贱的事情,我可做不出来。看见那样的女人,就像看见眼前飞过的苍蝇,赶紧捂上鼻,要不能把人恶心死。也不是吹,别说自家男人出门三年五载,就是十年八年,哪怕二十年,我在家照样守活寡,也决不会沾人家男人一点边。哪个男人想对我动手动脚,我敢拿刀剁了他的爪子,想打我的主意,那他是看错人了,我一脚就把他踹沟里去,想污没我的清白,瞎了他的狗眼,休想! 才不像玉秀那样的烂女人,离了男人下身就痒,贴男人像贴西瓜皮一样,那样不要脸,一身的浪劲儿。"

她听见便羞愧得低下了头，不由得止住了脚步，再没勇气往前走，悄悄退了回来。离开雀斑脸家已经很远了，她还感觉耳热心跳，头一直低垂着不敢抬起来。

　　玉秀在村里已经变得形单影只，到处受到冷落、排斥，尤其兰子妈一直在不停地跟柱子吵闹，不肯放过他。两人已经闹到去法院离婚的地步，他们越是无休止地吵闹，村人就越发指责玉秀，异口同声说她不守妇道，不应该乘虚而入破坏别人的家庭。

　　这样，玉秀一直都是村人跟踪的对象，议论的焦点。玉秀躲到哪里都成为村人注意的目标，她从灵魂到肉体都受到了很大的折磨，就像掉进了冰窖。她的处境十分艰难，她活得面目全非，她已经对生活充满了厌倦。她很熬煎，觉得自己生不如死。

　　白天还好受些，特别是到了夜晚，村里那些厚脸皮的男人，别看白天装得正经得不得了，到了夜晚，就赶往她家去拍打她的院门，真把她当成了一个人尽可夫的坏女人。她把院门紧紧关闭，屋门插紧，用被子蒙住头，把身子缩成团，一动也不敢动。直到他们弄不开门，也不见屋里有一丝动静，才悻悻然地离去。她这才敢把被子挑开一条缝，透透被子里的憋闷。

　　让人意想不到的是，就连村里狗子那个懒汉二流子，也上赶着打她的主意，他不是在夜晚，而是在大白天。他手里拿着一个煮鸡蛋，迎面跑到她跟前，把鸡蛋举到她面前，笑嘻嘻地说："玉秀，听人说你特别喜欢让男人摸，喜欢让男人陪你睡觉。我不吃鸡蛋，留着给你吃，我跟你用鸡蛋交换，当然不只是鸡蛋，你让我睡了，我还给你钱。"

　　她吓得扭身就走，狗子快步跑到她前边，拦截了她的去路，不由分说，扑过来就伸手去拽她的裤带，她恼羞至极，劈脸给了他一巴掌，他才松开了手。摸着自己火辣辣的面皮，垂涎三尺地说："你能让柱子亲，就不能让我亲？你不知道你长得有多俏，我早就看上你了,成夜的睡不着觉。"然后,又很委屈地说,"热脸子贴不上你的冷屁股,不让亲就不亲,你动手打个啥,怪疼的。"

村里还有一个上了年纪的闲人,人称二贤士。因为他写得一手很耐看的毛笔字。每当过年,村人就找他写对联。真是人面兽心的老不正经。赶在天当晌,她到田野里去薅青菜,他瞅四处无人,就跑到她面前来,打腰里掏出一把钞票,对她说:"你偷男人,还不是为了钱? 哪个女人不为钱,也不会浪。你的俏模样,实在招人喜、讨人爱,看见你的人,我心里就像六月天吃冰棒那样清爽。你到沟下来,脱了下身,咱俩干一盘,我不会亏待你的!"

他话刚一落音,就让她吐了一脸唾沫,她骂道:"你真是个老不正经,你闺女才见钱亲! 你想睡女人,去睡你自家闺女好了,让她脱了裤子,跟你睡一盘,解解你的馋!"

那个二贤士让她骂得满脸羞愧,无地自容,愣怔了半天,才满脸迷惑:"村里人传说你很淫荡,不要脸,原来你挺要脸面,很检点的啊!"这样说罢,摇了摇头,才败兴地走去!

玉秀站在水边,看着水中自己的倒影,仔细想来,她觉得她跟柱子的交往,绝不是那种男女之间的胡乱勾搭。他们起初只是很正常的互帮互助,从来也没有过什么不可告人的目的。柱子不用说对她非礼,就连她的手都没有摸过,更没说过一句引诱她的话。她是怀着一颗纯净的心和一份美好的感情跟柱子交往的。他们二人后来到了不可离分的地步,那是他们感情一步一步地发展,一步一步地升华,才自然而然走到那一步的。

她打心眼里觉得柱子可爱。她喜欢柱子的强健体魄,她特别欣赏柱子在种田上、养猪上,好多方面都不同于一般村人的观点和做法。她被柱子不随大流,立志扎根农村,献身农业,甘愿做农民致富路上的铺路石、带头人的精神给打动;她对柱子搞规模经营想建工厂,让本村人将来不出门,就可以在家门口打工这一设想而钦佩和欣赏。她觉得柱子是那种有自己鲜明个性,有自己独立思考和追求,跟一般人活法不一样的高贵男人。她在生活生产上,听从了柱子的好多建议和指点,她感到深受启发。她按照他说的,从传统向科学转变,她已经获得了实实在在的好处,无论种养,都有了不小的改进和提高。她深信柱子脚踏实地,扎根农村,肯定有很大发展,肯定会有所作为。只要按照他的思路和雄心干下去,别看他不外出打工,将来照样比那些外出打工的村民干得好、干得棒,肯定能取得很大业绩,干出个大名堂。她打心眼里喜欢这个有气魄的男人,他对她产生了吸引力,她觉得跟他在一起,人活得很充实、有乐趣,生活变得很有意义而又多姿多彩。她跟这样有朝气的男人在一起,受到他的激励和感染,她的生活也充满了活力和张力,她从精神上获得了向上的、振奋的力量。这样的男人怎能不让她打心底里去爱、去沉醉?

她始终认为,她和柱子的相处,已经超越了那种低级、庸俗的为了肉体、为了金钱的一般男女关系,而是感情真挚,丝毫不掺杂质和水分的爱情。那是一种纯净、高尚的爱!

玉秀开始顺着河边朝前走动,她顺手掐了一株水草的茎,放在嘴里吮咬着。她觉得她尽管跟柱子有了身体上的亲和,她认为这是情感上的需要,也是情感所促使,是精神上的一种满足。她献身给他,正是对他爱的一种具体体现和表达,是她甘心情愿的付出,并没有为此索要任何回报。柱子也一样,他对她的好,也是发自肺腑的好。正因为这样,她才不承认,她跟柱子这种亲密的、不同寻常的男女交往,是那种勾勾搭搭、平平庸庸的男欢女爱。无论如何她都不肯承认自己是什么脏女人、烂女人、坏女人!

在她的心目中,应该说柱子是好人,她也是好人,他俩都算是好人。只能说他俩的好,不被世俗的乡间所理解、接受罢了。

另外,还要表明的是,她非常喜欢柱子,也很爱柱子,她也听柱子亲口跟她说过,他跟兰子妈的感情不太好,可她从来也没有怂恿过柱子去跟兰子妈离婚。反过来,柱子也听她说过,她对她的丈夫不满意,没啥感情,有些不喜欢她的丈夫,柱子也没有鼓励她去跟她的丈夫分手。他们二人的爱,只局限于二人之间,只埋藏在二人的心里,根本不存在破坏各自家庭,让各自的家庭分崩离析。

但如果让玉秀准确地说出来她跟柱子相处的这种男女亲密关系,到底算是一种什么关系,她实在也说不好,也无从定位。她也曾经问过柱子,柱子也说不清楚。柱子只是说,别考虑那么细,别想那么多,只要你看着我好,我看着你好,怎么活着快乐就怎么活,跟着感觉走呗。

玉秀认为他们之间的这种交往,只能算是伴随着乡下人进城打工的兴起,乡村留守男女之间出现的一种新现象,一种感情上的新进展吧。

三十八

柱子一身湿漉漉,打田野回到家里。刚进门,就看见兰子妈正襟端坐在门口,在那里立等着他哩。

兰子妈看见他,立刻把脸阴沉下来,那模样,比天空阴沉得都厉害。只听她说:"你不是冒雨去找你的野女人幽会去了吗? 还回来干啥? 你就住在宝生媳妇家吧,要不然你跟她亲不够,过不了瘾。"

柱子立刻恼上心头:"你张口闭口就是野女人,什么野女人,我不许你侮辱玉秀。"

兰子妈丝毫不理会,反而更加发狠:"我不辱没玉秀,我不辱没你的心尖子,你就不觉得疼。我辱没你的心尖子,你心里就会像刀割一样。反正这回我跟你摽上劲儿了,你不让我过好,我也不让你过舒心。"

柱子气恼得在院子里兜圈子："你说的都是嘴上的功夫，要真想跟我摽劲儿，我要跟你离婚，你走到半路又打退堂鼓干啥？咱俩这日子，你要是真不想过，就离了拉倒，别搁这里活折磨人。"

兰子妈毫不退让地说："兰子爸，你别倒打一耙，把黑说成白，今天你出去就出去吧，谁让你打着上村卫所包扎伤口的幌子，跑出去就不见了人？这下雨天的，你不说，我也能猜到你人上哪里。因为你的心不在家里，而在那个野女人玉秀身上。"

柱子争辩说："我走一步，你盯一步。我在家里憋得慌，过得心烦，我还不能在外边转悠一会儿吗？"

兰子妈用手指着柱子道："你在外边转悠？你骗不到我。还不是因为这些天我把你看得紧，你没机会跟那野女人见面说话，你想她想得受不了，找个空就跑野女人那里，说好听话温暖她去啦。"

柱子满脸怒气道："我再郑重地提醒你一遍，你一提到玉秀，就用粗言秽语侮辱她，我不允许你这样。她比你强，哪方面都超过你！"

兰子妈打鼻子里哼了一声，仍然不依不饶："兰她爸，你越是不让我侮辱她，我就越要侮辱一个给你瞧瞧！你不是说玉秀比我好、比我强吗？在我心中，玉秀就是臭女人、烂女人、坏女人，脱掉裤子卖肉也卖不掉的脏女人。我看你能耐大，你能咋着我，还能吃了我？"

柱子猛扑上去，一把揪住兰子妈的衣裳领子，用另外一只手，打在兰子妈的脸上："你说我咋着你，我扇死你。"

兰子妈重重地跌坐在地上，捂着被打肿的脸，打地上挣扎着爬起来，大哭大叫着说："好啊，柱子，你勾引人家野女人，还占着理了！我骂两句你都这样护着，不让我骂，你真不得了，你是狂上天了。为了你那小女人，跟我翻脸结成仇了，你是欺我弱，打惯了手。我走，我回娘家去,我找娘家人给我撑腰,让我娘家几个哥哥来收拾你。"

兰子妈说着,就从地上爬起来,气呼呼地冲出了家院。柱子原地站着,一动不动,丝毫也不做阻拦,并满不在乎地说:"该去你去,我看你娘家人能有多凶恶,还能剁我手、挖我眼?我在家里等着!"

兰子妈听了心里更是气上添气,踢踢打打,踩踏得地上水珠四溅,冒着雨向外喊叫着冲去。

柱子余怒未消地一头扎进屋里,仰面朝上躺在了床上!

兰子妈一口气跑回了娘家,见到自己的娘家父母,就满腹委屈地哭着告了柱子的状。她打工没在家,柱子趁机跟村里女人干偷鸡摸狗见不得人的事,她劝他他都不听,还护着他的野女人毒打她,逼着跟她离婚,欺她是个女人。只要一提他的野女人,他就下狠手打她,让她日子没法过,实在忍无可忍,只得返回娘家来。

尤其她父亲听了兰子妈如此这般哭诉,不明就里的老人,仅凭一面之词就气炸了肺!一拍桌子:"他怎么这样狂妄!才两年粘碗稀饭喝,就趾高气扬的不是他了,这不等于太放肆、太不把我闺女当人了,让我闺女没有日子过了吗?放心吧,孩子,我会替你找兰子爸算账的,看我不敢打断他的狗腿!"

父亲立刻把在县城干建筑活的两个儿子召唤回来,又给考上中专,毕业后分配在县农机局当技术员的三儿子打了电话。

在建筑队干活的老大、老二闻讯先后赶了回来,只是老三工作正忙,一时之间还没抽开身。

父亲说:"那就等老三回来,咱召开一个家庭会议。"

又等了一天,老三才匆匆忙忙打单位请了假。

家庭会议就在父亲家堂屋里召开。老大是个粗鲁汉子,听罢大妹子一番哭诉,他就顶了一头火,一拳头砸在桌子上,将桌子上的茶碗都震翻了,一碗茶流到桌上,又从桌上吧嗒、吧嗒朝下流淌。"大妹子这么能干一个人,他都敢不当人看,放着好好的日子不过,搁家里瞎鬼混,乱勾搭女人,还跟大妹过不去。我赶过去,把他家锅碗瓢盆砸了,把大妹和两个孩子领回来,跟他离婚!"

老二也是个闷横,他脖子上青筋暴老高,咬牙切齿地说:"我跟大哥想法一样,这样的浑小子,竟这样目中无人。我对这种乱搞男女关系、道德败坏的男人,最为痛恨。扒他皮、抽他筋,我活剥了他,给大妹子出这口恶气!"

父亲、老大、老二都表了态,只有老三沉默不语。父亲就把目光转向老三:"三子,你是啥主张?咱家数你知识高、懂得多,你是咱家的小诸葛,你啥想法?给大家摆摆。"

老三听了大姐哭鼻流涕的哭诉,虽说对大姐遭受到的委屈,深表同情,可他的想法,却恰恰与两个哥哥相反。他人显得很沉静,他说:"遇事不能靠感情冲动,你们那样热处理,尤其这事牵连到大姐,又是大姐的家务事,还是在大姐夫有外遇的情况下,出现了感情危机,我们更应该慎重,更应该稳妥,更应该理性。我的想法是冷处理。"

父亲和两个哥哥同时看着老三问,怎么个冷处理?

老三就向父亲提出来,让他和两个哥哥先在屋里坐一会儿,议一议。他把大姐领了出去,他要跟大姐单独走走、谈谈。

父亲知道三儿子向来办事全面、细心、稳妥。他很看重三儿子,只好接受了他的建议。

老三就领着大姐打村路一直往村外田野上走。老三先不单刀直入说大姐的事,而是用眼看着遍地葱绿的麦苗说:"大姐啊,你看这满眼绿色的景象,咱农民就是最勤劳的画匠,把这土地装点得多好、多壮观。"

大姐也只好抬头朝田野里看,只是她没有老三的好心情,都是天天见的景色,她也不会欣赏,也没有啥新鲜感。

老三就跟大姐说:"你别认为没有啥看头,像在北京高楼里住着,出门就是人流车流,你绝看不到这么壮观的麦苗,还有这么高远的蓝天。只有在家乡的田野上,你才能远离喧嚣,才能有这么安安静静的好环境。"

大姐这才对老三说:"三啊,你这说的都是啥啊!乡下这样好,那乡下人为啥都涌到城里去打工,咋不想窝憋在乡下?"

老三把脸转向大姐,话锋一转:"谁说的,我大姐夫不就把根扎在乡下,从不出门打工吗?"

大姐脸往下一沉:"别提他,提他我就来气。"

老三却笑着说:"那是因为你还不理解他。别看你们是夫妻,你跟大姐夫各方面想法都不一样,你们之间的差异大着咧。大姐夫,我跟他交往不少,他是一个有独立想法的人,是农村那种不可多得的、有抱负的男人。我上中学的时候,最崇拜的人就是大姐夫,我相当佩服他的所思所想。"

大姐站下不往前走了,她对老三说的这话不满意了。"老三你这话是啥意思啊?我来本是找你给出气的,你瞧瞧,你竟把你大姐夫夸成一朵花,这不是给我心里添堵吗?"三弟到这时,才把话切入正题:"你跟大姐夫的主要矛盾,关键不就是大姐夫与本村一位年轻媳妇有染这档子事吗?"

大姐扭脸看了老三一眼,这才开始迈步向前走:"就这档子事还小啊,都快把大姐这个家闹散了。"

三弟扭回头,叫了一声大姐,顺手打路旁揪了片树叶子,放在嘴上吹。"大姐啊,你遇事别钻牛角尖,你能不能跳出来想?你们村能有那么一位年轻媳妇喜欢大姐夫,那就充分证明大姐夫有魅力,光芒四射。你千万不要把大姐夫这块宝当成一根草啊!"

大姐的眉头仍然难展开:"你就不知道大姐现在啥心情,还跟大姐这样说话。"她向前看着说,"你这话说的都是哪跟哪呀!你大姐夫乱搞男女关系,我还要容忍,给他唱赞美歌?"

老三这才郑重其事说:"唱赞美歌谈不上,我的意思是说,关于大姐夫在男女问题上的事,你一定要改变想法,正确对待。过去你没外出打工之前,大姐夫不是没有发生过这类事情吗?"

大姐说:"我在家,他没有这样的机会。"

老三看着不远处麦地里的一对斑鸠说:"我过去都把斑鸠当成鸽子,后来才发现斑鸠没有鸽子大,没有鸽子毛色鲜亮。最大的不同是,斑鸠跟鸽子发出的叫声不一样,斑鸠属野鸟,鸽子属家养。"这么说过,他才又说,"也不能说大姐夫没有这样的机会,只能说大姐夫本质上是好的,大姐夫现如今出现男女问题,主要是出在感情上,有错也只能算好人犯的错误。"

大姐听老三解劝她是这个解劝法,感到不舒服,她的理解也有些吃力:"你的话意,还是让我原谅他啦?"

老三就道:"对呀,对待这样的事情,你自己一定要想开,不要总认为你跟大姐夫是明媒正娶的,就占住了理。你们结婚那个时候,生活还很落后,人的思想还很保守,加上受经济制约,家庭都很贫穷。"

大姐就插言说:"咱家还好,穿的衣裳打补丁的少,当然和现在是不能比。"

这时候,老三看见两只白蝴蝶,一会儿在一朵野花上翩翩起舞,一会儿又一高一低,各自落在两朵野花上。老三说:"乡下虽说穷,可乡下的景色很美,看哪里都能找到令人着迷的景色。"然后才把话找回来,"那时候,乡下婚姻走的都是经人介绍的传统模式。"

姐弟二人继续沿着乡间土路向前走着,大姐说:"可不是,我跟你大姐夫初次见面,也就才十几分钟时间,我相看后就对你大姐夫说了没意见。说过没意见,我心里边本想跟你大姐夫多说一会话,父母都不允许,延长了就说是没家教,不守规矩,不本分。"

老三接过大姐的话头说:"我知道,那时候的婚姻主动权都掌握在女方手里。你看上了大姐夫,大姐夫看没看上你,你肯定不知道。他之所以吐了口,是因为受家庭贫困条件的制约。要是大姐夫家庭条件好一些,给他选择机会更多一些的话,他就不一定跟你只见一面就答应下这门婚事。"

大姐有些不高兴了:"你是说你大姐长相差,配不上你大姐夫呀!"

老三连连摆手:"大姐、大姐,你千万不要这样说。我的意思是,你们两个也不一定算最般配的一对,婚姻最大的特征,是以感情为基础。现在在城市里,自由恋爱谈个几年,两人因感情上合不来,分手的多了去了,难道说你们十几分钟相见,就达到了情投意合?"

大姐越来越惆怅:"你这么说,我和你大姐夫的婚姻一上场就不牢固。可我们可是结了婚、成了家、生养了一双儿女的呀!我们在一块是没少拌嘴,可你大姐夫过去从来也没跟我提过要离婚呀!"

老三就说:"那也不代表你们两个感情上就有稳固的基础,只能说大姐夫能委屈自己。婚姻就像一台机器,需要互相磨合,甚至说经常磨合,互相适应再适应。"

大姐却听不中:"小兰都六七岁了,长我半身高了,你咋还说这话?你让我跟他咋磨合?难道他偷人家女人,我也看着不管?那我在这个家里还算个啥人?我这样的家,还算个啥家?你大姐夫做这样见不得人的事情,你让我咋容忍!"

老三却不让步:"就拿大姐夫跟女人有染这件事情说吧,你不能只认为都是大姐夫的错,他这样做是不应该,可难道都是他不对?"

大姐越听越听不入耳,有了情绪:"老三,你说他去偷人,我去管他,我还有错?"老三想了一下道:"至少你处理的方式方法不太得当。大姐你冷静点,你听我给你分析啊。在你没打工之前,你们夫妻,长年累月在一起,相依相靠地过习惯了,忽然你半路打工去了,大姐夫心里猛地一空,家里地里一大摊子都扔给他,辛苦劳累地回到家,锅冷灶凉,想说话连个伴儿也没有,他感情上是不是出现了缺失?这时候有一个女人乘机闯进了他的生活,或多或少扮演了你在家里的角色,给了他安慰,给了他关怀,你说大姐夫感情上会不会出问题?如果这个年轻媳妇,又跟他各方面合拍合辙,让大姐夫又很喜欢的话,他自然就控制不住自己了!"

大姐这回才认可了老三的话:"我恼恨就恼恨在这地方。"

这时候,只见田野里出现了一只黄狗,正在麦地边嗅闻着寻找什么。脚步声让它抬起头,虎视眈眈地看着迎面走过来的两个人,正想掉头逃跑,却发现老三在亲热地唤它。它定神打量一下,还是感到陌生,就警觉地看着老三往回退,退了几步,便一转身逃跑了!

老三看着逃走的黄狗说:"我打小最喜欢喂狗了,我与狗形影不离,它是我生活中的伴儿。可也不是每条狗都喜欢你,去亲近你。只有自己喂养了,它把你当成了主人,互相产生了信赖感情,它才会亲近你!"接着他把话锋一转,"有句古话,'叫冰冻三尺,非一日之寒。'大姐夫跟那女的感情能发展到今天这一步,也不是一日两日的事情。一开始,大姐夫可能也有顾虑,怕伤害你的感情,还有其他方面。可你常年又不待家,从客观上又给大姐夫提供了这个条件,大姐夫感情一上来,也就顾不了许多了。"

大姐越来越听不下去了:"你这样说半天,我还是不明白,你这老是站在你大姐夫一边,为他辩理,那我该咋办?"

老三这才明确回答大姐说:"我这样说的意思,不是为大姐夫辩理,而是要大姐你正视现实,对待大姐夫这种事要理性处理,想办法把冰破解开。常言说家丑不可外扬,你已经知道了大姐夫有了这档子事,你还硬要当着外人揭穿他,不给大姐夫留有余地。你们两个撕破了脸皮,谁也不顾多年夫妻情分,你绝情他就绝义,你们两个越闹越凶,互不相让,不就一直闹到了今天这种地步!"

大姐就把目光紧紧盯视着老三:"你分析的,和现实情况一样,我问你我该咋办？"

老三思忖了片刻，又道："首先，把大姐夫逼到绝路上，你们两个的感情真的会破裂。"

大姐哇的一声哭了起来，泪流满面道："我真发昏掉脑袋，去当这个保姆！我要是不打工，守在家里，不就啥事也没有了嘛！现在偏就出了这样一档子烦人又恼根人的事。老三，你快帮我想个办法。"老三掏出一块纸巾，递到大姐手里："大姐，你先不要这般难过，你先听我给你说。当然，我也知道你内心是不想散了这个家，你还是很看重大姐夫的，舍不掉跟大姐夫这份感情。第二呢，你要揣摸男人的心理，跳出你的圈子，从男人的角度去想。要懂得男人都是很要面子的，该给男人留面子的时候，还是要手下留情啊！你想让大姐夫回心转意，迷途知返，就要给他创造条件，给他留机会、留退路，不能只凭自己性子来，硬把他朝绝路上逼。"

大姐终于明白了老三的话意，明白了老三话中的道理。老三不愧是有学问的人，娓娓道来，循循善诱，真是煞费一番苦心。老三才真正是理解她、为她好的人。

只听老三又说："大姐，如今改革开放，城门大开，乡下人纷纷涌向城市，传统的生活观念已经被完全打破。乡下像大姐这类事情，已经很不少见，城里更是不胜枚举。一男一女成过家的，原本生活过得挺好的，可从中来个第三者插足，就将一个好好的家庭破坏掉了。所以，大姐你可要警醒慎重啊。有时，人的感情不是理性能够控制的。你应该认识到，你和大姐夫这件事情的严重性，千万不要再逼大姐夫了，一定要好好珍惜你跟大姐夫之间的这份感情。当下最好的办法，就是你要将大姐夫拼命往回拉，让大姐夫悬崖勒马，浪子回头金不换啊！大姐，你听明白我说的话了吗？"

原来自己走了一个大弯路，这才彻底扭转！她对老三充满感激地说："我明白了！"

老三这才欣慰地笑了,又说:"婚姻就像手机,也要一款一款时时更新,不能只是老套子,要时时朝里边填充新东西。婚姻需要日积月累,也需要点点滴滴。生活又磕磕绊绊,要想过好,实在不容易啊!只要大姐记住了我的话,下面就知道自己应该怎么做了。"又说,"大姐毕竟出过门,已经属于见过世面的人了。"

老三跟大姐顺着田野土路走了一大圈,返回家来,只见父亲和两个哥哥早就等得急坏了,都问老三跟大姐说些啥,怎么出去这么久。老三笑而不答,两个哥哥早就摩拳擦掌,就等老三拿主见了。

老三把屁股朝板凳上一坐,仍然面带微笑,朝两个哥哥摆摆手。他一开口就让父亲和两个哥哥感到吃惊,一时难以接受。

老三振振有词地说:"你们那种主张,根本不可取,那种做法只能火上浇油,根本不是解决问题的方式。事情不像头脑一热那么简单。现在是法制社会,你砸了人家东西,要照价赔偿;你动手伤了人,对人家造成了人身伤害,你要承担人家医疗费、误工费。弄不好还要吃官司,严重的话坐牢都不一定,弄到最后,吃不了还要兜着走。"

老三这么一说,两个鼓鼻瞪眼,要给大妹出口恶气的老大老二,立刻像泄了气的皮球,把脑袋低垂下去,再不吱声了。

老三方才扫视了全家人一眼,说:"你们真是糊涂呢,大姐又没有说要跟大姐夫一刀两断,你们砸大姐夫的东西,还不等于砸大姐的东西?你们去打大姐夫,还不等于自家人打自家人?"

父亲问道:"三子,那照你这么说,这件事情应该咋办?"

老三说:"刚才我跟大姐出去,我已经好好劝过了大姐。这件事只能忍让一步,息事宁人,让大姐尽快赶回去。要想大姐夫能回心转意,让事情能峰回路转的话……"他说到这里,抬头看了大姐一眼道,"解铃还须系铃人。"

三十九

柱子等兰子妈的脚步声消失好久了,才打床上无精打采地爬起来。自己吃不吃都行,但还得要喂猪喂牛,还有长毛兔。把一切该拾掇的家务,全都拾掇好,他走进灶屋,下了一大碗面条。把肚子填饱之后,刷了锅和碗筷,重新回到堂屋来。

兰子妈走了,他落了个清静。外边仍在下雨,不大不小,淅淅沥沥。田里又没法干活,他就伏在案头,写他的家畜饲料观察日记,看新到的农业科技一类的书刊报纸。他在《安徽科技报》上,看到这样两条信息,让他眼里放光。一条是黑它薯;一条是红芋嫁接麦。黑红薯是最新培育的群紫二号,黑红薯含有大量黑色素,是跟黑芝麻、黑花生一样属黑色食品,在市场非常受人们推崇,开发前景非常广阔。红芋与小麦本是不同科的,这是远缘嫁接。能够远缘嫁接成功的作物,毋庸置疑,产量超高,品质也要比普通小麦好。对于这两样最新品种,他打算明年引种。

正在这当口,院外有人敲门,柱子走出去开门一看,是他们淮土的村支书陈皮,也是他打小学到初中的同班同学。还没容柱子开口,陈皮就急不可待地对柱子说:"乡里让我赶来通知你,到乡政府去一趟,你创村办加加工厂的可行性分析报告批下来了。县里把你列为重点,乡里准备大力扶植你,这次镇长主要跟你谈谈贷款的事。"

柱子听了又激动又兴奋不已,他赶忙找把铁锹,递给陈皮刮脚上的泥。似乎还有些不相信,就问陈皮道:"老同学,你不是忽悠我吧,以往办事一向效率低下,这次怎么那么快?"

陈皮刮着脚上的泥,对柱子说:"老同学,你看看下了大公路朝你们淮土这段大路有多难走。这事若不是真的,请我来我也懒得来。你不知道，村办企业现在搁咱落后的乡简直就是空白，你这个申请，就是再好不过的填补。搞好了，可以给乡长脸上增光添彩，也算他的政绩，他当然很重视了。"

柱子因为陈皮催得紧，就打屋里拿了一把雨伞，打着雨伞跟陈皮一道出来了。陈皮是到乡政府开一个计划生育方面的会议的。

两人一块儿刚走出院门口，陈皮就兴冲冲地对柱子说："你在咱行政村甚至在乡里，都是出了名的能人，这次你可要努力大干一番，保住我这个乡里的先进头衔。"

柱子就："我是干实的，你是务虚的，我从来不过问政事。今天不是你亲口跟我说，我真想不到，你还是乡里的先进呢！"

柱子对陈皮可以说太了解了，过去上学，他在学校是有名的混混，三天旷课，两天逃学，成绩从来都是倒数，是让老师最头疼的。可是有一样，他拿着鱼钩钓鱼，是谁也比不了的。他会观水，能掌握各种鱼的习性和生活规律，他朝河塘边一站，鱼钩才朝水里一丢，不大会儿就有鱼咬钩，一甩一条、一甩一条。别人钓鱼往往都是空手而回，他却能钓得大大小小串一串。

陈皮初中毕业之后，就参了军，在部队入的党。退伍回来，因父亲是邻乡的乡党委书记，就靠他父亲关系，弄了个淮土村支部书记。

陈皮见柱子话里有嘲讽，就正色道："老同学，我跟你说的千真万确，不但是乡里工作上的先进，还是咱乡出席县党代会的党代表哩。一个镇十八个村支部，就选三个党代表，我就是其中之一。"

柱子扭头看了陈皮一下，大惑不解道："那你都有哪些先进事迹？怎么评上先进的呢？"

陈皮就不无炫耀地一一对柱子说："尽管你不过问政事，可咱也毕竟在一个行政村。你又不是不知道，过去咱行政村是不是支书、村主任搞窝里斗、闹不团结？自从我当了支书之后，两边都让我摆平，不再狗咬狗，可以说是空前团结！哪个敢不听我发号施令，我让他靠边站,这是其一。计划生育过去是老大难,年年倒数,自从换了我走马上任,该结扎的结扎,该上环的上环,我让全行政村十一个自然村设有一超生超育的漏网户,这是其二。乡里殡葬改革,移风易俗这项工作在乡下人的头脑中就是想不通,一年一年都是土葬,哪个也不愿进火葬场去火化。不敢明着埋,就偷着埋,遇到这种情况我坚决给他起尸火化,这是其三。像我这样紧紧围绕镇党委、政府中心的工作转,凡镇里布置的各项工作,我都能圆满出色地完成。我这样的村支书,评上村里先进,还不名副其实?"

柱子和陈皮说着走着,出了村就走上了村外的大路。柱子就对陈皮说:"你政绩突出,评上先进,我觉得你刚才罗列的那些政绩,都是芝麻点儿大的。像我们淮土到乡里的这条主干路,你也知道坏成了什么样子,是不是当务之急?怎么到现在还没有摆上你的议事日程?

"我认为这才郑重其事地算个西瓜,你修了路,才真正造福乡民,才算给淮土办了一件大好事、有功德的事。"

说起这条淮土大路,最早是用砂浆铺的,铺得早也坏得早,后来又改为沥青路,两年前又给轧坏了。因为没能及时整修,那是越来越坏,简直高低不平、坑坑洼洼。又由于货车、四轮车过个不停,整条路面都被碾轧得一个大坑接一个大坑,深的可以到膝盖,浅的也有小腿肚那么深,这条大路简直就不叫个路。

陈皮就对柱子说:"你淮土这条大路,也不是我没放在心上。可你知道,修路不比其他工作,都是钱的事。上边让减轻农民负担,没钱,工作就开展不起来,说也是白说,还不是一句空话。"

柱子和陈皮看到路中间没法行走,只能勉强从路边的树行间穿行。因下雨路湿打滑,还泥泞,泥浆都快没上鞋口了。他俩走得小心翼翼,缓慢而又艰难。

柱子看着这条路,心中就起了无名火:"老同学,为修这条路,我上你家跑了多少趟,能把腿跑细,把你们家门槛能踩平。你嘴上答应得好,可就是不见实际行动,不是推,就是拖,找不完的借口,只玩虚的,不来实的。怨不得人一当官,都一个个滑得像泥鳅!所以,我跟村干部不掺和,也不跟你们打交道。"

陈皮并不因柱子的指责而脸红,他经常与乡下人打交道,听他们发牢骚、说难听话,耳朵早生茧了,司空见惯了。他仍是满脸带笑地对柱子说:"我本来打算拉你当村主任,见你还是上学时候那样爱较真、直脾气,动不动就来气,遇事总是心里发急,不是当村干部的料,我也就打消了念头,当然让你干你肯定也不干。"

柱子不以为然:"干什么干,我跟你们根本就不是一路人。像你这样的村干,又不为民办实事,我跟你也说不一块儿去,看也看不惯。"

陈皮仍然笑着道:"为官之道你不懂,你也不钻研这个,不能及时理解领导意图,不会揣摸领导心理。做不到八面玲珑,那是不行的。像你这样直来直去,张口就得罪人,当不了三天,就得下台。"

柱子仍然毫不客气地道:"好了,你别说你那些为官之道了,我不是你这种人,咱认理不一样。我就问你一句,像现在脚下正走着的这条路,还叫不叫路?"

陈皮却满脸和气:"看看,又来了,又来了,遇事不用性子急,慢慢来嘛!我也没说路不重要,路不整修嘛!"

柱子真生气了:"你看看,眼下像我村这样的路哪地方还有?我看这是一大景观了,也是我们村有特色的路,走一趟就不想再走第二趟!仅凭这条路,你就不应评上先进,纯属挂羊头,卖狗肉。"

陈皮就道:"话也不能这样说。咱镇通州区那条公路,不也是坏成这个样?一个大坑连一个大坑,让钱挡了道,一直拖到去年才修好吗?咱淮土这条大路,又不是乡里的主干道。"

柱子就说:"可他是淮土的主干道。"

陈皮道:"这是淮土主干道确实不假,可也不是唯一的主干道。进出不还另有一条主干道跟外边相连接? 又不是走不出去,只不过绕的路程远一点罢了!"

　　柱子就道:"绕得远一点,要浪费多少时间! 工作效率多么低,谁走路不是抄近道,谁愿意绕远一点! 这也不是出门在外,远近只走一趟,下次不去。这是家门口的路,要天天走,能天天绕着走吗?别找借口,净说客观原因,你说到底是修,还是不修?"

　　陈皮挠挠头皮:"老同学呀,你看你还是这么爱较真,坦率得让人无法接受。你这不是为难我吗? 修路不是用气吹,修一条路很需要钱的……"

　　柱子打断了陈皮的话:"我看不是钱的问题,是你观念有问题,思想有问题,态度有问题,认识也有问题! 让我说,你当村支书,当成老油条了。"

　　陈皮说:"你说话别这么尖酸、刻薄,还这么不留情面好不好!你看这路泥泞得简直没法走,我还亲自赶往你家去通知你,连一口水都没喝,一句好话没听着,净听你愤愤不平指责我啦!"

　　柱子道:"今天我上镇里,如果他支持我办厂,我就跟镇里摊牌:不把家门口这条必经之路修起来,我这个厂宁可不办!"

　　陈皮吓了一跳:"上边定下来的事,你要真不办,会连累我的!不能因为修路,就跟镇里置气。你把镇里得罪了,今后办厂、办任何事,还靠谁支持你?"

　　柱子就道:"修路也不是给我一人修,牵涉到整个淮土村民的利益,这是为民修路,为民造福。任何事没有出路,一切归零。"

　　陈皮道:"我当村支书的,这样的道理我能不懂? 可你也知道的,现在时兴打工,那些家庭能当家做主的都进了城,剩下的都是老弱病残。你也知道,修路的话,村民也要投一部分资金。让他们出资这件事,就是一个大难题。"

柱子就说:"没有困难,还要你们这些村干部干什么?要你们这些村干部就是给村民排忧解难的。可你们哪有为民的心,都像什么样子,净占着茅坑不拉屎,让村民对你们冷淡,对你们失望。"

陈皮说:"看你这么积极,对修这条路比你办厂还上心。看这劲道,你是真想修这条路啦。"

柱子说:"不是愿望迫切,我能天天忙得脚板不落地?"

陈皮说:"真要修这条路,你就要站出来,淮土没有你带头参与,这路可难修成。"

柱子道:"净废话!只要你拍板,淮土村民出钱的事包在我身上。你不要总片面理解农民,认为老弱病残不能当家做主,出钱的问题难解决。其实村民的觉悟高得很,对修这条路热情高涨得很。就算他们这些守家的不能当家,我不还可以给他们在外打工的当家的打电话吗?现在通电话又不是不方便。不去做,就会找理由、找借口,想做,迎着困难也上,再大的困难也能迎刃而解。"

陈皮听了柱子这么一番话:"既然你挺身站出来,今天上镇里我就跟镇里汇报,把给你们修路当成一项重要的工作去说,尽快把修淮土这条路摆上议事日程。"

柱子心里很高兴,他激动地说:"只要能把我们淮土这条路摆上议事日程,我个人甘愿出资三万元。上午我上卫生所包扎伤口,还跟村医生说起修路这个事,他跟我表态说,只要修淮土这条土路,他愿意协助我做让村民掏钱的思想工作。并且,他也愿意个人出资五千元。"

陈皮闻听,心里也高兴了:"你这么跟我说,我心里就有底了。有你和你们村医生这样大力支持,我现在跟你说一句真心话,修路这件事情,近日一定给你跑成,不但是乡里跑,还要到县交通局去跑。我要尽最大努力,再不让你说我占着茅坑不拉屎。"

柱子这才道:"这还算个老同学样,这还有个差不多。"

陈皮道:"不过,路可以跑腿帮你修,我帮你这个忙,你的厂也要尽快着手办,可不能不办,打退堂鼓呀!"

柱子说:"这还用说吗? 只要路通了,我就没有后顾之忧了。对我办厂路也是一大促进,办厂让我更上一层楼,对我是一件大好事!乡里县里,又这样大力支持,这样的大好机会,我能错过吗?"

陈皮就重重拍了一下柱子的肩膀:"君子一言,我跟你这是君子协定呀。"

柱子道:"我一向说到做到,君子协定。"

两个人拧了一身汗,二里路花了近一个小时,终于走完了淮土难走的大路,两人都松了一口气,这才加快脚步,一直向乡里走去。

四十

玉秀自从那次遭到兰子妈当众恶打和羞辱之后,就处在泥淖之中挣扎了,她内心很委屈,很悲伤,可她又无处诉说。

她娘家柳土坡是有亲生父母,还有她的大姐。可像男女这类事,在乡下都被视为伤风败俗,都被当成见不得人的事,她有啥脸皮去跟她的亲人启齿? 像这一类事,亲人也不会理解她,只能吵嚷她,指责她,说或不说出口,都是没用的。可她不说,就这样憋在心里,又很难受,让她压抑得受不了。

尽管玉秀遭受了兰子妈一顿恶打,可当时并没有把她的心打死。她的情感当时仍然全部寄托在柱子身上,尤其是当她受到兰子妈伤害之后,她打内心里想见的人,还是柱子。因为柱子就长在她心里,让她驱不走、除不去。

可她清醒地知道,面对现实,她已经不能直接去见柱子,两个人只能是两分离。她独自躺在床上,眼前出现的都是柱子,睡梦中想的也是柱子。她多想走到柱子身边,一头扑到他的怀里,让他紧紧抱住她,给她安慰,给她信心和力量! 让她伏在他的肩头上,好好地、痛痛快快地哭诉她的满腹委屈! 可这一切只能是她的一种心愿! 凄苦的她,只能眼泪悄悄地流淌,她只能轻轻呼唤她亲爱的男人的名字:"柱子,柱子!"

不管兰子妈如何对她,如何仇恨她,可她还是觉得柱子是她最亲近的男人。

玉秀强烈渴望见到柱子,一连好几天,她见不到柱子,被思念折磨的她精神恍惚,让她整个人痛苦不堪。她强撑着爬下床,开门走了出去。

玉秀重新走到外边来,看到村里那么多人都在指指戳戳,把她议论,她犹如芒刺背,不寒而栗,不由得连连后退两步。她的思想在做激烈斗争。她知道她要见到柱子,要费一番周折,必须躲过村人的视线,必须绕个圈子,必须有个隐秘的地方,或者换个不引人注目的地方。

玉秀想了一个办法,她走到了熙熙攘攘的大街上,她只能守株待兔。她一天不见柱子,就守两天,两天看不见柱子,就守三天、四天。她坚信柱子一定会上街,她一直躲在一个僻静的地方。那是一面墙头,她站在墙头里边,似隐似现,只露出一双眼睛。纵有熟人,也很难识出她来。

这样的机会,连等了几天,就让她等到了,她看见了,远远地看见了在大街上穿行的柱子。她不能近前,因为说不定就遇到熟人了,所以,她必须离他远远的。她的愿望也很小,她不能跟柱子说话,能偷偷看一眼心底深处喜欢的男人,她就满足了,纷乱烦躁的心就安宁了。迅速看过柱子一眼之后,她就打街面上消失了。

当然她要想见到柱子,还有别的办法。比如有哪一天,自己静悄悄打家里走出来,事先把自己隐藏在田野里一个不知是谁家搭的看瓜的庵棚里,只要柱子下地打这路上经过,就能走到她的视线中来。柱子走过来,她可以看到他的面容;柱子走过去,她还可以看见柱子的背影,并能一直目送她喜爱的那个男人远去、远去。

人是会思想的,随着时间的推移,人的感情也是会有变化的。当玉秀看见村里人把她当成坏女人,当她听到风言风语,说柱子为了她,天天跟兰子妈吵架、生气,甚至闹到要去离婚的地步时,她的心里有了负担、有了愧疚了。她的头脑也开始理性了,开始认为自己是个坏女人,不应该再去接近柱子,应该躲离柱子了,并且越远越好。

柱子在她生活中的出现,是她少女时代一个梦的重现和延伸。既然少女时代的那个男孩早已经离她而去,远走高飞,错过了就是结束了。自己也不是一个纯情的姑娘了,根本也不可能再圆少女时代那个梦了。不是这样吗?柱子有老婆,她也有丈夫,各自都有了生活中的另一半儿,又都各自组建了自己的家庭。假使为了这份爱,把各自的家庭毁了,一个抛弃妻子,一个抛弃丈夫,两人走到一起,重新建立一个新的家庭,可这样做,不就等于把自己的幸福建立在别人的痛苦之上吗?两人这样不顾后果伤害别人换来的爱,不是太自私了、太不道德了吗?这样自私自利的爱,能过得幸福吗?不属于自己的东西,就不要去强求,就不要去占有。

应该说,柱子是善良的,她也是善良的,从本质上她跟柱子都是好人。柱子从来没有想过拆散她的家庭,她也从来没有想过要破坏柱子的家庭。既然谁都不想破坏谁的家庭,如果自己真有一份单纯而美好的爱,自己还打心底里喜爱柱子,那就应该赶紧放手,赶紧退出来,不要再连累柱子,不要让柱子因为自己再遭到村人的指责和非议。柱子在村里是个威信很高的人物,是个举足轻重的人物,同时也是一个坚守农村,引领农民发家致富的很有想法的带头人!她不能因为自己而让柱子活得再挺不起腰、抬不起头,她不能亲手去把柱子毁掉,她要推柱子一把,将柱子推到岸上去,让柱子活得挺起腰、抬起头,还是原来那个有所作为的柱子。不是有这么一句话吗?"真正的爱不是为了占有,而是为了牺牲,让自己更爱的人能够过得更幸福。"这就是更深的爱,也是一种境界更高的爱。

玉秀为了一种大爱,她所作出的取舍就是,从柱子生活中消失,让柱子跟他老婆言归于好,去过他们平静的夫妻生活,把他们的爱永远当成他们心中一种美好的记忆。

玉秀自己也没有想到她能做出这个抉择,她感到很惊喜。人家说跟品格高尚的人在一起,自己就不会品格低下。正是因为柱子生活当中各方面表现都是一个很好的人,才影响她总是向上走。她为自己做出的这个选择而高兴,多日密布在她心头的阴云消散了,背在她身上沉重的精神包袱也卸下了。她一下子变得轻松了、解脱了、舒畅了也快乐了!面容犹如烂漫的鲜花,一下笑逐颜开了。她的心情马上变得好了起来!

自打玉秀有了这样的选择,她的思想就彻底扭转了过来,她强迫自己不去想柱子,她竭力要求让柱子先从她的生活中离去。然后,她要尽快想一个妥当的办法,悄无声息地离开柱子。当然这个决断也不是轻而易举就能做到的。接下来,她又跟自己的情感进行了艰苦而又激烈的斗争,最终才把对柱子的那种依依难舍给一刀斩断了。她战胜了自己,她挣脱了。

玉秀选择的去处,就是离开淮土,投奔宝生。坦白地说,宝生这个丈夫,让她不如意,让她喜欢不起来,宝生从来也没有鲜活地在她心头出现过。在她心里边,宝生只是一个淡淡的影子。宝生选择卖苦力,靠蹬三轮为生的这种活法,她一直都不赞同、不支持。她认为他这种活法,就是一种没有上进、没有追求的活法,就是满足现状,碌碌无为。想起宝生伸着脑袋,弓着腰背蹬着三轮向前奔走的形象,她就感到心里有一种不快浮上心头。她一点也不想他!甚至,她独自一人在家里过,觉得宝生离她很远很远。宝生不生活在她的身边,她感觉宝生不是她的丈夫,而是另外一个人,一个太过平常的男人!她觉得离开宝生,这样独自生活,挺好!

现在玉秀要面对现实了,她要强逼着自己改变对宝生的看法。芸芸众生,每一个人都有每一个人的活法。宝生是个老实人,他认为蹬三轮适合他,他能从这种整天奔波劳累当中,看到他活着的价值和意义,他感觉这种生活是充实的。正因为他很满足,他才活得开心、快乐。因此,他很热爱蹬三轮这个行当,每天都蹬得乐此不疲。他的人生就是这么平凡!人活着只要活得开开心心、快快乐乐,就是最好的。像宝生这种活法的人,成千上万,别人怎么看、怎么想,他们不去管,可他们自己觉得这个职业就是重要的。他们就是一个螺丝钉,他们的岗位就是他们的职责,他们的职责就是社会的需要。他们的工作就是这么繁重而简单,而他们本身就是活得想法简单的那种人。

是的,玉秀所嫁的这个丈夫模样并不咋样,跟玉秀的美貌相比,他是配不上。正因为两人相差悬殊,他对玉秀也没啥更高的要求,对玉秀各方面也都很宽容。至于玉秀对他感情好不好,他也不要求那么多。不管咋说,他家中有一个漂亮的老婆,这就足够了。

不管玉秀跟宝生配不配,可上苍让她跟宝生配成了一对夫妻!如今走到了这一步,不管玉秀满意或者不满意,都要慢慢去适应、去面对。逃避是没用的,也是逃避不掉的。不喜欢怎么办?一个途径!就是勇敢向前跨一步,走进他的生活,多了解他,多接触他。没有感情,可以培养感情,什么事情都是在变化的。相处时间长了,走进了他的心灵,跟他的生活融入一块了,慢慢就会产生感情了。

玉秀渐渐想明白一个道理,每一个人在生活当中,都有失意的地方。如果一个人不知满足,生活到处都不尽人意,如果老是被这样的意识支配,人就越活越心灰意冷,甚至都活不下去。如果自己想通了,能够活得满足,才会越活精神越好。人要是想开了,什么忧愁烦恼,都会随风而去,人自然就能过得乐观、其乐融融。

把什么都想开了的玉秀,做好了思想准备工作的她,让自己端庄地坐在镜子前,她一边梳理着头发,一边打量着镜子中的自己。她发现自己容光焕发,仍是那样光彩照人,她的心情好了,也变得开朗了。她就俏皮地刮了一下自己的鼻子,朝镜子中的自己扮个鬼脸,然后才顺手拿起桌上的电话,拨通了宝生的手机号码。过不多一会儿,就传来了宝生瓮声瓮气,带着他憨厚性格的声音:"玉秀,你打电话,家里有啥紧要事吗?"

玉秀就把自己的想法和盘托出。宝生听见玉秀要进城,并不是有多激动和多高兴,他所关心的是:"你来了,家里不就没人看门了?猪不没人饲养了吗?"停了一下,又问,"你过去不是不想跟我一块进城吗?现在咋又想着进城啦,在家里守家、养猪不好吗?"

玉秀就嘟起嘴:"你别那么多废话,我进城就是我想进城,家里我自有安排,用不着你操心。至于说养猪的事,我不养猪了,我也可以进城打工呀!你还不相信我能找到一份合适我的工作吗?"

宝生就在电话中说:"家里安排好,我就没啥牵挂了。你想进城,你能干的工作太多了,肯定比在家养那几头猪强!想来你就来吧,啥时来,你定个时间,我好到车站接你。"最后才补充一句,"你进城到我身边来,我还能不高兴吗?"

玉秀真是喜出望外,高兴万分,那一刻她感觉她的丈夫宝生,是她最亲的亲人。她好像一个在外漂泊的人,终于找到了自己的去处。她流淌着眼泪说:"那行,我知道了,挂吧。"

可玉秀说完,电话仍然久久拿在手中,过了半晌,她方才醒过神,慢慢将电话放下。

四十一

　　兰子妈让她三弟劝开了窍,整个人都给劝醒了,她消了气。当天夜里睡了一夜,第二天一大早,她就打娘家自动返回来了。她回来之后变化很大,不再支开架势跟柱子吵闹了。她把家务活承担起来,先喂猪,后喂牛羊,再给长毛兔拌料。干完这些活,她才走进厨屋,着手做饭,等把馍饭做熟,将馍、饭、碗、筷都一一端进了堂屋,放好。

　　吃过早饭,兰子妈扛起钉耙,走在头前,风风火火就下了地。他们家共种了三大块地红芋,柱子已经出了两块,还剩下一块。

　　兰子妈就扒红芋干重活,让柱子择红芋干轻活,她说:"我常年外出打工,重活都是由你干,你没少吃苦受累。眼下我回来了,我接替你干重的,你干轻的,可以缓缓啦。"兰子妈把话说完,就不再言语,恢复了她往常的样子,那就是干起活来,只一鼓作气干,不太说话。

　　到了晌午收工的时候,夫妻二人走到村里人多的地方,兰子妈就故意把身子靠近柱子。她面带和颜悦色的笑容,不管柱子理她没理她,她只管跟柱子边走边说话,让外人看着二人有说有笑的。

　　村里人知道兰子妈是大前天因两口子生了气上娘家去的,临去之前曾扬言,让娘家人过来给她撑腰出气,收拾柱子。可如今不但没看见她娘家来人,她自己竟还主动回来了,让村人感到惊讶。眼下看两口子这种亲昵表现,更让村人不可思议。不知道兰子妈这一趟娘家回得,变化咋那么大!简直判若两人,太阳真打西边出来了。

　　到了这天晚上,临上床睡觉之前,兰子妈烧了一盆热气腾腾的水,亲自端到柱子面前,上手给柱子洗脚。她这种忽然来了个一百八十度大转弯的做法,让柱子心里边一时调转不过来,感到别扭,难适应,他仍然跟她拗犟着。兰子妈把他脚摁进去,他硬强持着抽回,连着三次,兰子妈结果还是没让他拗犟掉。她一边用心地给他轻轻地搓洗着,这才开口说:"你要不是孩子爸,换了别人,多高级的脚,想让我洗,我还不给你洗哩。"

兰子妈态度转变了,疼自己的男人了,对自己的男人好了。柱子又不是不知好歹的人,兰子妈对他的这份关心让他又体验到了。他紧绷着的面孔,开始松弛了,脸上也有了笑色了。坚冰开始融化,他们的紧张关系,这才逐渐获得了缓和。

这一天,两口子睡在床上,趁刚从她身上干完男人那事的柱子心里正高兴时,她就乘机对柱子说:"依我看你一个人在家里种地太累人,农活太重了,我看家里地你还是不耕种了,租给人家算了,你跟我一道外出打工去!"

柱子闻听,腾地打床上坐起:"你转变态度对我好,原来就是为了让我外出打工呀!我跟你说,你出门我不拦你,我在家种地你也不要掺和,也不要反对。"

兰子妈说:"我真想不通,村里那么多男人都纷纷外出打工了,你又不比哪个笨,咋就守着田头不放手,偏要窝在家里种地呢?"

柱子立刻皱眉头,说:"看,又来了,又来了。我过去不是跟你说过嘛?我的根在农村,我的生命在土地,我就是田野里一棵庄稼,离开土地的滋润,我就会枯死。"

兰子妈真想说,我看你是对那个宝生媳妇不死心,是她牵着你的魂。可她话到嘴边,想了想,没有说出来,她劝不了就不劝,翻过身睡她的觉去了。

柱子大半宿没合眼,沉在黑暗中,思绪翻滚,想了很多很多。

兰子妈与柱子第二次发生争执,是兰子妈要拿她打工挣下的六万元钱买建筑材料建盖楼房。柱子是家里的一家之主,钱再是她挣的,建盖楼房毕竟是一个家庭大事,她不得不跟他商量,征得他的同意。没想到,她刚跟柱子一开口,就遭到了柱子的坚决反对。柱子说:"早几天前就听说了,你这次回来就是为了建盖楼房,我觉得你建盖楼房,一点实际意义也没有。社会发展这么快,孩子还小,将来还不知道孩子前途有多大!有了本事远走高飞,你在乡下为他打算,他又不住,不就成了座空房?"

兰子妈说:"不管孩子住不住,我该建只管建,看不见村里人家外出打工挣了钱,不都跟着建盖了吗?挣了钱不建楼房,放在那里谁也看不见,心里空得慌。建盖了楼房,一村四邻都能看得见,我脸上也有光彩。"

柱子说:"你这是典型的跟人家争高低、攀比思想。眼下咱家住房宽敞,不需要你把几万元花费在楼房上。当今咱乡下还相当落后,交通不便利,经济跟不上,你建座楼房,派不上用场,就把活钱变成了一堆死钱。"

兰子妈仍然坚持己见,道:"派上派不上用场,我建座楼房,立在那里,心里看着是踏实的,证明我这些年打工没白打。要是不建盖,挣再多钱扔在那里,我眼睛里没景致,心里就发空,觉得这些年打工是白打的。"

柱子说:"你建盖楼房,依我看,那是好钢用在刀背上,你想过没有,好钢要用在刀刃上?"

兰子妈就不解地追问道:"咋样才算好钢用在刀刃上。"

柱子道:"问题是你想不想好钢用在刀刃上。"

兰子妈:"傻子才不想好钢用在刀刃上,只要你有好钢用在刀刃上的本事,咋个不想!"

柱子紧跟着又道:"我是想说给你听,就怕你听不进去,不想听。"

兰子妈说:"那你说吧,我看你说得可有道理,只要有道理,又是好钢用在刀刃上的正事,我不但听,还会依从你。"

柱子说:"昨天我上镇政府去了,镇长当着我的面说,我申请创办一个红芋食品加工厂的项目,县里正式批下来了。首期县农行贷款十万元的办厂资金,也正在办理,我将要在淮土大显身手,大展宏图了。"接着,越说越激动的柱子,就把他的雄心壮志,他的打算,原原本本地跟兰子述说了。柱子说:"红芋食品加工厂运营后,肯定会产生不少废料,我就废物利用,将这些废渣废料养猪。跟着我还要建盖一座养猪场,扩大养猪规模。要想干番大业,急需相当一笔资金投入呢。"

没想到兰子妈听柱子这般前景宏图的描述后,她竟对柱子的设想表示了赞成和支持!她说:"你这想法好啊,是件好事情呀,我巴不得呢!我有多少钱支持你多少钱,我是你老婆,我不帮你跟你还算是两口子吗?"

不过,她忽然想起一件事,就问柱子道:"你在淮土办厂,咱村西头,那段南北大路坏成那样,不修不行呀,你跟镇里汇报没?"

柱子说:"你能想到这一点,也算个不一般的乡下妇女。昨天我是跟村支书陈皮一块上镇里去的,为修路的事,走了一路说了一路。后来我见了镇长,又跟镇长说了,镇长也已经表了态,这段路给修,我答应出资两万元,村医生说他拿五千元。过两天镇里派来一个副镇长还有村支书陈皮,就要给咱淮土村民来开修路的动员筹资一事一议的大会了,我和村医生主动要求当村民修路代表。"

兰子妈说:"这段路实在坏得不像个样了,咱淮土出过门的人,返回来一看,没有人不说没见过还有坏成这样的路的。"

柱子深有感触地说:"是啊,这段路是我一块心病,就像了个疮,长在了我身上。主要是陈皮当一天和尚撞一天钟,当村干部当久了,当滑了,当成老油条了!他人消极,当官不为民做主,这回让我套住了。说句内心话,就是村办厂不办,这条路也得整修。"

兰子妈道:"陈皮又不出去打工,思想跟不上,工作拖拖拉拉,惯成的,不是仗着他爹、他大哥都有官职,认识人,他这样的干部,早就干不成啦。"

柱子说:"好了,别把话题扯远了,官场上的事说不清楚,咱也管不到那么多,只要能帮助带头把咱淮土这段坏路修好就行了。我还是跟你说我办村工厂的事吧!我初步算了一下,村办厂建起来,单职工就得三十多个人呢!"

兰子妈说:"这个我知道,办工厂,自然就少不了用人,我也不用出外跟人家当保姆了,就到你厂里给你打工,挣你的钱好了。"

柱子说:"不是挣我的钱,是给我操心。"

说到了这里,兰子妈忽然把话题一转:"不过,我把打工挣回的钱支持你,你也要答应我一个条件。"

柱子没做多想:"什么条件?只要我能办到的,一定给你办。"

兰子妈说:"其实,我的条件就是一句话,你今后再不能跟宝生媳妇掺和,一定要跟她一刀两断。我在不在家,你都不能再背着我跟她来往。你那样实在让我受不了,我要你一辈子只待我一个人好。"

柱子半晌没有言语,没有明确表态,而是说:"只要你从资金上支持我,我怎么不知道这是你出外打工这些天辛辛苦苦的积蓄?这是你的一片心啊!我村办厂、养猪场都办起来了,就成了个大忙人。这么大一个摊子整天有我操不完的心,办不完的事,哪还有那个闲时间去跟谁家女人谈情说爱呀!"又说,"我答应了又顶个啥用,你也不一定相信我呀,我柱子到底是哪样男人,还是用实际行动来回答一切吧。"

兰子妈就说:"答应不答应吧,我也不硬强求你,各凭各的良心吧。"

出乎兰子妈意料的是,就在她答应把她这些年打工积蓄全部支持柱子办厂的第二天,玉秀坐长途汽车,离开淮土,走了,到她丈夫宝生打工所在的那个城市去了。临走还放下话儿,这一走,或许十年八年不回来。不过,谁有事需要找她办的话,可以给她打电话联系,能办的,她一定尽心尽力给办好。

兰子妈没听出来玉秀的话意,柱子听出了玉秀这话的弦外音来了。那就是玉秀人走了,可她心里还是惦记着他柱子的,她实在不想走,只是被迫无奈。这句话是她过去许给柱子的,说到他柱子将来办厂,她有一个表妹就在县农行,柱子需要资金,玉秀说可以找她表妹帮他贷一笔款。

玉秀一直打内心里希望柱子在家乡的土地上能够有更大的发展,做一只打淮土展翅高飞的领头雁。

四十二

这一年,过完春节,淮土打外边四面八方返回的青壮男男女女,又开始像迁徙的大雁,陆陆续续、成群结队地往外走。倘若打柱子家院门口经过,看见过道里正忙活着给兔子弄饲料的柱子,便顺便跟他打声招呼。

往年,柱子看见淮土村民外出打工,他心里也有一种失落。当然,五味杂陈,不仅仅是失落,还有很多说不清的滋味。本来土地是农民赖以生存的根,农民与生俱来就是种地的。一代接一代,祖祖辈辈,生生不息,乡村是他们安身立命的家园。

可自从改革开放的潮流,不可阻挡地涌入乡村之后,便对乡下形成了一种强大的冲击。乡下人不但手脚给松了绑,连头脑也活跃起来。固守田园的观念在悄然改变,蠢蠢欲动了起来。他们当中也不知是哪个大胆的,先带头叛逆,开始外出谋生,从土地之外寻找出路。先尝试着到附近县城,进窑场给人家制坯烧砖,或者到建筑工地给人家建楼房,先当小工,慢慢成为大工。当他们把自己流出的汗水变成了钱,第一次从土地之外的地方挣到了钱,那种喜悦,那种兴奋,是无法言表的。初步尝到甜头的他们,在心里乐开了花的同时,人也变得更豪迈、更雄壮,胆子也变得越来越大,把脚步向外迈出更远,也更为坚定。就像过去土八路从乡村走出来包围城市一样,占领城市,他们就不肯停息的脚步,很快到了周边更大一些的城市,直至省城。从此,不管大小城市,到处出现了农民工活跃的身影。

当他们挣到更多的钱,当他们越来越感觉打工比在乡下种庄稼获得的收入更多时,打工便在乡下刮起一股旋风,把整个淮土给彻底搅和起来,可谓天翻地覆。乡下农民几乎全部出动,不可阻挡。打工渐渐就成了农民外出谋生的一种方式,一种活法,一种时代潮流。

柱子,这个跟淮土所有身强力壮的男人活法截然不同的年轻农民,因他打小就跟着父亲学种地,信奉人总得吃粮食,土地总得有人耕种,所以,他一直坚守家园,在土地上打拼。不管村民外出打工挣回多少钱,腰包有多鼓,柱子从不动外出的念头。他认为他有文化,种地种庄稼有实践经验,又懂科学种田。他爱种田,最适合的也是种田,只有田地才能发挥他的长处。因此,他深深热爱着家乡的土地,立志一辈子都扎根乡下,献身淮土。他是村里的种粮大户,可面对现实,他也无奈。土地他没少种,粮食也没少收,黄灿灿的粮食堆成山,但粮食增产不增收,价格一直偏低,粮食不值钱了。他这个种粮大户,并没有比人家外出打工的村民挣得多。在淮土,他远算不上最有钱的村民!

尽管如此,柱子仍自感欣慰,虽然他在家种地,没有人家外出打工挣钱多。俗话说,造导弹的赶不上卖茶叶蛋的!人给社会创造的财富,人的价值体现,不单单用挣钱的多少来衡量。他不是最挣钱的,却是最会种地的。他的小麦单产、玉米单产,在淮土是最高的。

　　每个人的活法不同,想法也不一样。每年开春,淮土村民三五成群地从他家门口经过往外走时,他一边忙活着,一边跟他们打招呼,一直目送着他们远去,他的心里是平和的,这对他的冲击并不大。他们活他们的,柱子活自己的。他坚守田园,在家里耕种田地,自得其乐。他在土地上挥汗如雨,乐此不疲;他一边种田,一边搞规模养殖,他活得很陶醉、很快活。

　　让柱子根本没想到的是,玉秀也会外出打工,在淮土这支打工队伍里也会有玉秀。他初次听闻玉秀外出打工这个消息,他感到吃惊又意外,他有些不大相信。但经过侧面打听,都说玉秀是外出打工了,他才确信是真的。他再也沉静不下来了,他从家院中出来,发疯了一般在村路上往前追,很快从淮土追到村外田野上来。他的双腿一直在奔跑,仿佛把自己变成来了一匹马,身子有力地耸动着、狂奔着,一路向前。他心中一个强烈的愿望,就是要追上玉秀。他的目的不是把玉秀追回来。他知道玉秀决意外出,他追不回来,他只是为了在玉秀正式离开村庄之前,能再看他心中无比美丽的玉秀一眼! 不追上玉秀,他不甘心,不追上玉秀,他不罢休!

　　柱子一直在田野上向前奔跑,他追了很远,路两边的小树和庄稼,都在迅速地后退。一直追到筋疲力尽,直到累得再也跑不动了,他这才停下了脚步。其实,宽阔的田野一望无际,却空无一人,哪里还有玉秀的人影。他没有如愿见到那单薄有些消瘦的身影,他将身子慢慢蹲了下去,把脑袋深深地垂耷了下来,双手紧紧抱住了自己的头,身子剧烈地颤抖着,便号啕大哭起来……

　　玉秀的离去,对他的打击是巨大的,几乎是致命的摧残,几乎把他击垮。毫不隐瞒、毫不夸张地说,他对玉秀的感情,对玉秀的爱,远远超出了爱兰子妈。在他心中,玉秀跟兰子妈是完全不一样的女人。玉秀年轻、貌美,又有文化,对新生事物有很高的向往和追求,对柱子坚持而又执着地在家种地,表示非常理解和支持。她亲口对柱子说:淮土正需要你这样懂农业科技的年轻农民。她对他很欣赏,柱子在种田上有啥想法,啥样的打算,遇到啥样的问题,都去跟玉秀说。玉秀每每都会站在他对面,用心倾听。她不但是他的追随者,还是他坚定的实践者,尤其在精神上,她给了他多么大的力量啊!

他们两家,可以说在平常生活劳动中,无论谁家有啥困难,都会主动上前,互相帮干。也就是在这样的劳动、生产中,两人逐渐建立了真挚而又情深意厚的感情。柱子越来越喜欢跟玉秀在一起,玉秀呢! 也在不知不觉间,走进了柱子的内心深处。可以说,柱子无时无刻不想着玉秀,满眼满目都是玉秀。他心情烦恼时,想到玉秀,他烦乱的心情很快就会平静下来;他干活累了,一想到玉秀,就得到了鼓舞,他的浑身又充满了力量。

静静的夜晚,他躺在床上,将双手枕在脑勺后,只要心里一出现玉秀那单薄、瘦削的样子,就让他感到无比地亲切而又心疼。同时,想到玉秀,他心里便产生一种美好的、暖融融的感觉,把他罩在一种温馨之中,他脸上出现了一种惬意,很快就进入了梦乡。他睡得很沉,很香,也很踏实!

自从生活中有了玉秀,他整个人面貌一新,焕发了活力和青春。他的人也过得越来越阳光、明媚,他对明天有了更无穷的向往,有了更美好的追求。他觉得打感情上已经与玉秀融为一体,他已经不能没有她,不能离开她。要是生活中失去了玉秀,他真不知道他应该怎么活!

柱子由玉秀想到了兰子妈,正是这个在北京打工的兰子妈,不知风言风语听到了什么,大老远地从北京匆匆忙忙返回来,逮住玉秀,不分青红皂白,当众就暴打了她。她的身体那么壮,力气又那么大，而玉秀身体那么单薄，又那么瘦弱，根本就不是她的对手。玉秀明显吃了大亏，致使身体受到了严重的伤害。更重要的是，她让玉秀当众遭受了羞辱，从精神上受到了不能承受的打击和摧残。她对她的羞辱几乎是毁灭性的……

柱子完全能够断定，玉秀忽然转变想法，不肯继续在家留守，决意外出打工，就是被兰子妈逼的。她让玉秀在人前抬不起头，在村里活不下去了，被迫无奈，玉秀才选择了离开。

想到这里，柱子恨透了兰子妈。在他和玉秀这件事上，兰子妈表现得像只凶恶的母老虎，让他看着十分痛恨，又非常厌恶。可玉秀毕竟不是他媳妇，而兰子妈才是老婆。他没办法公开跟玉秀站在一起，兰子妈再怎么样，他也不能把日子在打斗中过下去。他要是光凭性子，两口子无休止地闹下去，也实在是不现实！

柱子没有如愿地追到玉秀，只得垂头丧气地往回走。重新走在村路上，路两边有不少新起的两层楼房，一家一户都是用多年积攒下的打工钱，攀比着建盖的。有个别手头宽裕的，建起的还是三层的楼房，把楼房建得又高大又气派，门前还拉起了一圈院墙，形成一家一户相对独立的院落。这些楼房，里边根本没有住人！楼房的主人，已在城里打工连着几年都没有回来，楼房便闲置在那地方，成了一种摆设。柱子还看见，有些人家的楼房是抢早建盖的，水泥外墙下，都长了一层青苔。因建了楼房，多年不住人，院子里的青蒿蹿起老高，都高出墙头去了，只是冬天严寒受冻，青蒿已不青，早已枯死了。柱子还看见，院门口的大铁锁，也生了斑斑铁锈了。这么好的楼房，却透露出一种满目荒凉。

是啊，淮土偌大个村庄，村民一年又一年的外出打工，随着越来越多的村民往城市的转移，平日的淮土，已经失去了往昔的生机和热闹。空空荡荡，似乎被更多走出去的村民遗忘和抛弃。村路上偶有行人走过，也只是守家的年迈老人和幼童，以及身体患病没法走出去的中年人。整个淮土,不可掩盖地透露出一种破败和衰落!

柱子一直带着沉重和悲切的心情往回走着,他的身影竟显得那样落寞和孤单。是啊,打工已经形成一股强劲的旋风,这股旋风,裹挟着青壮男女的脚步往外奔走。淮土不算小,占地半里长,有上千口人。可放在整个淮土大平原上,也就是一个普通的村庄,根本不能与五光十色的城市相比。再说,现如今的乡下人,已不是以前的乡下人。温饱问题解决了的他们,欲望也越来越高了。光靠土里刨食已远远不能满足他们的要求,他们只好舍弃了故土和家园,把目标转移到城市,向城市进发。还有一部分更早一步在城市打工的村民,他们不但手中挣到了钱,而且已经积累了如何在城市生活的经验。他们想把乡下彻底抛开,把自己的脚步留在城市里,把自己也挤进城市,让城市把自己接纳,在城市拥有自己的一席之地。他们最大的一个心愿,就是把自己的根深深地扎入城市,摇身一变,把自己变成一个名副其实的城里人!

正因为淮土村民年复一年地外出打工,看到了外边更广阔的天地,更亮丽的风景,他们的观念也悄然发生了变化。他们在感情上已经不热爱乡村,不留恋乡村了。家乡在他们心中变得越来越淡漠,整个淮土,已经淡出了进城打工的村民们的视野!

淮土,已经充满了危机。

淮土在哭泣,柱子在哭泣。淮土因她养育的村民离开而伤心,柱子因他喜爱的玉秀离开而伤心! 他为淮土流泪,为玉秀流泪,同时,他也在为自己流泪。

四十三

柱子打村路上,又重新走回到家里。因为得知玉秀的离开,他的心情已变得很难平静。他开始像无头苍蝇一般,在院子里转悠了一圈又一圈。玉秀的离开,使他魂不守舍。忽然之间,他感觉到自己家院的狭小、单调、压抑。他在家里待得坐卧不宁,于是又从家里走了出来。当他来到村前一个东西方向的坡塘,他停下了脚步,用手一拍自己的脑门,不由地责怪起自己:"你这究竟是咋啦,没事在这村路上瞎转个啥!"说着,他迅速转回身去,打家里把抽水机拉来,他要按照年前的农活布置安排,步步实施。柱子从来都是一个实实在在的男人!

村前这片坡塘,是他几年前跟村里承包下的。他不但利用这个坡塘养鱼,而且他每年都挖这个沟塘里肥沃的塘泥,拉到家里与牛粪、猪粪进行混合,搞高温堆肥。

他把这个沟塘水抽干之后,把上身棉袄脱去,只留里边的衬衣套毛线衣;把脚上布鞋脱去,换上一双深腰胶鞋;手中拿把锋利的铁锹和水盆,迅速地走下沟塘去。他要用五天的时间,把沟塘下的塘泥,一锹一锹都挖净。不只是今年,他每年都这样干。因为沟下的塘泥,腐熟好,很肥沃,是庄稼生长所必需的。他把沟塘泥先挖到坡塘的两边的沟坡上,等挺硬成坨之后,再把塘泥挖装在四轮拖斗里,拉回家去,一车一车倒在家院旁边的一片空场地上。

近些年来,农民变得是满脑子都想进城打工挣钱,对土地的感情越来越淡薄。过去,农民是想挣钱没有出路,只能依靠土里刨食,各家各户对种地都很重视。每家庄稼在播种之前,都严格做到精耕细作,还把大量的土杂肥运到地里,撒上厚厚一层,甚至撒泡尿,也跑到自家田地里,不让肥水流到外人田里去。

现如今则不然,农民都打工进了城,把主要精力放在进城打工或作别的生意买卖上。家里不要说六畜兴旺,连猪毛、牛毛都找不到一根,连只鸡也懒得养。个别留在家里守家的女人,只是吃饱等饿,剩下的闲时间便凑在一起打麻将,管他地里庄稼长成啥样。现如今的乡下人,谁还指望从土地里生出金银!

如今乡下人,不靠土地,也能把人养活得很好,乡下人已经不像过去那样看重土地了。虽说还没有把田地荒芜,但也只是随便打街上买来化肥,朝田里大把一撒,找来人家的旋耕机,随便一旋。再找来人家的播种机,把种子朝地里一播万事大吉!然后转过身去,扭搭扭搭就走了人。种地全部机械化,简直太好种了,不用上粪,不用犁地,就这样简单、省事。到了庄稼成熟的时候,大联合下地转几圈,黄灿灿的小麦就收获了。打下的粮食连晒都不用晒,便卖给了别人,变成哗哗响的票子!

用柱子的话说:如今村民种地,完全搞应付,属掠夺式耕种!

柱子种田,还是坚持科学种田,仍然像过去一样讲究,仍以土杂肥为主。将上茬作物收获后,他就开始用四轮拖拉机,把他家大量的土杂肥,一车一车拉运到田地里,洒了厚厚一层,化肥只是辅助。耕地时,他清楚地知道旋耕机所旋深度不够,耕不到硬土层,打不破团粒结构,所以开着他的手扶犁地机子,一转一转进行来回深翻。难耙烂的硬土块,他都用个钉耙一一打碎。完全做到精耕细作,才放心下种。

柱子把他这种耕种方法,叫给予式耕种。

虽说如今生活条件变得越来越好了,街上有了面粉加工厂,面粉都用麦子进行兑换了,唯有柱子,从不换面粉,仍然坚持用他家的磨面机磨他自家田里产的麦子。过去他给人家磨,现在,人家不用他磨面了,他只磨自家的,供父母和孩子吃。

柱子的理由是,他家生产的小麦主要是靠有机肥生长的,田又用犁子耕得深,能让庄稼的根扎到底层,可以吸收到土地当中充足的养分,长出的粮食营养全面又丰富,吃下这样的粮食,身体才会真正健康。

可不是么?看看柱子田间的庄稼,健壮挺拔,叶片又肥又厚,颜色深绿深绿的,蓬勃旺盛,一片生机!

农民赶农闲,习惯性地走到自家田地头,察看庄稼长势,看到自家长势格外出众、喜人的时候,就一下看到了自己活着的意义和价值,脸上便感到无比自豪、高兴和陶醉。这种享受和满足,是外人无法体验的!

柱子一直认为,一个人活着,不只是靠能挣到多少钱来体现。远的不说,就说他的父母,正是常年吃了他田里生长的小麦打下的粮食,身体健康,增强了肌体的抗病能力。如今双方都是七十多岁的老人了,腰不弯,背不驼,眼不花,耳不聋,满脸红光,精神头十足。七十多岁的老人,看着就像六十多岁的老人,显得格外年轻!

柱子所打下的粮食,哪里只供给他的父母和他的孩子,他耕种有十七亩地的麦子,剩下的是要卖出去的。让更多的人能吃到在他土地深耕、以有机肥为主打下的粮食,他就给更多的人带来了健康身体的!

人们的健康,可不单纯是用金钱能买来的!

这就是柱子活着最现实的意义!

柱子也有软弱、脆弱的一面。比如玉秀的离开,对他的打击就很大,让他很失落,受不了。同时,柱子又是坚强的、好胜的,他咬紧牙关,拼命把自己挺住,他需要积极、乐观、向上地活着!

柱子毅然地把自己立在沟塘下,攒足劲,一锹又一锹地挖甩着塘泥,他把内心的痛苦和悲伤,都发泄在了他所干的农活上。只有挥汗如雨,热气腾腾的劳作,才能使他精神振作,像又换了个人。他每挖甩一锹,都奋力甩一下额前的头发,棱角分明的脸上是激愤的。他每甩挖一锹都不忘咬牙切齿说一句:"玉秀你走你走吧,远走高飞吧!"但柱子的意志坚如磐石,谁走他都不会走,就是他最喜爱的玉秀走了,他扎根淮土的决心也不会动摇。

玉秀的离去,从另一个方面让他经受住了生活的考验。柱子说,离了谁,我都一样活!

柱子已经把自己累得筋疲力尽,他仍不停歇地干,他几乎把自己累成了一堆泥。他太爱玉秀了,玉秀就长在他的心里。他这样子干活,干得淋漓尽致,他就是让玉秀看看,他是怎样一种男人!

柱子把自己沉浸在劳动中,才强烈地感受到了自己的充实。理性逐渐战胜了感情,冷静使他转过来理性地去思考。要是把玉秀的离去,把责任都推到兰子妈身上,也是不对的。仔细朝深处想想,就算兰子妈不毒打玉秀,让农民长期在家只靠种几亩土地,养几头猪,喂几头羊,并不能使淮土从根本上发生变化。农业找不到自身出路的话,淮土也就产生不了吸引村民的力量,淮土也就很难留住村民的脚步,村民外出务工的大趋势,就不可能得到改变。不只是五光十色的城市对村民充满诱惑,乡下人受实际生活所迫,也只能把脚步走出去,到外面挣钱。到外边打工比留在家里种地强,他们也只好背井离乡,忍受舍弃故土、亲人分离的煎熬,也只能一往无前地去打工了。可能今年打工队伍里没有玉秀,明年的打工的队伍里也没有玉秀,但到了后年的打工队伍里,就完全有可能看到玉秀的身影!

应该怎么办? 柱子不是一般的农民,他觉得建设家乡、改变家乡的面貌,是他的责任,他应该献出自己的力量。他认为,淮土大平原,十分辽阔和宽广,是种植粮食高产田的一片沃土,这里需要他。他把自己的生命与农业发展相连接,他要把自己的智慧和力量献给家乡。这里有他施展才华的空间,有他的用武之地。他想在淮土大显身手,实现自己的理想,创造出自己的一片辉煌。他现在最迫切、最现实的想法,就是把他早就打算办的红芋农产品加工厂,尽快着手办起来。他认为,只有对红芋、小麦、玉米等农作物进行加工、转化,向外出售,才能成倍地增加农产品的效益。他坚定地认为,只有这样,农业才有出路。只有他们淮土的企业如雨后春笋,兴办得多了,才能让村民看到希望,才能得到实惠,才能留下来不再往外走,使他们从根本上改变想法,重新建立热爱家乡的感情。当然,发展村办企业,走出这一步很不容易,可这一步必须跨出去,不管经历什么样的千难万险,绝无退路!

柱子一边在沟塘干着活,一边沉默细想,他越想心越热,越想越激动。是的,玉秀的离开,给了柱子沉重的打击,同时又让柱子反思,给了他更大的激励。他不但不消沉、不迷失,反而更下决心要争一口气!他建设家乡、改变家乡的勇气和决心变得更加坚定。他对自己,又对玉秀说:"骑驴看账本,玉秀,走着瞧吧!再过几年,你玉秀打工返回,我柱子一定让你看到我惊天动地的变化。我一定在淮土闹出大动静,干出一派大景致。我柱子活着,啥时候也不让你低看,一定要活出个人样来,到时候就等着听你的赞美和感叹吧!"

尾声

玉秀离开了淮土,进了城。兰子妈心中一块沉重的大石头,这回可以彻底地搬去了,她感到心情一下轻松了很多。她打村路上十分高兴地走回家来,看到自己的女儿兰子,正在当院里,趴在一张宽板凳上用心地做作业,她的心里忽然一阵悸动。她强烈地意识到,她对兰子的感情缺失太多,给兰子的母爱太少了,难怪这孩子对自己显得那样冷漠。她朝兰子走了过去,走近了才发现兰子正在用心地画她的蜡笔画。她就守在兰子旁边,亲切地对兰子说:"兰子,让妈妈也看看你画的蜡笔画。"

兰子抬起头,仔细看了妈妈一眼:"我妈妈只会干活,脑子笨,根本不懂蜡笔画。只有秀婶才能看懂我的蜡笔画,她不但懂,她还能教我画蜡笔画。"

兰子妈让兰子说得脸红,不过,她并没有生兰子的气,因为孩子句句说的都是实话。她赞同兰子的说法,她道:"那妈妈可以向你秀婶学习呀!请兰子当我的老师,让我也能画一幅好看的蜡笔画,兰子高兴不高兴呀?"

兰子这才心里满足,鲜润的嫩脸儿乐成了一朵花,跟着响亮地回答妈妈:"高兴!"

兰子妈就变成了兰子的学生,粗手大巴掌的她,就笨拙而生硬地跟兰子学起了画蜡笔画。可她觉得兰子所画的蜡笔画内容太狭窄,不是小树就是小猫、小狗、花公鸡、小白兔。她想到她在北京天安门广场,看到儿童玩的遥控飞机,还有那些火箭模具,在空中哒哒哒,打着圈地飘飞,她看着神奇又好玩,把她一个大人的目光都给吸引了。她当时就想给兰子和小宝购买一件这样新型的儿童玩具,可她走过去一问价格,人家说一件这样的玩具要两百多块钱。那时候她心里边只一心一意想着攒钱给儿子建楼房,再加上她本身就出生在农村,节约习惯了。她嫌贵,就没有舍得买,现在想来真有些后悔。下次要是再进城打工,她一定要给兰子和小宝把那飞机和火箭模型玩具给购买回来。只有妈妈替孩子着想,才能多少补偿一下妈妈不在他们身边所缺少的母爱。不能因为打工远离了孩子,让孩子感觉不到自己的存在。不管自己走到哪里,都要让孩子心中永远想着妈妈才对。

兰子妈心中想着,不由口中就把她亲眼见过的航天飞机模型、火箭模型,用手比画着,向兰子说了出来。

兰子真是个聪明、想象力丰富的孩子,她对妈妈说:"你说的那种航天飞机、火箭,我都在电视上看见过。"她又根据妈妈的描述,很快就把这两幅图画给画了出来。

兰子妈定睛仔细一看,真是她亲眼所见的那航天飞机和火箭的儿童玩具。

兰子忽然站起身，离开妈妈，朝院门外跑去。她一口气跑到西湖沟小桥的路口，方才停下脚步。她顺着大路向远处看着，亮开她清脆的嗓门："秀婵，你为什么要进城去，为什么要离开我，现在你又在哪里？你快看我给你画的蜡笔画。"

兰子将手中的蜡笔画，向空中高高举起："秀婵，你看到了吗？你要是看不见，我让航天飞机还有火箭去追你，让它们飞到你的面前，看我新画的蜡笔画好不好？"

兰子的话刚落音，就吹过来一股强劲的晨风，把兰子手中的蜡笔画吹向了空中。那两幅美丽的蜡笔画，就像两只洁白的鸽子一般，一直向着远方飞去、飞去！

兰子在后边追逐着她的蜡笔画。飘舞在乡村上空的那两张美丽的蜡笔画，在辽阔的蓝天、白云的映衬下，尽情地盘旋翱翔，越飞越高，越飞越远。

后　记

　　我写这部长篇,最早缘于我已出嫁的二妹。记得那是二〇〇二年的春天,她上门回娘家,跟我母亲拉家常的时候,顺便提到他们村的一对青年男女的苟且之事。这对男女都是留守人员,男的老婆去了北京当保姆,女的老公去浙江杭州当建筑工了。因受各种条件制约,不能夫妻双双进城,或全家进城,只能两地分居,过着牛郎织女般的生活。

　　二妹所说的这对男女,开始是男的独自在家过得孤独了,跑到女的家里去串门,女的一个人也过得寂寞,抬腿赶到男家聊天。这样一对孤男寡女,一来二去,凑到一起时间长了,因生理需要、感情需要,一下便碰撞出火花来,最后发展到吃住都在一起。男的帮女的干地里重活,女的帮男的拾缀家务。就连上街,两个人干脆也骑一辆摩托车,男人后边坐着女人,在大庭广众之下,飞驰而去。

　　连着那几年,我二妹每每回娘家,总要提到他们。她的口气自然是看不惯,她的态度是谴责的、愤恨的。有一次,她走进我的书房,亲口跟我说:"俺村涛子爸跟我说,你娘家三哥不是会写小说吗,他写这写那,他就不能把咱村的这两个人写一写吗?"二妹说过后直接问我:"三哥,像我们村这样的事,你能不能写?"

　　其实,像二妹所说她们村的这种事,随着进城务工人员的增多,每个村庄都有,可以说是司空见惯,不可避免了。

　　仔细思考一下,农民进城打工,主流是好的,改变了乡村穷困面貌,加快了农村致富步伐,使农村发生了日新月异的变化。同时带来的负面问题也相当多,绝不仅仅是我家二妹关注的这一个点。留守男女的问题只是一个方面,还有许多其他方面的问题:农村干部不能加强自身政治学习,不能提升自身的思想水平,工作流于形式,简单、粗暴、官僚、脱离实际、脱离群众,不能起到应有的模范带头作用,常利用手中权力,横行乡里,胡作非为,破坏原有的干群鱼水关系,使党和政府在群众中的良好形象受到了破坏。好多能种高产田的可耕地严重被侵占。农民种地由给予式转变成掠夺式,土地由过去的用犁深耕,改成了现在的用旋耕机浅旋,图省劲,土地多年不上农家土杂肥,只是单一地上化肥,使土地大量板结,庄稼生长所需的营养变得单一。老人与儿童的留守问题。偷盗现象频频发生,社会治安跟不上,农民普遍没有安全感。婚丧嫁娶攀比之风盛行,农民思想、道德缺乏引导、教育,变得越来越金钱至上,自私利己。土地一直各家各户分散种植,土地流转受到一定程度的阻碍,无法大型机械化大面积进行耕作。农民种田图省事,焚烧秸秆,造成环境污染等问题。

尽管我长期在农村生活,对农村生活十分熟悉,可作家要有担当,要有社会责任感。作家要动笔,必须有所揭露,发人深省。农村发展中种种现象和矛盾的出现,都有深层次的原因,必须进行客观的观察和多角度的剖析。

我写作起步很早,但还只是个业余写作者。我本身还是个农民,我要把自己的承包地种好,解决好自身的生存问题。二〇〇五年我为了改变自身现状,跑到城里做生意,没有做好。两年之后,又回到我们镇上开了个科技兴农推广站,因受条件和环境限制,我的新种子、新技术,也推广得不理想,连续两年也没赚到钱,只好关闭推广站。二〇〇九年,一直不安分的我,又跑到城里和弟弟开了个饭店,刚开张生意还算红火,但仅过了三个月,因激烈的竞争,生意就冷清了下来,最终关门歇业。

时间到了二〇一〇年春节,我独自闲在家里,看着门外白雪

263

皑皑,我一下想起了二妹所讲的她们村那对男女的事,突然了产生一种强烈的创作冲动。我立刻拿起了笔。

连写了三天,由于受二妹的影响,我并没有从正面写我的男女主人公。开头是这样写的:"有一天,天刚蒙蒙亮,人们还在熟睡中,只见一个年轻男人,打一户人家院墙里边的一棵椿树上,像只猴子般爬了出来。当爬到与院墙近平时,只见他身子向上猛一蹿跳,两手扒住院墙,人影在墙头迅速一闪,马上就消失了。跟着一阵狗叫,没多大会儿工夫,狗叫声就停止了,一切又恢复了平静……"

很显然,我并没从正面写男主人公,但男主人公还甘愿容忍。可我写到女主人公的情节时,也没有从正面去写,她竟打我小说中活生生跳出来,不愿意了,向我提出了强烈的抗议。

我分明见她柔弱的身子,一张冰冷的脸,披散着头发,坐在我的面前,满脸泪水地哭诉说:"我不是坏女人,你不能这样写我,你不了解我,你不应该糟蹋我!"

我笔下的女主人公跟我进行顽强抗争,实在让我写不下去了。我只好把写好的前几个章节全部推翻,重新酝酿一番,从正面写,这一下写得比较顺畅了,而且越写感觉越好。

我的稿子写到三分之一的时候,还没有个正式的名字。我一边写一边想,应该给我这部书起个啥名好?我想了好几个名字,均不满意。

可创作没个书名,又怎么行呢?有一天,我干脆停笔不写,坐在那里想书名,我冥思苦想,想了一个又一个书名,均感觉不好,都让我给否定了。

我深知创作忌讳中间被打断,那时我创作欲望正强,没名就没名吧,先写着再说。因此,我顾不了那么多,只顾埋头写我的书。

直到稿子写到三分之一的篇幅，我才给书稿定名为《乡村蜡笔画》。

我把全部心思投入到我的长篇创作上，已经没有了做生意的心思，开不开门，管它去！

这里特别提一下，小说第三十三章和第三十六章，一是写兰子妈，一是写玉秀，可以说这两章是最令我满意的。

当我写兰子妈与柱子大动干戈，几乎闹到夫妻感情彻底破裂这一细节时，我停了一下笔，征求妻子意见："兰子妈与柱子究竟何去何从，是让柱子就这样不管不顾，一直让婚姻走向死亡，还是让柱子走到婚姻的危险境地，再转回来？"

妻子仔细想了会儿，她的观念是传统的，她认为，兰子妈与柱子的婚姻是有感情基础的。兰子妈正因为对丈夫有深爱，她才对柱子与除她之外的女人产生感情不能容忍。她发疯地与柱子闹，正是因为她不愿失去自己的丈夫。因为她外出打工，才给了另一个女人可趁之机。兰子妈走出去打工是为了家庭过得更好，是为了这个家，她没有想到，她走了之后，她的家庭出现这样大的变故。兰子妈是无辜的，他们的婚姻出现变故，不完全是兰子妈的错，还有多种因素导致。从道德层面上，柱子也不应该走得更远，他本身是一个对家庭有责任感的人，要是让他走得太远，不符合柱子的性格，反而让人觉得柱子不真实了，你把人物放出来，再收回来。你让柱子走到很远，就走到了事情的反面。

我思考再三，接受了妻子的建议。

直到二〇一六年的四月，经过多次修改，才最终定稿。

我的这部长篇将于二〇一七年出版。让我们共同走进淮土平原，去尽情欣赏我们那里的乡村蜡笔画吧！